Anders als wir

Für Jacques Dohmen

Titel der Originalausgabe:
April is de wreedste maand

First published by Uitgeverij Leopold, Amsterdam 2013

Für die deutsche Ausgabe:

www.mixtvision.de

Übersetzung: Birgit Erdmann
Umschlaggestaltung: Zero Werbeagentur GmbH
Cover-Foto: © Krasimira Petrova Shishkova / Trevillion Images
Innentypographie und -gestaltung: www.lenaellermann.de
Druck und Bindung: GGP Media GmbH, Pößneck

ISBN: 978-3-95854-122-1

Auch als E-Book erhältlich

Die Übersetzung dieses Buches wurde von der
niederländischen Stiftung für Literatur gefördert.

Rindert Kromhout

ANDERS ALS WIR

Aus dem Niederländischen von Birgit Erdmann

MIXTVISION
Weiter. Erzählen.

April ist der grausamste Monat, er treibt
Flieder aus toter Erde, er mischt
Erinnern und Begehren, er weckt
Dumpfe Wurzeln mit Lenzregen.

T.S. Eliot – *Das wüste Land*

Kapitel Eins

Virginia war verschwunden! Virginia Woolf, meine Tante, die Schriftstellerin, meine Lehrmeisterin, unsere Freundin. Sie war weg.

Ihr Gärtner rief uns an.

»Mr Woolf sucht sie schon überall«, sagte er zu Duncan.

Meine Mutter legte den Pinsel zur Seite. »Ich muss nach Rodmell. Hol das Auto.«

Duncan zog seine Jacke an.

»Wie, verschwunden?«, fragte ich.

»Keine Ahnung, Quentin«, sagte meine Mutter und lief hinaus. Wir rannten hinterher.

»Wo ist Virginia denn hin?«, fragte Angelica.

»Das weiß ich nicht.« Es klang schnippisch. Irgendetwas stimmte hier nicht. Sie hatte den Pinsel nicht ausgewaschen.

»Wir kommen mit«, sagte Angelica.

»Nein!« Meine Mutter runzelte die Stirn. »Hm, na gut.«

Duncan fuhr das Auto vor. Wir stiegen ein. Angelica und ich setzten uns auf die Rückbank.

Zwei Wege führten nach Rodmell, wo Virginia und Leonard wohnten. Der eine über die nördliche Landstraße bis Lewes und weiter über einen schmalen Weg nach Süden, der andere über einen matschigen Feldweg Richtung Küste, danach über die Drehbrücke am Fluss weiter Richtung Norden. Wir nahmen die Landstraße.

Duncan fuhr schnell. Meine Mutter saß neben ihm und starrte schweigend aus dem Fenster.

»Was meinte der Gärtner mit ›verschwunden‹?«, fragte ich.

»Weiß ich nicht.«

Angelica und ich sagten nichts mehr. Die angespannten Schultern meiner Mutter bedeuteten uns zu schweigen.

Als wir eine Viertelstunde später in Rodmell ankamen, trafen wir Onkel Leonard im Garten hinter dem Haus, *Monk's House.* Er saß auf einer Bank und hielt Virginias Spazierstock wie eine Waffe in der geballten Faust. »Den habe ich aus dem Fluss gefischt«, sagte er. Sein Rücken war noch krummer als sonst.

»Meine Güte!«, rief meine Mutter. »Und Virginia? Hast du sie gefunden?«

Leonard antwortete nicht. Nein, sagten seine Augen.

Angelica und ich schauten uns an. Was war nur los?

»Sie hat es schon früher tun wollen«, sagte Leonard. »Vor knapp zehn Tagen ist sie klitschnass von einem Spaziergang nach Hause gekommen. Es hat zwar geregnet, aber so nass, wie sie war – da stimmte etwas nicht. Sie sah aus, als wäre sie in einen Bach gefallen. Sie war völlig verstört.«

Er redete hektisch und schnell, bei jedem Wort spürte man seine Angst. Ich wurde nervös.

»Und warum erzählst du mir das erst jetzt?«, fragte meine Mutter.

»Ich habe versucht, sie zu beruhigen. Aber sie lehnte es ab, sich hinzulegen. Sie sagte, dass ihr nichts fehle und dann wollte sie wieder raus, einen Spaziergang machen.

Ich begleitete sie. Als wir durch das Dorf gingen, sah uns ein Mann, der dachte, wir wären Flüchtlinge aus London, Opfer der deutschen Bomben. Er lud uns im Pub zu einer Tasse Tee ein. So elend sah Virginia aus. Darüber konnte sie immerhin lachen. Sie lacht ja kaum noch in der letzten Zeit. Ich hätte sie nicht allein lassen dürfen.«

Meine Mutter setzte sich neben ihn. Sie legte ihre Hand auf den Spazierstock. Wir blieben stehen. Überrumpelt von dem, was ich sah und hörte und fühlte, suchte ich nach Worten, doch Angelica war schneller. »Mama …«

»Sie hat mir einen Abschiedsbrief hinterlassen«, sagte Leonard.

Meine Mutter starrte ihn an. »Einen Abschiedsbrief? Was steht drin?«

»Ihre Schaftstiefel und der Pelzmantel sind auch weg.« Leonard sprach einfach weiter. »Darüber hat sie wohl gut nachgedacht. Wenn sie ins Wasser geht, laufen die Stiefel voll und der Pelz saugt das Wasser auf. Sie wird schwer wie Blei und …«

Angelica hielt sich an mir fest. »Mama …«, sagte sie noch einmal.

»Was steht in dem Brief?«, fragte meine Mutter.

»Sie will, dass ich all ihre Papiere vernichte.«

»Darf ich ihn lesen?«

Leonard stand auf. Meine Mutter erhob sich ebenfalls. Leonard war ein dünner Mann und über einen Kopf größer als meine Mutter. Er musste sich bücken, als sie durch die niedrige Hintertür in Haus gingen.

Duncan hielt Angelica und mich auf. »Lasst sie.«

»Virginia muss ziemlich verwirrt sein«, sagte meine Mutter, als sie wieder in den Garten kamen. »Wir müssen sie suchen. Alle. Bringt sie hierher zurück, wenn ihr sie findet.«

»Ja«, sagte ich. »Aber ...«

»Warum ist sie weggelaufen?«, fragte Angelica.

»Weiß ich nicht.« Wieder dieser abweisende Ton.

»Ich bleibe hier«, sagte Leonard. »Wenn sie ein leeres Haus vorfindet, bricht sie erst recht zusammen. Ich muss die Polizei anrufen.«

Wir ließen ihn allein.

Duncan und meine Mutter gingen zum Fluss, dorthin, wo Leonard den Spazierstock gefunden hatte. Angelica und ich wollten ihnen folgen, doch meine Mutter meinte, wir sollten dort drüben suchen. Sie deutete auf einen Hügel.

»In Ordnung«, sagte ich. »Wir rufen euch sofort, wenn wir sie finden.«

Wir stiegen den Hügel hinauf. Es war März. England war grau. Ein Bauer pflügte gerade seinen Acker, Möwen folgten ihm kreischend. Ein Schwarm kleiner Vögel flog vorüber.

Erst jetzt, wo meine Schwester und ich unter uns waren, fuhr mir der Schrecken richtig in die Glieder.

»Ich habe Angst«, sagte Angelica.

»Ich auch. Ich hoffe, wir finden sie.«

»Weißt du, was sie mich letzte Woche gefragt hat?«, sagte Angelica. »Sie fragte: ›Hast du mich lieb, Pixerina?‹«

»Hm.« Ich ging nicht darauf ein. Ich war viel zu sehr mit meinen eigenen Gedanken beschäftigt. War Virginia tot? Hatte sie wirklich Selbstmord begangen? Aber warum?

Natürlich war mir aufgefallen, dass sie in der letzten Zeit ziemlich deprimiert gewesen war, aber das war nicht ungewöhnlich. Sie war immer bedrückt, wenn sie ein Buch beendet hatte. Dann fühlte sie sich leer und erschöpft und war davon überzeugt, dass sie ein sehr schlechtes Buch geschrieben hatte. Aber diese Niedergeschlagenheit verging immer, wenn Leonard das Manuskript gelesen hatte und sagte, der Roman würde ein Erfolg werden. War es dieses Mal anders gewesen? Was hatte Leonard zu dem neuen Buch gesagt?

Vom Hügel aus konnten wir in alle Richtungen blicken. Wir sahen karge Äcker, kahle Bäume, Fußpfade, die quer über die Felder verliefen, Schafe, einen niedergebrannten Heuhaufen und den Fluss, gerade wie ein Kanal, der Richtung Küste floss. Dort stand Duncan, den Arm um die Schulter meiner Mutter gelegt. Sie starrten auf das Wasser. Virginia war nirgends zu entdecken.

»Vielleicht ist sie nach Hause gegangen«, sagte Angelica.

»Ja, vielleicht.«

Wir stiegen den Hügel hinunter und liefen zum Fluss. Es hatte keinen Sinn, noch länger zu bleiben. Hier war sie nicht. Wir gingen zurück.

Monk's House war ein kleines, weißes Haus mit riesigem Garten. Wir liefen wie immer um das Haus herum, denn die Eingangstür wurde nie benutzt. Mein Lieblingsplatz war die kleine Steintreppe, die man hinuntergehen musste, um durch die Hintertür ins Haus zu gelangen. Bei starkem Regen rann das Wasser die Treppe hinab und ins

Haus hinein. Pfützen bildeten sich dann auf dem Fliesenboden. Früher, als Kind, ging ich immer in die Hocke, um sie mir anzuschauen.

Das Haus war voller Bücher. Virginia schrieb sie, Leonard veröffentlichte sie. Er publizierte nicht nur Virginias Romane, sondern auch die von anderen Schriftstellern, die in *Monk's House* ständig ein und aus gingen. Eigentlich war hier fast immer ein Schriftsteller oder Dichter zu Besuch. Heute nicht. Leonard war allein und saß wie immer im Garten.

»Weißt du was Neues?«, fragte meine Mutter.

»Ich habe einen zweiten Brief gefunden«, sagte Leonard. »Er ist für dich, Vanessa.«

Meine Mutter ging ins Haus. Durch das Fenster beobachtete ich, wie sie den Umschlag aufriss. Wir gingen zu ihr.

»Was steht drin?«, fragte Angelica.

Meine Mutter steckte den Brief in die Jackentasche. »Dass sie uns liebt.«

»Sonst nichts?«

»Später«, sagte meine Mutter. »Nicht jetzt.«

»Aber Mama …«

»Ich sagte, nicht jetzt.«

Das neue Dienstmädchen brachte Tee.

An diesem Abend blieben wir alle in *Monk's House*. Es war zu dunkel, um noch einmal auf die Suche zu gehen. Auch mein Vater war gekommen. Von Virginia fehlte immer noch jede Spur. Aber wenn sie zurückkäme, wollten wir für sie da sein. Und wenn sie nicht zurückkäme …

Ich sah zu Onkel Leonard hinüber, dessen Hände reglos im Schoß lagen. Er saß meinem Vater gegenüber. Cäsar, das Krallenäffchen, hockte auf seiner Schulter. Virginias Spazierstock lehnte in einer Zimmerecke. Die Uhr über dem Kamin tickte. Pinker stand schwanzwedelnd an der Eingangstür.

»Sie ist meine kleine Schwester«, sagte meine Mutter.

»Sie ist meine Lieblingstante«, sagte Angelica.

Ich wollte auch etwas sagen, fürchtete aber, dass mir die Stimme versagen würde.

Leonard ging zu seinem Schreibtisch und zeigte uns einige eng beschriebene Blätter. Ich erkannte Virginias Handschrift.

»Daran hat sie gearbeitet«, sagte er. »Eine Geschichte über ihre Kindheit, für den *Memoir Club*. Sie ist umwerfend. Ihr neues Buch ist auch umwerfend.«

Der *Memoir Club*, das waren wir und unsere Freunde. Alle paar Monate trafen wir uns, um selbst geschriebene Geschichten oder Briefe über verschiedenste Ereignisse, die uns passiert waren, vorzulesen. All diese Erinnerungen sollten die Lebensgeschichte von uns und den Menschen, die wir liebten, werden. In den Geschichten für den *Memoir Club* erzählten wir einander, wer wir waren.

In unserer Familie wurde viel geschrieben, im Grunde fast jeden Tag und von beinahe jedem. Ich denke, die meisten von uns waren besser im Schreiben als im Reden. Waren wir glücklich, schrieben wir darüber. Waren wir unglücklich oder zornig, hoffnungsfroh oder voller Verlangen, schrieben wir. Wussten wir nicht mehr weiter oder wussten wir es nur allzu gut, schrieben wir. Geschichten für den *Memoir Club*, Tagebücher, Zeitungsartikel und Briefe, vor allem Briefe. Briefe gaben uns das Gefühl, miteinander verbunden zu sein, egal wie weit wir manchmal voneinander entfernt waren.

Wir hatten vereinbart, dass es im Frühjahr, im April, wieder einen *Memoir-Club*-Abend geben sollte – wenn der Krieg es nicht verhinderte. Virginia, meine Mutter und Duncan wollten einen Vortrag halten. Duncan hatte bereits angekündigt, dass wir von ihm nicht allzu viel zu erwarten hätten. »Ich hab's nicht so mit Worten«, hatte er gesagt. Das sagte er immer, wenn er etwas schreiben sollte, aber seine Geschichten waren genauso geistreich und fesselnd wie die der anderen. Wenn Duncan etwas tischlern musste, sagte er auch immer, dass er mit Werkzeug nicht gut umgehen konnte. Duncan wollte einfach immer nur malen. Da war er genau wie meine Mutter.

»Virginia hat den *Memoir Club* immer gemocht«, sagte mein Vater und zuckte zusammen. »Sie mag ihn, meine ich.«

»Darf ich die Geschichte lesen?«, fragte meine Mutter.

»Sie ist noch nicht fertig«, sagte Leonard.

»Das macht nichts.«

Leonard gab sie ihr. »Nimm sie mit.« Er lächelte verkrampft. »Findet ihr es schlimm, wenn ich euch nun bitte zu gehen? Ich möchte jetzt lieber allein sein.«

Es war keine Frage. Wir standen auf.

Als wir wieder zu Hause waren, setzte sich meine Mutter, noch im Mantel, an den Tisch und las Virginias Erzählung mit einem Eifer, als könne sie dort Hinweise über Virginias Verschwinden oder ihren Aufenthaltsort finden.

Mein Vater zündete das Kaminfeuer an. »Sie würde wollen, dass der Abend stattfindet. Gerade jetzt.«

»Welcher Abend?«, fragte Angelica.

»Der *Memoir Club.*«

Meine Mutter reagierte nicht, sie las weiter.

»Mama«, sagte Angelica, »warum ist Virginia verschwunden? Warum sollte sie nicht mehr leben wollen? Denn ihr befürchtet doch, dass sie tot ist?«

Ich bewunderte sie dafür, wie behutsam sie diese schrecklichen Fragen stellte. Ich selbst hätte das Wort »tot« nicht aussprechen können.

Meine Mutter blickte auf. »Ja, vielleicht«, antwortete sie, »es wäre möglich …«

»Hat das etwas mit dem Krieg zu tun?«, fragte Angelica.

»Nein«, sagte ich. Wir wussten, dass Virginia und Leonard Benzin in der Garage hatten, damit sie gemeinsam sterben könnten, wenn Hitler in unser Land einmarschieren würde. Aber Hitler war noch nicht da. Und Virginia war allein verschwunden und nicht zusammen mit Leonard.

»Liegt es an Onkel Leonard? Hat er irgendetwas getan, was sie verärgert hat? Ist sie deshalb weggelaufen?«

»Es liegt nicht an Leonard.«

»Aber vielleicht an uns?«

»Nein.«

»Aber woran dann?«, fragte Angelica.

Meine Mutter blickte mürrisch drein. »Frag nicht so viel. Es gibt Fragen, die wir nicht beantworten können.«

»Warum nicht?«, fragte Angelica.

»Was steht in dem Brief?«, wollte ich wissen.

»Ich sagte: Fragt nicht so viel.« Meine Mutter stand auf. »Ich bin müde. Ich glaube, es ist besser, wenn wir jetzt alle ins Bett gehen.«

Angelica und ich gingen nach oben. »Darf ich bei dir schlafen?«, fragte sie mich.

»Natürlich.« Ich war froh darüber. Auch ich wollte jetzt nicht allein sein.

»Aber ich muss nachdenken«, sagte Angelica.

»Gut.«

Ohne ein Wort zu reden lagen wir noch lange gemeinsam wach. Ich hatte mich selten zuvor so elend gefühlt. Es konnte einfach nicht sein, dass sie tot war. Was sollten wir ohne Virginia anfangen? Sie war doch unsere beste Freundin.

Ich weinte leise und hoffte, Angelica würde es nicht bemerken. Ich wollte sie nicht noch mehr durcheinanderbringen.

Am nächsten Morgen rief Leonard an. Virginia war noch immer nicht aufgetaucht. Die Polizei suchte jetzt ebenfalls nach ihr. Aber er wollte nicht, dass wir zu ihm kämen.

Nach dem Frühstück blieben wir alle im Esszimmer sitzen. Es war lange her, dass meine Mutter und Duncan nicht sofort in ihr Atelier stürmten. Sie rauchten und starrten wie wir hinaus in den Garten mit seinem schwarzen Teich.

»Virginia hätte es bestimmt gerne, wenn der *Memoir Club* ganz normal stattfände«, wiederholte mein Vater.

»Und ich, ehrlich gesagt, auch. Gerade jetzt. Vanessa, schreib über deine Schwester. Ich glaube, das ist jetzt genau der richtige Zeitpunkt. Verstehst du, was ich meine?«

Meine Mutter nickte. »Ich verstehe, Clive, aber ich muss darüber nachdenken. Ich weiß es ehrlich gesagt nicht. Ich habe gerade andere Sorgen als den *Memoir Club*.«

»Es würde dir guttun«, sagte mein Vater. »Und das weißt du auch.«

»Wieso wollt ihr unsere Fragen eigentlich nicht beantworten?«

»Weil wir es Virginia versprochen haben.« Meine Mutter stand auf und ging. Ihre Antwort gab uns nur noch mehr Rätsel auf.

Wir warteten. Das Telefon blieb stumm. Grace, unsere Köchin und Haushälterin, deckte den Tisch fürs Mittagessen.

Wir aßen schweigend. Angelica betrachtete meine Mutter, ernst, streng. Ich konnte nicht erkennen, was in ihr vorging.

»Clive, ich habe nachgedacht. Du hast recht. Es ist der richtige Zeitpunkt. Ich möchte über Virginia schreiben. Ich möchte darüber schreiben, was ich denke. Alles ist besser, als abzuwarten und traurig zu sein.«

»Mama, du tust gerade so, als wärst du dir sicher, dass sie tot ist«, sagte Angelica.

»Und wenn sie noch lebt und zurückkommt …«, sagte mein Vater.

»… wird sie es wunderbar finden, im Mittelpunkt unserer Geschichten zu stehen«, sagte Duncan.

Ich ging in den Garten und nahm den Hund mit.

Angelica setzte sich nachdenklich zu mir auf die Bank unter der Glyzinie. An den kahlen Zweigen hingen Tropfen.

»Quentin«, sagte sie, »ich möchte auch über das schreiben, was ich denke.«

»Ich auch.« Schreiben half mir oft, meine Gedanken zu ordnen. Und das war momentan unbedingt nötig.

»Es gibt nämlich Dinge, die ich gerne erzählen möchte.«

»Dann tu es«, sagte ich. »Schreib. Du hast gehört, was Clive gesagt hat.«

»Könnest du das nicht für mich machen? Würdest du meine Geschichte für mich aufschreiben?«

Die Frage überraschte mich. »Ich? Warum schreibst du sie nicht selbst?«

»Du kannst das besser als ich«, sagte sie. »Das weißt du auch. Wie du über Julian geschrieben hast, das könnte ich niemals. Mir fällt es ja schon schwer, Briefe zu schreiben. Aber das, was ich erzählen möchte, muss aufgeschrieben werden. Es ist wichtig.«

Über Julian, unseren toten Bruder, hatte ich ein Buch geschrieben, das Onkel Leonard herausgegeben hatte. Virginia war meine Mentorin und erste Leserin gewesen.

»Es wäre wirklich toll, wenn du das machst«, wiederholte Angelica. »Schreib über Virginia und mich.«

Ich dachte über ihre Bitte nach. Es war nicht einfach nur eine Bitte. Sie hatte mich noch nie um etwas gebeten. Dass ich besser schreiben konnte als sie, war bestimmt nicht der einzige Grund.

»Du hast in deinem Buch über Julian nicht die ganze Wahrheit erzählt. Du hast alles Mögliche weggelassen, vor allem Dinge über mich und Mama.«

Da hatte sie recht. Virginia hatte mir geraten, nur das aufzuschreiben, was nötig für die Erzählung war, weil es sonst ein unlesbares Buch geworden wäre.

»Weißt du«, sagte ich, »erst als ich über Julian geschrieben habe, konnte ich ihn besser verstehen. Es war, als hätte ich ihn dadurch noch einmal neu kennengelernt.«

»Als ich dein Buch gelesen hatte, fand ich ihn viel netter als früher.« Angelica schwieg kurz und sagte dann plötzlich: »Vielleicht liegt es an Mama, dass Virginia weg ist.«

Ich erschrak bei diesen Worten. »Wie kommst du denn da drauf? Die beiden hängen aneinander.«

»Das denkst du. Mama kann entsetzlich gemein zu Virginia sein. Und zu mir auch.«

»Angelica! Was für ein Unfug. Wann denn, bitteschön?«

»Das ist kein Unfug. Da sind viele Dinge, die du nicht weißt.«

»Zum Beispiel?«

»Das ist eine lange Geschichte, Quentin, und die ist nicht immer lustig.«

Was sie da sagte, bekümmerte mich noch mehr. Wusste sie etwas, das ich nicht wusste? Wann sollte denn meine Mutter zu Virginia gemein gewesen sein? Wieso meinte Angelica, dass das womöglich der Grund für ihr Verschwinden sei?

»Willst du deswegen, dass ich für dich schreibe? Weil du meinst, dass es Dinge gibt, die ich wissen sollte?«

Sie sah mich ernst an. »Quentin, ich habe so schreckliche Angst und ich will einfach verstehen, was hier los ist.«

»Ich weiß«, sagte ich. »Ich weiß.«

Kapitel Zwei

Wir waren in vielerlei Hinsicht eine ungewöhnliche Familie.

Um mit meinen Eltern zu beginnen: Sie lebten nicht zusammen. Nicht weil sie geschieden waren oder Probleme hatten, sondern einfach, weil sie es so wollten. Mein Vater Clive wohnte in London. Ab und an kam er für ein paar Tage zu uns aufs Land, meist in Gesellschaft seiner momentanen Freundin. Meine Mutter Vanessa lebte mit uns und ihrem Gefährten Duncan im Südwesten Englands. Duncan war aber nicht ihr Geliebter, denn Duncan liebte Männer. Er war ihr Hausgenosse, er gab ihr Halt. Hatte er einen neuen Freund, zog der bei uns ein. Wenn die Liebe abkühlte, und auch das passierte regelmäßig, zog dieser wieder aus.

Meine Mutter und Duncan waren Maler und das in einer Gegend, in der es fast nur Bauern oder Arbeiter gab. Mein Vater war Kunstkritiker. Unsere Gäste waren fast ausnahmslos Schriftsteller, Dichter und Künstler.

Hinzu kam, dass meine Mutter und Duncan Farben und Formen für ihre Gemälde benutzten, die ganz anders waren, als man es in England gewohnt war. Ihre Bilder waren erneuernd, so wie die Werke von Cézanne und Picasso, aber England und seine Bewohner waren dafür noch nicht bereit.

Ich weiß, dass uns viele Leute aus der Gegend seltsam fanden, doch niemand schien sich an uns zu stören, nicht einer war unfreundlich. Manchmal ernteten wir schiefe Blicke, mehr aber nicht.

Doch in einer Sache war unsere wundersam zusammengestellte Familie genau wie jede andere: Mein Bruder und ich interessierten uns kein bisschen für unsere viel jüngere Schwester Angelica. Als sie zur Welt kam, war Julian neun und ich war sechs. Wir waren voller Tatendrang und Abenteuerlust und hatten einfach anderes zu tun, als uns um ein kleines Kind zu kümmern. Und noch dazu um ein Mädchen! Bekamen wir die Gelegenheit dazu, machten wir die Gegend unsicher. Ansonsten verbrachten wir einen Großteil des Tages mit unserem Hauslehrer und verschanzten uns nachmittags in unserem Baumhaus, um dort Dinge zu besprechen, die nur uns etwas angingen.

Was Angelica machte und dachte, wo und mit wem sie spielte, bemerkten wir meistens nicht. Der Altersunterschied war zu groß. Nur wenn Julian nicht zu Hause war und ich keine andere Gesellschaft auftreiben konnte, ließ ich mich manchmal dazu herab und nahm sie ins Schlepptau. Angelicas Welt war eine andere als Julians und meine, und ich muss ehrlich gesagt zugeben, dass sich bis zum heutigen Tag nichts daran geändert hatte.

Was ich jetzt aufschreibe, ist deshalb vor allem das, was Angelica mir erzählt, während sie neben mir sitzt und redet …

Nein!, dachte ich, so geht das nicht. Auf diese Weise funktioniert das nicht.

Ich legte den Stift zur Seite und sah Angelica an.

»Angelica«, sagte ich, »mein Kopf platzt vor lauter Gedanken über Virginia. Ich finde es schwierig, nur das aufzuschreiben, was du mir erzählst. Können wir das nicht zusammen tun? Ich meine, ich schreibe auf, was du möchtest, versprochen. Aber ich glaube nicht, dass es mir gelingt, mich vollkommen herauszuhalten. Das habe ich auch bei meinem Buch über Julian nicht getan. Wenn wir daraus unsere *Geschichte machen, wäre mir wohler. Einverstanden?«*

»Natürlich bin ich einverstanden. Was denkst du denn?«

»Hast du mich lieb, Pixerina?«

»Ja, sehr, Witcherina«, sagte Angelica.

So endete das letzte Gespräch der beiden Hexen im Frühjahr 1941, kurz bevor Virginia verschwand.

Ihr allererstes Gespräch als Hexen begann, als Angelica einmal im Garten spielte. Sie war vier und saß in ihrem Zauberhaus unter dem Wacholderstrauch auf einem Teppich aus Tannennadeln. Sie war Gulliver und die Insekten waren Liliputaner. Eine Blume, die sie verkehrt herum hielt, und die sich in ihrer Fantasie in eine Prinzessin mit blauem Kleid verwandelt hatte, tanzte mit einem rotbraunen Käfer.

»Im Gleichschritt, marsch, Liliputaner«, sagte die Prinzessin, »sonst trampelt Gulliver uns platt.«

Angelica bemerkte einen Schatten und dann zwei Beine. Sie blickte auf und sah in das spitze Gesicht einer großen schlanken Frau. Tante Virginia.

»Was spielst du da?«

»Gullivers Reisen«, sagte Angelica.

Virginia ging in die Hocke. »Lass uns Hexen sein.« Ihre Augen, die immer müde aussahen, selbst wenn sie lachte, funkelten auf einmal.

»Warum?« Der rotbraune Käfer grub sich in die Erde.

»Weil ich Lust dazu habe«, sagte Virginia.

Angelica dachte nach. »Ich habe auch Lust dazu.«

»Dann bist du ab jetzt Pixerina, die kleine Hexe, und ich bin Witcherina, die Oberhexe«, sagte Virginia.

Angelica zögerte. Eigentlich würde sie selbst gerne eine Oberhexe sein. Welches vierjährige Kind würde das nicht wollen? Aber da sie sich so freute, dass Virginia mit ihr spielen wollte, stimmte sie zu.

Wenn Angelica in ihrem Zauberhaus saß oder irgendwo anders im Garten war, schaute unsere Mutter nur selten nach ihr. Doch abends im Bett, wenn Vanessa aus einem Buch vorlas, das ihr selbst gefiel und von dem sie meinte, dass Angelica es kennenlernen sollte, fragte Vanessa, ob sie einen schönen Tag gehabt habe. Sie war zufrieden, wenn Angelica die Frage bejahte. »Es freut mich, wenn du Spaß hast.« Mehr nicht.

Sie und Duncan arbeiteten den ganzen Tag über in ihrem Atelier. Und Julian und ich blickten von unserem Baumhaus geringschätzig auf unsere kleine Schwester hinab, sobald sie um unsere Aufmerksamkeit bettelte. Nur in ihrer Fantasie hatte Angelica Freunde: die Insekten, die Blumen und ihre Lieblingspuppe Judy. Aber jetzt war Virginia für sie da!

Angelica sprang auf und lief zu Grace, um zwei Besen zu holen. Johlend rannten die beiden als Hexen um den Teich herum. Enten flogen verstört auf, die Tür des Ateliers ging auf. Duncan kam heraus. »Ich wollte fragen, ob Angelica für uns Modell sitzen möchte, aber dazu hat sie jetzt wohl keine Zeit.«

»Geh weg!«, rief Witcherina. »Wir machen den geheimen Hexentanz, viel zu gefährlich für gewöhnliche Menschen.«

Duncan zog sich die Hose an der Krawatte hoch, die ihm als Gürtel diente, und klopfte Asche von der zerknitterten Jacke. Grinsend schloss er wieder die Tür.

Angelica genoss das Spiel zutiefst. Sie quiekte, sie juchzte, sie deutete auf die Baumhütte. »Da oben sitzen zwei Jungs, Witcherina. Komm, wir verzaubern sie.«

»Was für Jungs? Zauberjungs oder gewöhnliche Jungs?«

»Gewöhnliche.«

»Ah!«, sagte Witcherina. »Dann verwandeln wir sie in Kröten.«

Julian und ich bekamen diese Worte mit und lachten die angeblichen Hexen aus. Was für ein Blödsinn!

Virginia deutete mit dem Besenstiel zur Baumhütte. »Abrakadabra. So, geschafft!«

Angelica jubelte. Sie schaute hinüber zum Haus und dachte an die Menschen da drinnen, die von diesem wundervollen Spiel ausgeschlossen waren.

»Weißt du was, Virginia?« Die beiden saßen keuchend am Ufer des Teichs und hielten nach zwei hässlichen Kröten im Wasser Ausschau. »Du bist meine Lieblingstante.«

»Wollen wir Grace verzaubern?«, sagte Virginia.

»Jaaa!« Pixerina sprang auf.

Hinter dem Atelierfenster stand Vanessa. Sie beobachtete Virginia und Angelica. Sie lächelte.

»Muss das da stehen?«, fragte Angelica. »Dass Mama lächelte?«

»Ich hab's vom Baumhaus aus gesehen«, sagte ich.

»Das wusste ich nicht.«

»Nein.«

»Habt ihr uns etwa nachspioniert?«

»Natürlich«, sagte ich. »Bis es uns zu langweilig wurde.«

Das Haus, in dem wir wohnten, war ein Künstlerhaus, und der Garten, in dem Angelica jeden Tag spielte, seit sie krabbeln konnte, war ein Künstlergarten. Farben waren wichtig, der Rest war eigentlich egal.

1925, als wir einzogen, war *Charleston* ein großes, verfallenes Bauernhaus im tiefsten Sussex. Es hatte einen von Mauern umgebenen Garten und einen Teich. Vanessa und Duncan bemalten alle Wände und Möbel farbenfroh, sodass das ganze Haus bald einem einzigen Riesengemälde glich.

»Weshalb sollte man Kunst in einen Bilderrahmen einsperren?«, fragte Vanessa, während sie mit einem Pinsel einen Wäscheschrank bearbeitete.

»Das hast du schön gesagt, Mama«, meinte Julian.

»Auch Menschen sollten nicht in einen Rahmen eingeschlossen sein«, sagte Duncan.

»Wie meinst du das?«, fragte Vanessa.

»Ich habe einen neuen Freund. Ich glaube, ich bin ziemlich verliebt.«

»Ich mochte John«, sagte Vanessa.

»Du magst doch alle meine Freunde. Aber John hat mich eingeengt.«

Virginia hatte das Haus entdeckt. »Es würde mir gefallen, wenn ihr in meiner Nähe wohnen würdet«, hatte sie zu Vanessa gesagt. »Es ist mit dem Fahrrad nur eine halbe Stunde bis zu uns.«

»Ich weiß«, hatte Vanessa gesagt. »Und das Haus ist bestimmt großartig.«

Wir waren aus dem hektischen London hierhergezogen, als Angelica gerade ein paar Monate alt gewesen war. Meine Mutter hatte das Haus gemietet, nicht gekauft. Sie war heftig dagegen, ein Haus zu kaufen. Sie wollte umziehen können, wann immer ihr danach war. Außerdem gab sie nichts auf Besitz. »Wenn ich etwas besitzen will, male ich es«, meinte sie. »Dann gehört es mir auf ewig.«

Die ersten sieben Jahre ihres Lebens bestand die Welt für Angelica aus nichts anderem als aus *Charleston* und seinem ummauerten Garten. Und besonders der war ihr Reich. Dort strolchte sie herum und spielte die Bücher nach, die ihr vorgelesen wurden. *Gullivers Reisen. Alice im Wunderland.* Vor allem aber *Der geheime Garten.* Angelica fand es herrlich, einen kranken Jungen zu bemuttern, wie Mary das in dem Buch tat. Deshalb war sie auch vollkommen hingerissen, als ich ernsthaft krank wurde und der Arzt feststellte, dass ich Tuberkulose hatte. Er verordnete mir frische Luft. Eigens für mich wurde im Garten ein Zelt aufgebaut.

Angelica bettelte Grace an, ihr Limonade, Kekse und feuchte Tücher zu geben, damit sie mir die schweißnasse Stirn abtupfen konnte.

»Weißt du, Quentin«, sagte sie zu mir, »ich glaube, dass wir beide eigentlich Waisenkinder sind. Gäbe es mich nicht, würde sich niemand um dich kümmern. Wie gut für dich, dass du mich hast.« Sie hielt mir den Becher an den Mund. Limonade tropfte mir am Kinn herunter. Ich wimmerte. Ich war viel zu schwach, um mich gegen dieses aufdringliche Getue zu wehren.

Aber dann kam Virginia zu Besuch und sagte, dass sie von genau so einem Krankenlager immer geträumt hätte. Jeder vernünftige Mensch wüsste doch, dass echte Hexen nicht in einem Häuschen aus Hühnerknochen wohnten, sondern in einem Zelt, das in einem ummauerten Garten stand. Augenblicklich hatte Angelica mich vergessen. Pixerina und Witcherina nahmen mein Zelt in Besitz. Sie spielten dort wilde Theaterstücke, während ich kreidebleich und hilflos vom Bett aus zuschaute.

Angelicas heimlicher Wunsch, dass Vanessa, ihre Mutter, ab und zu nach ihr sehen würde, ging jedoch nicht in Erfüllung.

Eines Morgens entdeckte Angelica unter einem Johannisbeerstrauch ein Rotkehlchen. Es sah genauso aus wie das Rotkehlchen in *Der Geheimen Garten*. Sie ließ die gerade erst für mich als Medizin gepflückten Beeren fallen und hastete dem Vogel hinterher. Das Rotkehlchen entkam durch ein Loch in der Mauer.

Angelica rannte ins Haus, um Vanessa zu erzählen, was sie gerade erlebt hatte.

»Mama«, rief sie, »du würdest dich bestimmt gerne in meinem Garten umschauen, aber das geht nicht. Es ist nämlich mein geheimer Garten.«

»Ach so«, sagte Vanessa.

Duncan blickte von seiner Leinwand auf. »Ich liebe Geheimnisse«, sagte er und ging mit ihr mit.

Angelica deutete auf das Loch in der Mauer. »Da wohnt das Rotkehlchen.«

Duncan legte sich auf den Bauch und spähte durch das Loch. »Es schläft.«

Sie schlichen davon und kamen zu meinem Zelt.

»Duncan«, flüsterte Angelica, »Quentin stirbt, oder?«

»Wie kommst du denn da drauf?«

»Könnte doch sein?«

Denn wenn ich sterben würde und alle verzweifelt und traurig wären, dann könnte sie ihre Mutter aufmuntern. »Liebes«, würde Vanessa dann zu ihr sagen, »wenn ich dich nicht hätte …« Das erschien Angelica bei näherer Betrachtung besser, als ein Waisenkind zu sein. Waisenkinder hatten nämlich keine verzweifelte Mutter, die man trösten konnte.

Doch ich starb nicht. Ich erholte mich und das Zelt wurde abgebaut. Angelica war wieder allein in ihrem Reich. Besonders schlimm fand sie das nicht, denn sie hatte ihre Insekten, ihre Blumen und ihre Fantasie. Und sie hatte

Virginia. Aber Virginia hatte kaum Zeit für sie, wenn sie an einem Buch saß. Angelica hatte sich damit abgefunden. Genau wie bei Vanessa und Duncan, wenn sie in ihrem Atelier waren, hatte es bei Virginia dann keinen Sinn, ihre Aufmerksamkeit auf sich lenken zu wollen.

Doch wenn Virginia nicht arbeitete, kam sie entweder nach *Charleston* oder Angelica besuchte sie in *Monk's House*. Und dann machten die beiden Hexen dort den Garten und den Rest der Welt unsicher.

Aber am besten gefiel es Angelica, wenn noch andere Erwachsene in den Garten kamen, um auf Sesseln sitzend zu lesen, zu arbeiten oder zu plaudern. An jedem schönen Tag war der Garten voller Menschen. Julian und ich verschanzten uns in unserem Baumhaus und beobachteten die anderen, Vanessa machte Skizzen in ihrem Zeichenheft, Duncan und David, sein neuester Freund, spazierten um den Teich, und immer waren Freunde und Verwandte zu Besuch.

Dann setzte sich Angelica strategisch günstig mit ihrer Puppe Judy in die Nähe der Erwachsenen und konnte sich sicher sein, dass jeder bewundernd zu ihr hinübersah, wenn sie Gulliver, Alice oder Mary war. Der Einzige aber, der sich regelmäßig zu ihr hockte und sie fragte, was sie spielte, war David. Die anderen waren mit sich selbst beschäftigt. David war ein kleiner, muskulöser Mann mit hellblondem Haar und strahlend blauen Augen. Er hatte immer ungeteiltes Interesse für jeden von uns, auch für Grace und deren Mann Walter, unseren Gärtner. Weil wir spürten, dass dieses Interesse aufrichtig war, mochten wir ihn und hofften, dass Duncan noch lange nicht genug von ihm haben würde.

Einmal, als wir an einem solchen Nachmittag im Garten waren, bemerkte Virginia, dass ihr *Charleston* zwar wirklich gefiel, aber dass es doch etwas zu weit von der bewohnten Welt lag.

»Vielleicht solltet ihr besser in einem Dorf leben«, sagte sie zu Vanessa, »dann seht ihr wenigstens ab und zu ein paar Menschen. Warum zieht ihr nicht zu uns nach Rodmell?«

Vanessa wollte nichts davon wissen.

Virginia gab sich nicht sofort geschlagen. »Ich glaube, Angelica würde auch lieber in einem Dorf leben. Stimmt's, meine kleine Pixerina? Würdest du nicht lieber in Rodmell wohnen?«

Angelica sah erst ihre Mutter an, dann ihre Tante und hatte dann – sie wusste nicht, warum – mit einem Mal das Gefühl, dass dies nicht einfach nur eine Frage war. Sie beschloss, dass es vernünftiger wäre, sich auf keine Seite zu stellen. »Ich mag beides«, sagte sie.

Virginia lachte. »Pixerina, kleiner Teufel, du hast mich durchschaut und das, obwohl ich es so herrlich finden würde, euch mehr in meiner Nähe zu haben.«

»Liebes«, sagte Vanessa, »immer wenn ich dir einen Brief schicke, beklagt sich der Postbote, dass er zu wenig zu tun hätte. So nah wohne ich bei dir.«

»Zum Glück, denn ich habe euch beide gleich lieb!«, rief Angelica und sah an den Gesichtern der Erwachsenen, dass das genau die richtige Bemerkung gewesen war.

Grace brachte Tee und Limonade. Als sie wieder ins Haus ging, blickte Virginia ihr nach. »Was für ein Glück du mit Grace hast«, sagte sie zu Vanessa. »Sie ist ein Schatz.«

Meine Mutter nickte. »Grace ist zuverlässig und sie arbeitet hart. Schade nur, dass sie so einfältig ist. Immerzu erzählt sie dieselben Geschichten über ihre Schwester und behelligt mich ständig mit überflüssigen Fragen, was sie tun soll.«

»Also ich schreibe Nellie die Aufträge einfach auf Zettel«, sagte Virginia. Nellie war ihr Dienstmädchen. »Die lege ich morgens, bevor sie anfängt zu arbeiten, auf den Küchentisch. Dann brauche ich nicht ständig mit ihr zu reden.«

»Sehr vernünftig«, sagte meine Mutter. »Vielleicht sollte ich das auch tun.«

»Ja.«

»Ihr seid Snobs«, sagte David.

Vanessa und Virginia ignorierten seine Bemerkung.

~

Erst als Angelica zum ersten Mal mit einer gleichaltrigen Freundin spielte, entdeckte sie, dass nicht alle so waren wie die Bewohner von *Charleston.*

Das Mädchen hieß Daisy und wohnte auf einem Bauernhof ganz in der Nähe. Sie trat in Angelicas Leben, als sie einen Puppenwagen voll mit Teddybären vor sich herschob und zwischen den Gitterstäben des Gartentors hindurch Judy anschaute, die in Angelicas Armen lag. Angelica hatte das Mädchen schon früher einmal gesehen, an einem Sonntag, als Daisy, für den Kirchgang gekleidet, mit ihren Eltern spazieren gegangen war. Angelica hatte gewinkt, Daisy hatte sie angesehen und war weitergegangen.

Aber jetzt blieb sie stehen. »Willst du mit mir spielen?«, fragte sie.

Angelica war überrascht. »Gullivers Reisen«, schlug sie vor.

»Nein, Vater, Mutter, Kind.«

»Komm mit zur Scheune«, sagte Angelica.

Die Scheune unseres Nachbarn, der auch unser Vermieter war, stand etwas außerhalb des Gartens. Von dort aus konnte man in die Zimmer im Obergeschoss unseres Hauses schauen. Manchmal sah Angelica dort Grace fegen und wischen. Ins Baumhaus konnte sie nicht spähen. Julian und ich hatten eine Gardine vor dem Fenster angebracht, um unsere neugierige Schwester auszuschließen.

Die Arme voller Kleider, Kissen und Spielzeug aus dem Puppenwagen, kletterten die beiden die Leiter zum Heuhaufen hinauf. Daisy formte ein großes Doppelbett aus Heu, Angelica legte zwei Teddybären hinein.

»Das sind Vater und Mutter«, sagte Daisy.

»Nein, das sind Duncan und David«, sagte Angelica.

»Oh ja, das sind die Kinder. Dann ist deine Puppe die Mutter und ich bin der Vater und dann bist du …«

Angelica schüttelte den Kopf. »Duncan und David sind zwei alte Männer.«

Daisy lachte sie aus. »Alte Männer schlafen doch nicht zusammen in einem Bett!«

»Duncan und David schon.«

»Sind sie krank?«

»Sie sind ineinander verliebt.«

Daisy schnaubte. »Wie soll das denn gehen?«

Angelica wusste einen Moment nicht, was sie darauf antworten sollte. »Sie lieben sich eben«, sagte sie.

»Aber das sind zwei Männer!«

»Duncan schläft morgens gerne aus«, sagte Angelica, »und das mag David gar nicht.« Sie griff nach einem der beiden Bären. »Na los, Duncan, wach auf!«

»Lass mich in Ruhe«, brummte der andere Bär und blieb liegen.

Daisy schaute Angelica amüsiert an. »Du bist wirklich witzig.«

Schlecht gelaunt stand Bär Duncan auf. Es war ein verschlissener Teddybär, hatte also sogar etwas Ähnlichkeit mit dem echten Duncan.

»Und dann gehen sie draußen spielen«, sagte Daisy und ließ die beiden Bären einen Spaziergang durch den nach feuchtem Sommer riechenden Heuhaufen machen.

»Geht nicht zu weit weg«, sagte sie, »Mama will euch im Blick haben.«

Angelica verstand kein Wort. »Warum?«, fragte sie. Vanessa sagte nie, dass sie sie »im Blick« haben wollte, wenn sie spielte. Angelica durfte machen, was sie wollte, solange sie im Garten oder auf dem Grundstück des Bauernhofs blieb.

»Sie sind noch so klein«, erklärte Daisy. »Du weißt, was alles passieren kann, wenn kleine Kinder zu weit weg gehen.«

Angelica hatte keine Ahnung, was sie meinte.

»Dann kommt Thompson, der Förster«, sagte Daisy.

»Wer ist das?«

»Ein unheimlicher Mann, der Kinder fängt, wenn sie nach Compton Wood kommen.«

Dieses Spiel kannte Angelica. Virginia und sie spielten oft, dass Männer Witcherina und Pixerina fangen wollten. Aber die Hexen gewannen immer, denn Hexen waren Frauen und Frauen waren schlauer als Männer, hatte Virginia Angelica verraten. »Warum, wirst du noch selbst herausfinden.«

Angelica nahm Daisy mit in den Obstgarten, den sie für das Spiel in Compton Wood verwandelt hatte. Sie huschten zwischen den Apfelbäumen hindurch.

»Da kommt Thompson!«, rief Angelica. »Lauf!«

Schreiend rannten die beiden Mädchen hintereinander her. Julian und ich zogen die Gardinen im Baumhaus zur Seite.

»Macht nicht so einen Krach«, brüllte Julian.

»Wir arbeiten und wollen nicht gestört werden!«, rief ich.

»Große Brüder sind blöd«, sagte Daisy.

Angelica schaute zum Baumhaus hinauf und stimmte ihr zu.

Am Gartentor stand ein Mädchen. Sie hieß Kay und war Daisys beste Freundin.

»Was macht ihr?«, fragte sie.

»Wir spielen«, sagte Angelica.

»Ich spiele mit.« Kay kam in den Garten und übernahm gleich die Regie. Sie stopfte Judy und die Teddybären in den Puppenwagen und lief damit herum. »Was seid ihr für süße Kinder.«

»Und jetzt besuchen wir die Nachbarin zum Tee«, sagte Daisy.

Ah, eine Teegesellschaft! Angelica kannte die Szene aus *Alice im Wunderland* in- und auswendig. Es schien ihr ein Rollenspiel zu sein, bei dem die beiden anderen begeistert mitmachen würden.

Kay setzte sich zu Daisy. Daisy schnitt einen imaginären Kuchen an und sagte: »Nachbarin, was ist es ekelhaft nass und kalt, nicht wahr? Die Wäsche will einfach nicht trocknen.«

»Möchten Sie noch eine Tasse Tee?«, fragte Nachbarin Kay.

Angelica holte ihre Puppe aus dem Puppenwagen. »Also, Judy ist der verrückte Hutmacher. Und ich bin Alice und ihr seid der Märzhase und der Siebenschläfer.«

»Mit zwei Löffeln Zucker, bitte«, sagte Nachbarin Daisy. »Was für ein Elend, dass die Hühner einfach nicht legen wollen!«

»Warum gleicht ein Rabe einem Schreibpult?«, fragte der Hutmacher.

Begeistert klatschte Alice in die Hände. »Ich liebe Rätsel. Ich glaube, ich weiß es.«

»Möchten sie ein Plätzchen?«, fragte Nachbarin Daisy. »Ich habe sie selbst gebacken.«

»Ja, gern, liebe Nachbarin«, sagte Kay.

Alice sprang auf. »Und dann setzen wir uns alle auf einen anderen Stuhl.«

Kay runzelte die Stirn. »Du redest ganz schön komisches Zeug.«

Das Spiel lief nicht so, wie Angelica es erwartet hatte. »Wenn eine Tasse schmutzig ist, setzen sie sich jedes Mal einfach auf einen anderen Stuhl. Dann brauchen sie zwischendurch nicht Geschirr zu spülen.«

Daisy und Kay sahen sich an.

»Komm Daisy, wir spielen bei mir zu Hause weiter«, sagte Kay. »Tschüss.«

Die beiden Mädchen gingen, vier Hände schoben den Puppenwagen vorwärts. Angelica wurde klar, dass die beiden sie nicht dabeihaben wollten. Sie nahm Judy auf den Schoß und schaute Daisy und Kay hinterher.

Seit diesem Moment wusste sie, dass es mehr auf der Welt gab, als *Charleston* und *Monk's House.*

Am Abend waren wir bei Virginia und Leonard zum Essen und Theater spielen eingeladen. Jeder aus meiner Familie spielte gerne Theater, meistens Stücke, die Virginia extra für diese Gelegenheiten schrieb. Fast immer übernahm sie auch die Hauptrolle. Niemand regte sich darüber auf. Wir hatten großes Vergnügen daran, uns zu verkleiden und uns in die Personen zu verwandeln, die meine Tante sich ausgedacht hatte. Vermutlich hatte ich damals schon bemerkt, dass die Schauspielerei irgendwann einmal Angelicas große Leidenschaft werden würde – gemessen an der großen Lust, mit der sie sich in ihre Rollen einlebte. Aber ich hatte nicht wirklich darüber nachgedacht. Das kam erst viel später.

Julian und ich waren zusammen mit Onkel Leonard im Garten, auf der Suche nach Leonards Äffchen. Das Tier war mal wieder ausgebüxt, weil es ihm im Haus zu voll gewesen war. Das machte es öfter, es war sein Trick, um Leonards ungeteilte Aufmerksamkeit auf sich zu ziehen. Julian und ich hatten eine boshafte Freude daran, es aufzuscheuchen, damit es sich in die Arme seines geliebten Herrchens flüchtete.

Nellie, das flachsblonde, mollige Dienstmädchen, deckte den Tisch. Sie stellte die Teller hin, als wären sie aus Blech, und rannte in die Küche zurück.

»Geht das nicht etwas vorsichtiger?«, fragte Virginia.

Verärgert drehte Nellie sich um. »Ich mache sie bestimmt nicht kaputt.«

Angelica kroch auf Vanessas Schoß und fragte sie, was ihr schon den ganzen Mittag über auf der Seele gebrannt hatte. »Mama, besuchen wir irgendwann einmal die Nachbarin zum Tee?«

»Welche Nachbarin?«

Angelica schlang die Arme um ihre Mutter. Vanessa reagierte nicht. Es war nicht so, dass sie Angelica von sich schob oder auf andere Art zu erkennen gab, dass sie nicht umarmt werden wollte. Nein, sie reagierte einfach nicht.

»Daisys Mutter.«

»Wer ist Daisy?«

Angelica erklärte es ihr.

Aber Vanessa hatte nichts für eine Teegesellschaft bei der Nachbarin übrig. »Ich wüsste nicht, worüber ich mit ihr reden sollte.«

»Du musst sagen, dass die Wäsche einfach nicht trocknen will. Und dass die Hühner keine Eier legen.«

»Was geht nur in deinem Kopf vor?«

Duncan und Virginia lachten. »Sie entdeckt gerade den Rest der Welt«, sagte Virginia.

Vanessa lachte nun auch. »Ach, ist es das?« Sie strich Angelica durchs Haar. Angelica drückte den Kopf an die Brust ihrer Mutter. »Daisys Mutter hat ihr bestimmt nicht Alice im Wunderland vorgelesen«, sagte Vanessa.

Nellie trug die Gläser herein.

»Bring doch auch schon den Wein«, sagte Virginia. »Und beeil dich gefälligst.«

»Ich kann nicht zwei Dinge gleichzeitig tun.« Schimpfend ging Nellie wieder in die Küche.

»Siehst du nun, wie unverschämt sie ist?«, sagte Virginia zu Vanessa. »Ich komme einfach nicht gegen sie an.«

»Ich würde sie entlassen, wenn ich du wäre«, sagte Vanessa.

Virginia nickte. »Genau das habe ich vor. Ich schicke sie bald weg. Nellie! Nellie! Wo bleibt der Wein?«

In der Küche fiel etwas herunter und zerbrach. Virginia schoss aus dem Zimmer. Vanessa schob Angelica von ihrem Schoß und ging Virginia hinterher. Angelica erkannte, dass der passende Moment vergangen war.

Kapitel Drei

»Ich finde, du redest nicht gerade nett über Mama«, sagte ich.

»Und ich finde, dass ich es genauso erzähle, wie es gewesen ist«, sagte Angelica. Sie schwieg kurz und sah mich ernst an. »Weißt du, worüber ich manchmal nachdenke? Wenn ich jetzt plötzlich sterben würde, wäre Mama dann genauso traurig wie nach Julians Tod?«

»Was redest du da? Sie wäre todunglücklich.«

»Wieso bist du dir da so sicher?«

»Als du klein warst, konnte ich dich eigentlich nicht leiden«, sagte ich. »Ich war eifersüchtig auf all die Beachtung, die du bekommen hast. Du und auch Julian. Ich war auf euch beide eifersüchtig.«

»Du hast dir aber nie etwas anmerken lassen.«

»Und ob. Erinnerst du dich noch daran, dass deine Puppe Judy vor Jahren kaputt im Garten lag?«

Angelica nickte. »Irgendjemand hatte sie auf der Terrasse fallen lassen. Ihr Kopf war zertrümmert.«

»Du hast ganz Sussex zusammengeheult. Aber sie ist nicht gefallen. Ich habe sie auf den Boden geschmissen.«

»Ist das wahr? So eifersüchtig bist du auf mich gewesen?« Angelica sah plötzlich sehr zufrieden aus. »Wie gemein von dir, Judy kaputt zu machen.«

»Ja«, sagte ich.

»Aber Mama nimmt mich nie in den Arm«, sagte Angelica. »Bis heute nicht.«

»Na und?«

»Ich hätte so gern, dass sie es tut.«

»Dann sag ihr das.«

»Du weißt genau, dass das nicht geht.«

Nimm mich in den Arm. Es waren fünf simple Worte. Doch Angelica brachte sie nicht über die Lippen. *Nimm mich in den Arm* war nichts, das man zu Vanessa sagen konnte.

»Und Virginia umarmt sie auch nie …«, sagte Angelica.

Die Tage vergingen. Onkel Leonard suchte, die Polizei suchte, wir alle suchten, dieses Mal ganz gezielt: in Rodmell, in den Hügeln, am Fluss und immer wieder am Fluss, in Brighton, bei den Klippen von Dover. Aber wir fanden Virginia nicht. Der Postbote brachte keine Nachricht von ihr und wenn das Telefon klingelte, war es nie ihre Stimme am anderen Ende der Leitung.

Wenn wir sie nicht suchten, waren wir zu Hause, Vanessa, Angelica und ich, in unseren Zimmern, alleine mit unseren Gedanken und den Geschichten, an denen wir gerade schrieben.

Mein Vater hatte recht: Es tat mir gut, über Virginia zu schreiben. Es war besser, oder jedenfalls weniger deprimierend, als wartend aus dem Fenster zu starren und zu hoffen und zu bangen …

Aber ich verzweifelte an den Fragen, die mir durch den Kopf spukten. Warum war Virginia so plötzlich verschwunden und warum wollte meine Mutter sich nicht dazu äußern? Sosehr ich sie auch drängte, sie antwortete mir nicht.

»Du kannst mir doch einfach sagen, was in dem Brief steht«, sagte ich.

»Nein.«

Meine Mutter zu etwas drängen zu wollen, das sie nicht tun oder sagen wollte, machte sowieso wenig Sinn. Aber ihre jetzige Schweigsamkeit war anders als sonst. Sie wusste mehr, das war klar, aber sie hielt den Mund, ›weil sie es Virginia versprochen hatte‹. Wieso? Und wieso behauptete Angelica, dass es vielleicht mit meiner Mutter zusammenhing, dass Virginia jetzt weg war? War mir all die Jahre irgendetwas entgangen? Ich hoffte, dass Angelica schnell auf die Sache zu sprechen kommen würde, aber sie nahm sich alle Zeit der Welt, um mir ihre Geschichte der Reihe nach zu erzählen.

Kapitel Vier

Nicht nur Daisy, auch Grace kam aus einer für Angelica unbekannten Welt. Seit den ganzen Missverständnissen während des Spiels mit den beiden Bauernmädchen war sie auf diese andere Welt so neugierig geworden, wie auf ein neues Abenteuer von *Pu der Bär.*

Deshalb ging sie eines Morgens in die Küche, um Grace zu fragen, ob sie ein bisschen von sich erzählen könnte, über ihr Haus, wie sie ihren Mann Walter kennengelernt hatte, über die Familie, in der sie aufgewachsen war, und über ihr Leben mit Walter, wenn sie nicht in *Charleston* arbeitete.

Die Küche befand sich an der Seite des Hauses und verfügte über einen separaten Eingang für Lieferanten, den auch Grace benutzte. In der Beiküche, dem Verbindungszimmer der Küche mit dem Rest des Hauses, standen Marmeladengläser und eingemachtes Obst aus dem Garten. Dort hingen auch die Hasen, Fasane und Rebhühner zum Reifen.

Angelica saß auf der Anrichte. Grace stand am Küchentisch und knetete Teig. Das Mädchen aus dem Dorf, das ab und zu ein paar Stunden zu uns kam, um Grace bei schweren Arbeiten zu helfen, war mit einem Besen hinausgegangen.

»Ich komme aus einer ganz normalen Familie, weißt du«, sagte Grace entschuldigend. »Es gibt nichts Besonderes über uns zu erzählen.«

Aber Angelica bohrte nach, bis Grace doch zu erzählen begann: Wie sie als sechzehnjähriges Mädchen aus dem Haus geschickt wurde, um zu arbeiten, denn ihre Eltern hatten nicht genug Geld, um ihre Kinder zu ernähren. Sie sprach über die Familien, bei denen sie als Küchenhilfe gearbeitet hatte, und darüber, wie sie nach *Charleston* gekommen war.

»Ich mochte deine Mutter auf Anhieb«, sagte sie. »Es ist schön, ich arbeite gerne hier. Ich kriege meine Anweisungen und niemand sonst mischt sich ein. Ich kenne genügend Frauen, die es schlechter getroffen haben.«

Angelica rieb sich die Augen. Sie brannten vom Rauch, der aus dem Kohlenherd qualmte. Grace öffnete das Fenster.

»Findest du mich auch nett?«, fragte Angelica.

»Du bist mir die Liebste von allen. Reichst du mir mal das Salzfässchen?«

Angelica gab es ihr. Das Fässchen war wie fast alle Schränke, Stühle und das Geschirr von Vanessa und Duncan bemalt worden. Was war es für ein Vergnügen, hier bei Grace zu sitzen. Angelica hoffte, dass ihre Mutter auch einmal, am besten recht bald, kein Geld haben würde, um ihre Kinder zu ernähren. Mit etwas Glück würde sie dann Angelica auch aus dem Haus schicken, um als Küchenmädchen zu arbeiten. Sie könnte den ganzen Tag kneten und kochen. Und sie würde mit so liebenswerten Kindern, wie sie selbst eins war, plaudern.

»Hast du zu Hause auch eine Haushälterin?«

Grace lachte schallend. »Natürlich nicht. Was für ein Gedanke! Leute wie wir müssen alles selbst erledigen, weißt du? Wenn ich heute Abend nach Hause komme, muss ich noch einmal kochen. Jeden Tag stehe ich in aller Frühe auf, denn das Haus muss in Ordnung sein, bevor ich zur Arbeit gehe. Ich kann mich nicht beklagen, aber sei du mal froh, dass du niemals so hart arbeiten musst wie ich. Du bist ein Glückspilz!«

Es klopfte an der Tür. Der Kohlenhändler stand draußen. »Rieche ich hier frisch gebrühten Kaffee?«, rief er durch das offene Fenster.

Grace schickte Angelica aus der Küche. »Sonst stehst du mir nur im Weg.«

Durch die Beiküche und den nach Bohnerwachs, abgehangenem Fleisch und den dort liegenden Kokosmatten riechenden Flur ging Angelica zum Atelier hinüber. Sie kletterte mit ihrem Zeichenblock auf einen Sessel. Da jeder aus unserer Familie schrieb oder malte, töpferte oder dekorierte, war es für Angelica ganz selbstverständlich, dass auch sie auf Papier festhielt, was sie sah oder woran sie dachte. Menschen, die nicht regelmäßig einen Stift oder einen Pinsel in der Hand hielten, nahmen wir nicht ernst.

Angelica zeichnete Grace, wie sie Teig knetete. Ihre Küchenhilfe namens Angelica stand am Herd und rührte in einem Topf.

»Du riechst nach Rauch.« Duncan zündete sich eine Zigarette an. »Bist du in der Küche gewesen?«

»Grace ist meine Freundin«, sagte Angelica.

»Sie ist keine Freundin, sie ist die Haushälterin«, sagte Vanessa.

»Aber sie ist lieb.«

Vanessa lächelte. »Ja, sie ist lieb.«

»Mama, du bist doch mit Papa verheiratet? Ihr seid also genauso wie Grace und Walter?«

»Sind wir so wie Grace und Walter? Tja, so gesehen schon.«

»Warum wohnt Papa dann nicht bei uns?«

»Liebes, was hat Grace dir alles erzählt?«

»Nichts. Daisy sagt, dass Papa uns nicht liebt, sonst würde er doch bei uns wohnen.«

»Daisy weiß nicht, wovon sie spricht.«

»Bist du in Papa verliebt?«

»Papa ist mein Freund, genau wie Duncan und David. Das weißt du doch.«

Natürlich wusste sie das. So war es immer gewesen. Und dennoch fand Angelica in der letzten Zeit so einiges verwirrend. Grace war nicht wie sie und ihre Freundinnen ebenfalls nicht. Gab es noch mehr Menschen, die anders waren? Wieso? Wieso wollte Vanessa nicht mit der Nachbarin Tee trinken? Warum durfte Grace nicht ihre Freundin sein? Warum kicherten und flüsterten Daisy und Kay, wenn sie mit Angelica spielten?

Sie ging zu Julian, in der Hoffnung, dass er es ihr erklären könnte. Julian wusste viel, behauptete er immer. Also müsste er das hier doch auch wissen, vermutete sie.

»Mama mag keine gewöhnlichen Menschen«, sagte Julian.

»Warum nicht?«

»Gewöhnliche Menschen machen sie verlegen. Dann weiß sie nicht, wie sie sich verhalten soll.«

»Warum?«

»Weil sie das nie gelernt hat. Und gewöhnliche Menschen wie deine Freundinnen finden uns ein bisschen seltsam.«

»Warum?«

»Warum, warum! Frag nicht so viel. Weil sie uns nicht verstehen, darum. Geh jetzt irgendwo spielen, ich muss lernen.«

Julian blätterte in einem Buch.

Eine ausführlichere Antwort auf ihre Fragen bekam Angelica vorläufig nicht.

~

Als Julian und ich zur Schule gingen und nicht mehr länger zu Hause unterrichtet wurden, fand Angelica, dass auch sie ein Anrecht auf »normalen Unterricht« hatte, wie Julian es nannte.

»Wenn du zur Schule gehst, habe ich keines meiner Kinder mehr im Haus«, sagte Vanessa.

»Aber Mama ...«

»Lass sie doch, wenn sie so gerne möchte«, meinte Duncan.

Vanessa sah ihn verärgert an. »Darüber reden wir später. Zieh die Schuhe an, wir gehen zu *Monk's House*. Virginia braucht mich.«

»Ich komme mit«, sagte Duncan. »Ich will weiter am Kaminsims arbeiten.« Jetzt, da *Charleston* vollkommen nach ihrem Sinn ausgestaltet war, hatten Duncan und

Vanessa damit angefangen, *Monk's House* zu verzieren, zumindest die Teile des Hauses, die sie früher noch nicht in die Finger bekommen hatten.

Angelica gab den Gedanken mit der Schule erst einmal auf. Sie wusste, dass Vanessa irgendwann nachgeben würde. Vanessa gab immer nach, wenn es um Angelicas Freiheit ging. Außerdem fand sie es toll, ohne Julian und mich zu *Monk's House* zu gehen, denn dann hatte sie Virginia ganz für sich alleine.

Ich liebäugelte damit, Schriftsteller zu werden und hatte Virginia deshalb um Rat gebeten. Unter ihrer Anleitung hatte ich eine Hauszeitung gegründet, bei der ich Chefredakteur und einziger Mitarbeiter war. Mit meinem Notizbuch schlich ich durchs Haus, belauschte Gespräche, schnüffelte in Schubladen und berichtete über das, was ich gehört und gesehen hatte. Über die Artikel und Geschichten, die ich schrieb und auch selbst illustrierte, wollte ich immer gerne Virginias Urteil hören. Ihre manchmal scharfen, aber stets treffenden Kommentare brachten mich weiter. Oftmals gingen wir zusammen in ihr neues Arbeitszimmer, um meine Aufzeichnungen zu besprechen. Wenn wir in dem alten Holzschuppen mit den großen Fenstern waren, der ganz hinten im Garten lag, blieb Angelica nichts anderes übrig, als zu warten, bis Virginia wieder herauskam, bereit, sich in Witcherina zu verwandeln.

Julian machte Angelica kaum Konkurrenz. Er hatte kein Interesse an Virginia. Er vertiefte sich lieber in den Bücherschrank von *Monk's House* und führte mit Leonard lange Gespräche über Politik. Julian hatte beschlossen, Kommunist zu sein, und konnte über kaum etwas anderes mehr reden. Er war der Meinung, dass alles Elend in der Welt – Krieg, Erniedrigung, Unverständnis – nur dadurch verursacht würde, weil sich manche Menschen für etwas Besseres hielten. Nur für die Kommunisten waren alle Menschen gleich. Feurig hatte er mir versichert, dass in der Welt alles gut werden würde, wenn jeder Kommunist wäre. Als ich ihm entgegnete, dass nicht einmal bei uns zu Hause jeder gleich war, weil wir Personal hatten, warf er ein, dass er Grace immer sehr höflich um etwas bat. Womit seiner Meinung nach bewiesen wäre, dass er ein aufrechter Kommunist war.

Leonard fand es interessant und ich glaube auch amüsant, mit Julian darüber zu reden. Virginia mischte sich in diese Gespräche nicht ein.

»Quentin?«, fragte mich Angelica einmal, als wir auf dem Weg zu *Monk's House* waren. »Willst du nicht lieber Kommunist werden als Schriftsteller?«

Die Frage überraschte mich. Doch ich durchschaute sie. Sie wollte mich und Virginia auseinanderbringen und das sagte ich ihr auch. »Dabei weißt du noch nicht einmal, was ein Kommunist ist.«

Wütend sah sie mich an. »Na und?«

Diese Antwort überzeugte mich davon, dass kleine Schwestern einfältige Wesen waren.

»Das habe ich gemerkt«, sagte Angelica.

»Was?«

»Dass du dachtest, ich sei einfältig.«

Ich lachte. »Tut mir leid.«

»Virginia hat gesagt ... Ach was, das erzähle ich dir ein anderes Mal.«

Sie nahmen den Bus. Den nahm Vanessa immer, wenn niemand mit einem Auto zu Besuch war. Virginia kam für gewöhnlich mit dem Fahrrad oder zu Fuß nach *Charleston*. Manchmal durfte Angelica sie begleiten, wenn Virginia wieder nach Hause ging. Angelica liebte diese Spaziergänge mit ihrer Tante, Richtung Süden, über die Pfade, die mitten durch Felder und Äcker führten, zur Drehbrücke über den Fluss, am Bauernhof vorbei, der im Sommer 1940 von einer deutschen Bombe zerstört werden sollte, bis nach Rodmell.

Unterwegs plapperte Angelica endlos darüber, was sie im Garten erlebt hatte, und Virginia erzählte ab und zu von der Zeit, als Vanessa und sie Kinder gewesen waren.

»Ich bin so froh, dass ihr nicht mehr so weit weg wohnt«, sagte sie. »Als Vanessa noch in London gelebt hat, habe ich sie fast nie gesehen. Vor langer Zeit waren wir immer zusammen. Du hast zwei Brüder, aber ich bin immer froh über die Anwesenheit meiner älteren Schwester gewesen.«

»Julian und Quentin finden mich albern.«

»Natürlich. Es sind Jungs.«

»Wieso kommt Mama eigentlich nie mit auf unsere Spaziergänge?«

»Das hängt mit deinem Großvater zusammen«, sagte Virginia.

Weder Angelica noch Julian oder ich hatten unseren Großvater mütterlicherseits je kennengelernt. Er war gestorben, als wir noch nicht auf der Welt waren. Wir kannten nur die Geschichten, die über ihn erzählt wurden.

Die Eltern meines Vaters habe ich gekannt, sie waren unangenehme Menschen. Wir besuchten sie nur sehr selten in ihrem dunklen Landhaus irgendwo bei London, wo zahllose ausgestopfte Tiere drohend auf uns niederblickten und das Personal ängstlich durch die Gänge huschte. Mein Vater besuchte sie immer mit großem Widerwillen. Mein Großvater, Besitzer eines Bergwerks, war reich und griesgrämig, seine Frau still und unterwürfig. Es war dort nie gemütlich, nie gab es ein fröhliches Gespräch. Es gab keine heiteren Farben im Haus und keine frische Luft. Meistens blieben wir zum Essen, darauf bestand mein Großvater. Aber die Mahlzeiten schmeckten mir nicht. Das lag aber nicht am Essen, sondern an der Atmosphäre am Tisch. Es schien, als wäre es nicht gestattet, zu reden, solange die Teller nicht leer waren. Nach dem Essen verschwanden mein Vater und mein Großvater in einem anderen Zimmer, weil sie etwas zu besprechen hatten, bei dem wir nicht erwünscht waren. Dann entspannte sich die Atmosphäre ein wenig. Aber meine Großmutter, ein Mäuschen, das wusste, dass die Katze jeden Moment wieder auftauchen konnte, traute sich nicht einmal in diesen Augenblicken, eine interessierte oder liebenswerte Oma zu sein.

Wenn so ein Besuch hinter uns lag, waren wir alle unglaublich erleichtert. Ich habe meinen Vater einmal gefragt, warum wir eigentlich dorthin gingen, wenn doch alle es so schrecklich fanden. »Es geht nun einmal nicht anders, meine Eltern möchten es so«, antwortete er.

Wenn meine Mutter von ihrer Jugendzeit sprach, was sie übrigens nur tat, wenn ich sie dazu drängte, begann sie immer mit demselben Satz: »Ich kann mich an keinen Tag erinnern, an dem Virginia nicht Schriftstellerin werden wollte, und ich nicht Malerin ...«

Als sie noch zu Hause wohnten, in der Hyde Park Gate in London, saßen die beiden Schwestern oft zusammen im Zimmer, Virginia mit ihren Büchern, Vanessa mit ihrem Skizzenblock. Bereits damals waren sie anders als andere. Mädchen dachten in dieser Zeit nicht darüber nach, was sie später werden wollten, denn das stand fest. Mädchen heirateten, wurden Ehefrauen und Mütter.

Ihr Bruder Thoby ging zur Schule, Virginia und Vanessa blieben zu Hause und lernten, wie man eine Festtafel deckte, wie man eine gute Gastgeberin wurde und wie man mit Gästen höfliche Gespräche führte. Aber vor allem lernten sie, einem Mann zu gehorchen.

Von ihren Eltern wurden die beiden talentierten Schwestern deshalb nur wenig ermutigt – auch wenn ihnen, das musste meine Mutter zugeben, keine Steine in den Weg gelegt wurden. Schreiben und Zeichnen waren nette Freizeitbeschäftigungen, daran war nichts Verwerfliches.

Die Mädchen ließen sich durch den Mangel an Unterstützung und Interesse nicht von ihren Träumen abbringen. Ihre Zeit würde kommen. Ohne zu murren taten sie, was von ihnen erwartet wurde und saßen sonst in jeder freien Minute gemeinsam in ihrem Zimmer, schreibend und zeichnend und von der Zukunft träumend.

Ihre Mutter, die nie sehr gesund gewesen war, starb jung. Der Vater beschloss daraufhin, dass Vanessa und Virginia, sechzehn und vierzehn Jahre alt, ihren Platz einnehmen sollten. Er fragte nicht, ob sie das wollten oder dem gewachsen waren, er hatte es einfach entschieden. Vanessa musste sich um den Haushalt kümmern, dem Personal Aufträge erteilen, Gäste empfangen. Virginia begleitete ihn auf seinen Spaziergängen.

»Wenn die beiden losgezogen sind, haben sie mich nicht dabeihaben wollen«, hat meine Mutter einmal zu mir gesagt.

Und Virginia erzählte Angelica, wie unser Großvater die Spaziergänge geliebt hatte. »Wir drehten fast jeden Tag eine große Runde durch die Stadt. Er war dabei viel netter und interessierter als innerhalb der Mauern unseres Hauses. Wir redeten über die Bücher, die wir gerade lasen. Dein Opa liebte Bücher. Gemälde liebte er auch, aber von Büchern verstand er mehr. Ich glaube inzwischen, Vanessa war immer ein bisschen eifersüchtig, wenn dein Opa und ich spazieren gingen und sie zu Hause bleiben und so tun musste, als wäre sie unsere Mutter. Vielleicht möchte sie deshalb nie mit, weil sie dann unangenehm an früher erinnert wird.«

»Aber hättest du ihn nicht fragen können, ob Vanessa euch begleiten darf?«, fragte Angelica.

»Nein, nicht Opa.«

»Warum nicht? Hattest du Angst vor ihm?«

»Dein Opa war ein altmodischer Mann. Er und niemand sonst hatte das Sagen. So war das früher nun einmal, fast alle Männer waren so. Aber wir fühlten uns davon eingeschränkt.«

Immer, wenn sie dazu Gelegenheit hatten, flüchteten die beiden aus dem Haus, immer zusammen. Zwei hübsche junge Frauen in weißen Kleidern, mit weißen Hüten und Sonnenschirmen, die durch die Straßen Londons flanierten. Sie zogen die Aufmerksamkeit von Frauen und Männern auf sich, besonders aber von Männern.

Doch die Männer, die sie selbst interessierten, trafen sie nicht in den Straßen Londons, sondern bei Thoby, der mittlerweile in Cambridge studierte.

Ja, sie fuhren nach Cambridge zu Thoby und seinen Freunden. Ihr Vater gestattete es, er fand nichts Schlimmes daran, dass Vanessa und Virginia ihren Bruder besuchten, aber in der Nachbarschaft empörte man sich. Zwei unverheiratete junge Damen, die ohne Begleitung den Zug nahmen, um in Cambridge lange Abende in einem Zimmer voller Männer zu verbringen – das war unerhört!

Dass viele dieser Männer von den Schwestern nichts anderes als ein gutes Gespräch wollten, weil schöne Frauen (nicht aber schöne Männer!) sie kaltließen, blieb der Außenwelt verborgen. Ich glaube, Vanessa und Virginia bereitete es Vergnügen, die Klatschtanten nie darüber aufzuklären, was in Thobys Zimmer passierte.

Aber Reden, das taten sie dort in Cambridge: über Bücher und Gemälde, über Politik und welche eigenen Wege man einschlagen wollte. Sie erzählten sich, was sie alles schon gelesen und gesehen hatten und was sie alles noch lesen und sehen wollten. Tagträumereien über die Zukunft, frei heraus. Die Männer sagten, sie würden niemals in einen Krieg ziehen, die beiden Schwestern sagten, sie wollten nie ›der Engel im Haus‹ werden, wie sie das immer nannten. Sie beschlossen, ihre beengte Jugend hinter sich zu lassen und ihre eigenen Wege zu gehen. Sie malten und schrieben, was sie wollten, Mann oder Frau, alt oder jung. Bei Thoby waren die beiden Mädchen auch Clive und Leonard zum ersten Mal begegnet. Auch Duncan hatten sie dort kennengelernt, diesen schludrigen, bettelarmen jungen Maler, der Freundschaft suchte und durchgefüttert werden musste.

In Thobys Zimmer hatte also alles angefangen mit dieser ungewöhnlichen Familie, in der wir aufwuchsen …

Der Bus, der Vanessa, Duncan und Angelica zu Virginia bringen sollte, hielt am Dorfrand von Rodmell. Sie stiegen aus und gingen durch die stillen Straßen zu *Monk's House*. Ein Hahn krähte, ein Taubenpaar flog kreisend über die Häuser.

Das Gartentor stand offen. Der Hund strolchte die Straße entlang. Leonard war im Garten und hörte einem Dichter zu, der mit eintöniger Stimme ein Gedicht vortrug.

April ist der grausamste Monat, er treibt
Flieder aus toter Erde, er mischt
Erinnern und Begehren, er weckt
Dumpfe Wurzeln mit Lenzregen …

Angelica schaute sich um. Cäsar, das Äffchen, saß auf dem Tisch und schob sich Trauben ins Maul. Duncan ging mit seinen Malutensilien ins Haus. Der Dichter, Tom Eliot, ein Amerikaner, der in England lebte und ein Hausfreund sowohl von uns als auch von Leonard und Virginia geworden war, hörte auf zu lesen.

Virginia war nicht im Garten. Sie lag mit Kopfschmerzen im Bett. Angelica war enttäuscht. Sie hatte gehofft, mit ihr Theater oder Krocket spielen zu können. Virginia hätte sie wie immer gewinnen lassen, auch wenn Leonard das blödsinnig fand. »Sie ist acht, in dem Alter sollte man nur gewinnen, wenn man es auch verdient hat«, hatte er einmal gemeint. Witcherina hatte Pixerina daraufhin zugezwinkert. Hexen interessierten sich nicht für Spielregeln.

»Virginia wollte natürlich nicht ins Bett«, sagte Leonard zu Vanessa, »du weißt ja, wie sie ist. Ich musste sie zwingen.«

Vanessa ging zu ihr. Virginias Schlafzimmer lag an der Seite des Hauses und hatte einen separaten Eingang. Im Winter, wenn es im Gartenhaus zu kalt war, nutzte sie es auch als Arbeitszimmer. War die Zimmertür geschlossen, durfte niemand ungebeten eintreten. Kinder von Schriftstellern und Malern hatten es nicht leicht, fand Angelica. Andere Eltern schlossen bestimmt keine Türen. Grace hatte ihr erzählt, dass ihre Mutter immer mit einer Kanne Tee am Küchentisch gesessen hatte, falls jemand unerwartet vorbeikommen würde.

Angelica wollte auch nach Virginia sehen.

»Nein, tu das nicht«, sagte Leonard.

Angelica ging weiter, auch wenn sie wusste, was Leonard gleich sagen würde.

Er räusperte sich. »Wenn ich Nein sage, erwarte ich, dass du mir gehorchst.«

Angelica war verrückt nach ihrem Onkel. *Nein. Lass das.* Das waren Worte, die sie von Vanessa selten zu hören bekam, es waren Worte aus Daisys und Grace' Welt.

Als Angelica Jahre später Leonard um ein Buch von Virginia bat, das sie einer Freundin zum Geburtstag schenken wollte, antwortete er: »Hast du Geld dabei?«

Das hatte sie nicht. Angelica, daran gewöhnt, alles zu bekommen, was sie sich wünschte, hatte damit gerechnet, dass er ihr das Buch sofort schenken würde.

»Geh nach Hause und hole Geld«, sagte er. »Bücher gibt es nicht umsonst.«

Niemals hatte sie mit größerer Freude etwas bezahlt.

Angelica setzte sich zu Leonard und Tom an den Tisch.

Nellie brachte Sandwiches.

»Bring Mrs Woolf warme Milch«, sagte Leonard. »Das wird ihr guttun.«

»Sehr wohl, das mache ich.« Sie verschwand. Die Nellie gegenüber Leonard war eine andere als die Nellie gegenüber Virginia. Angelicas Onkel hatte auf sie dieselbe Wirkung wie auf fast jeden: Man gehorchte ihm.

Wenn Virginia und er in *Charleston* waren und Leonard meinte, es wäre Zeit zu gehen, stand Virginia auf, selbst wenn sie mitten in einem Gespräch oder einem Spiel war.

Sagte er: »Ich glaube, du hast genug Wein getrunken«, ließ sie das Glas stehen. Nicht aus Angst, nicht aus Respekt, es war einfach so mit Leonard.

»Ist Onkel Leonard genauso altmodisch, wie Opa früher?«, hatte Angelica Virginia einmal gefragt.

»Onkel Leonard ist ein Mann, der weiß, was er will. Und das ist gut, denn er ist auch mit einer Frau verheiratet, die weiß, was sie will.« Virginia hatte Angelica einen leichten Klaps mit ihrem Spazierstock gegeben und ziemlich zufrieden ausgesehen.

Vanessa kam zurück. »Wie lange ist sie schon so?«, fragte sie.

»Seit ein paar Tagen«, sagte Leonard. »Ihr Buch ist fertig.«

»Ja, ich weiß. Ist es gut?«

»Ich lese es gerade, deshalb die Kopfschmerzen. Sie ist mit den Nerven fertig.«

Wenn Leonard Virginias neuestes Buch als nicht gut befand, würde sie es lieber wegwerfen als veröffentlichen, hatte sie einmal zu Angelica gesagt.

»Die Bettruhe wird ihr guttun«, sagte Vanessa.

Leonard nickte. »Tom hat ein langes Gedicht geschrieben. Ich glaube, das ist etwas für dich.«

Vanessa entwarf meistens den Einband für die Bücher, die Leonard herausgab. Die Bücher sahen aus wie die Wände in *Charleston*.

Tom nahm sein Manuskript und las weiter. Angelica stand auf und lief durch den Garten. Sie ging hinüber zu dem Teich mit den Bäumen. Ihr war klar, dass an diesem Nachmittag kein Theater oder Krocket gespielt werden würde.

Am Ufer des Teichs, ganz hinten im Garten, standen ›Virginia‹ und ›Leonard‹, zwei riesige Ulmen. Angelica kannte keine anderen Bäume mit Menschennamen. »Wenn Leonard und ich nicht mehr sind, werden die Ulmen noch erzählen, dass wir hier gewohnt haben«, hatte Virginia ihr erklärt. »Das finde ich einen sehr schönen Gedanken.«

Angelica hatte sofort einen der Bäume im Garten von *Charleston* ›Angelica‹ nennen wollen, den Pflaumenbaum oder den Quittenbaum, der jeden Sommer Horden von Wespen anzog. Doch keine fünf Minuten später hatte sie diesen Plan schon wieder vergessen.

Sie hockte sich beim Teich hin, im Schatten von ›Leonard‹. Auf dem Blatt einer Teichrose saßen zwei Käfer. Angelica betrachtete sie ausführlich. Das waren keine Liliputaner, es waren gewöhnliche Käfer. Die Zeit der Käfer, die Liliputaner waren, und der Blumen, die zu Prinzessinnen wurden, war vorbei.

Sie schlenderte durch den Gemüsegarten. Niemand war da, noch nicht einmal der Gärtner. Hummeln krabbelten auf den violetten Blüten der Artischocken. Angelica sehnte sich nach den lebhaften Stimmen ihrer Brüder.

Am Gartentisch saßen noch immer Leonard und Tom. Cäsar war auf Leonards Kopf geklettert und blickte misstrauisch um sich. Vanessa war noch bei Virginia.

Angelica ging zu Duncan, der im Wohnzimmer arbeitete. Er bemalte die Kamineinfassung abwechselnd mit

Kreisen und Halbkreisen, mit grünen Punkten und Linien. Grün war Virginias Lieblingsfarbe.

Er schaute auf. »Wie ist es im Garten?«

Angelica machte eine gleichgültige Geste. »Normal.« Sie setzte sich auf einen Stuhl und ließ die Beine baumeln.

»Langweilst du dich?«

»Nein.«

»Willst du mir helfen?«

Angelica nahm einen Pinsel und malte die Motive, die Duncan auf dem weißen Putz angebracht hatte. Ihre Kreise sahen aus wie Eier, aber Duncan sagte, dass sie prachtvoll wären.

»Ich möchte so gerne zur Schule gehen«, sagte Angelica.

»Du weißt doch, dass Vanessa dich lieber in ihrer Nähe haben will.«

»Und was habe ich davon? Sie schaut nie nach mir, wenn ich im Garten bin.«

»Sie will dir nicht auf die Pelle rücken.«

»Julian und Quentin haben jede Menge Klassenkameraden. Das will ich auch.«

»Sag Virginia, dass sie mit ihr reden soll. Auf sie hört Vanessa immer. Auf mich nie. Dafür ist sie viel zu eigenwillig.«

»Virginia ist krank.«

»In ein paar Tagen hat sie sich bestimmt wieder erholt.«

»Oder auch nicht. Und dann muss sie vielleicht wieder ins Krankenhaus.«

Das war früher schon einmal vorgekommen, als Virginias Kopfschmerzen so hartnäckig gewesen waren, dass man sie ins Krankenhaus in Brighton hatte einliefern müssen. Nur dort würde sie genügend Ruhe und die richtige Medizin bekommen, hatte Vanessa erklärt. Angelica konnte sich nicht vorstellen, wie es wäre, solch schlimme Kopfschmerzen zu haben. Die einzigen Kopfschmerzen, die sie kannte, hatte sie gehabt, als sie vom Heuhaufen gefallen war und eine riesige Beule davongetragen hatte. Julian hatte gesagt, dass sie jetzt ein Teufelchen wäre und dass ein Horn aus ihrem Kopf wachsen würde.

»Hab etwas Geduld und sei nicht so trübsinnig«, sagte Duncan, »alles wird gut. Und kleckere nicht so mit der Farbe.«

»Du musst mit Mama sprechen. Du weißt genau, dass sie auch auf dich hört. Bitte!«

Duncan war nicht Leonard. »Wieso kann ich dir eigentlich nie etwas abschlagen?«

Virginia musste nicht ins Krankenhaus. Die Kopfschmerzen vergingen und fröhlicher denn je kam sie nach *Charleston* zu Besuch. Aber sie war blass und schien abgenommen zu haben. Es war ein brütend heißer Sommertag im Jahre 1932. Alle waren im Garten. Clive war auch da und hatte Lady Ottoline mitgebracht. Angelica saß im Gras und spielte mit Bert, ihrem neu angeschafften Beagle-Welpen.

»Küss mich«, sagte Virginia zu Vanessa. »Ich will mit einem Kuss begrüßt werden.« Das war ihr Ritual. Leonard hatte sie nicht mitgebracht. Er war auf Reisen, um den Buchhändlern seine neuesten Bücher vorzustellen.

Vanessa blickte von ihrer Zeitung auf. »Muss das sein?«

»Sonst denke ich, dass ich nicht willkommen bin.«

Angelica rannte auf Virginia zu und schlang die Arme um sie.

Vanessa blieb sitzen. »Sie weiß doch auch so, dass ich sie liebe«, brummte sie in Duncans Richtung.

»Siehst du jetzt, wie sie mit Virginia umgegangen ist?«, fragte Angelica.

»Du übertreibst«, sagte ich. »Du glaubst doch nicht ernsthaft, dass Virginia verschwunden ist, weil Mama ihr vor Jahren keinen Kuss geben wollte?«

»Doch, es hat damit zu tun«, sagte Angelica. »Schreib weiter, Quentin.«

Wie Angelica hatte auch ich ungeduldig den Besuch von Virginia erwartet.

»Meine neue Hauszeitung ist fertig!«, rief ich.

»Ich platze vor Neugier«, sagte Virginia.

»Eine Hauszeitung!«, sagte Lady Ottoline. »Was seid ihr doch alle begabt!« Der riesige Hut wackelte auf ihrem Kopf, ihre Juwelen glitzerten in der Sonne.

Lady Ottoline Morrell, eine Bekannte meines Vaters, war die selbst ernannte Mäzenin von Künstlern, ›auf die der Ruhm sehnsüchtig wartete‹, wie sie es selbst umschrieb. Dank ihrer Bemühungen hingen Vanessas und Duncans Gemälde in den wichtigsten Galerien in London. Vanessa brauchte das nicht unbedingt. Sie wollte nichts als malen und es interessierte sie herzlich wenig, ob jemand ein Werk von ihr kaufen wollte oder nicht. Duncan aber mochte seinen wachsenden Erfolg.

»Freunde!«, sagte Lady Ottoline. Sie sah selbst aus wie ein Kunstwerk, aber eines, bei dem von manchen Farben und Materialien etwas zu viel aufgetragen worden war, und von anderen zu wenig. Ihr spitzes Kinn deutete irgendwie immer auf mich, wenn sie sprach. »Wenn ihr nur wüsstet, wie man in London über euch redet. Die Welt hat euch entdeckt.«

Lady Ottoline erkundigte sich nach Grace und stand auf. »Meine Köchin hat mir hinreißende Rezepte für sie mitgegeben.« Sie ging in die Küche.

Virginia blickte ihr nach. »Hast du das gesehen? Ihr Rock reicht ihr nicht einmal bis zu den Knien.«

»Sie glaubt, sie ist immer noch reizvoll«, sagte meine Mutter.

»Ist sie das jemals gewesen?«, fragte Virginia.

Duncan stieß meine Mutter an und zeigte auf Angelica. »Sag es ihr.«

Fragend sah Angelica auf. »Was?«

»Wir haben eine Schule für dich gefunden«, sagte Vanessa.

Eine Schule? Angelica zögerte. Sie schaute Bert an. Wenn sie zur Schule gehen würde, wäre sie nicht mehr den ganzen Tag bei ihrem neuen Hund. Zu Hause unterrichtet zu werden hatte doch so seine Vorteile.

»Freust du dich nicht?«, fragte Vanessa.

»Natürlich sieht sie nicht glücklich aus«, sagte Virginia. »Wir Hexen müssen nicht zur Schule, wir wissen doch längst alles.«

»Genau«, sagte Angelica. »Ich muss nicht zur Schule.«

Vanessa seufzte. »Warum sind Mädchen nur so launisch?«

»Du bist auch ein Mädchen«, sagte Angelica. Bert leckte ihr die Wange.

»Es ist eine Mädchenschule«, sagte Vanessa. »Die Rektorin taugt etwas. Sie liebt das Theater, Romane und Musik.«

»Sie hat all meine Bücher gelesen«, warf Virginia ein. »Ich mag sie.«

»Geh erst einmal hin«, sagte meine Mutter, »und wenn es dir nicht gefällt, sehen wir weiter.«

»Ich will aber nicht!«, rief Angelica.

Meine Mutter sagte nichts mehr und ging in ihr Atelier.

»Eine Klasse voller Freundinnen«, meinte Duncan. »Das hast du doch gewollt. Wenn du in der Schule bist, passe ich auf Bert auf. Und wenn du mittags nach Hause kommst, stürmt er voller Freude auf dich zu. Wetten, dass er das macht?«

Was Duncan sagte, gab den Ausschlag. Eine Klasse voller Freundinnen und nicht immer nur Daisy und Kay mit ihren simplen Bauernspielen.

»Virginia?«, sagte ich. »Meine Hauszeitung.«

»Ich komme«, rief Virginia, »zeig mal her, deine Hauszeitung.«

Kapitel Fünf

»Meinst du, diese Kopfschmerzen haben etwas mit Virginias Verschwinden zu tun?«, fragte Angelica. Wir saßen in der Bibliothek im Obergeschoss unseres Hauses. Bert leistete uns Gesellschaft. Er lag auf dem Teppich und knabberte an einem Knochen. Angelica hatte wieder stundenlang erzählt und ich hatte geschrieben.

Es würde eine lange Geschichte werden, aber ich versuchte nicht, Angelica zur Kürze anzuhalten. Ich hatte bemerkt, dass sie darauf brannte, alles zu erzählen, nicht nur ihre Erinnerungen an Virginia, sondern auch die an Vanessa.

Bei jedem Wort, das Angelica sagte, dachte ich an Virginia, Vanessa, unsere Kindheit und daran, was wir alles erlebt hatten. Aber das Schreiben brachte mir keinen Trost. Ich war beunruhigt und wusste nicht, was vielleicht noch auf uns zukommen würde. Mir gingen zu viele Fragen durch den Kopf.

Wenn wir abends am Tisch saßen, erwähnten Angelica und ich nicht, was wir gerade schrieben, und auch Vanessa schwieg sich über ihre Geschichte aus. So war das immer mit dem *Memoir Club*. Erst wenn eine Geschichte fertig war, bekamen die anderen sie zu hören. Das Warten, sowohl darauf, was meine Mutter schrieb, als auch, was Angelica mir noch erzählen würde, fiel mir dieses Mal schwer.

Virginia hatte man immer noch nicht gefunden. Sie war jetzt eine Woche lang verschwunden. Man suchte immer noch nach ihr, aber weniger intensiv und ohne viel Hoffnung. Die Polizei tat ihr Bestes, um ›die Angelegenheit zu einem Abschluss zu bringen‹. Sie sagten aber auch, dass jemand, der nicht gefunden werden wollte, meistens auch von Polizisten und Verwandten unentdeckt bleiben würde. Und obwohl es sich diesmal um die berühmte Schriftstellerin Virginia Woolf handelte, konnte das die Polizei nicht dazu veranlassen, noch weitere Anstrengungen zu unternehmen. »Dafür haben wir nicht genügend Kapazitäten, Sir.«

Duncan war am Morgen zum ersten Mal wieder ins Atelier gegangen, meine Mutter war oben und mein Vater im seinem Arbeitszimmer. Er schrieb an einem Artikel für eine Londoner Zeitung. »Mir steht der Kopf zwar nicht danach, aber ich habe nun einmal versprochen, dass ich den Artikel pünktlich abgebe.« Irgendwie fingen wir an, uns an die Situation zu gewöhnen.

Vita, Virginias Freundin, hatte Leonard besucht. Sie hatte ihn traurig und einsam in *Monk's House* angetroffen, er aber hatte sie fortgeschickt. »Es ist besser für mich, jetzt alleine zu sein«, hatte er gesagt. Auch Vanessa war bei ihm gewesen. Niemand hatte sie begleiten dürfen. Was besprachen sie, wenn wir nicht dabei waren? Wann würde meine Mutter uns endlich einbeziehen?

Angelica stand auf und ging zum Bücherschrank. Sie ließ die Finger über Virginias Bücher gleiten. »Stell dir vor, dass du nach jedem Buch Kopfschmerzen hättest.

Dass du nach jedem Buch denken würdest, ich kann das nicht. Jedes Mal wieder. Ich habe mich nie gefragt, wie das für sie sein muss.«

Ich legte den Stift weg. »Nein … ich auch nicht. Ich wollte mit ihr immer nur darüber sprechen, was ich gerade schrieb. War das egoistisch von mir?«

»Aber Quentin«, sagte Angelica, »sie hatte doch nicht nur Kopfschmerzen, wenn ein Buch fertig war. Auch wenn Mama sie wieder einmal abgewiesen hatte, fühlte sie sich elend. Sie hat nie darüber geredet, aber ich konnte es ihr anmerken.«

»Ich begreife immer noch nicht, was du mir damit sagen willst.« Meine Mutter hatte Virginia doch noch nie abgewiesen, zumindest nicht auf andere Weise als uns.

»Das kommt schon noch«, sagte Angelica. »Ich bin noch lange nicht fertig.«

Ich wusste, es hatte keinen Sinn, sie zu drängen. Da war sie genau wie meine Mutter, auch wenn sie das selbst nie zugeben würde.

»Wenn sie nun wirklich tot ist«, sagte ich, »wäre das schrecklich für Mama. Das kannst du mir glauben. Es wäre für uns alle schrecklich, aber für Mama besonders. Erst Julian, dann Virginia.«

»Und Thoby«, sagte Angelica. »Vergiss Thoby nicht, auch wenn das schon lange her ist.«

»Und Thoby.« Vanessas und Virginias Bruder war gestorben, als er fünfundzwanzig war. Er war in Griechenland im Urlaub gewesen und dort an Typhus erkrankt. Drei Wochen nach seiner Rückkehr war er gestorben.

Nach seinem Tod war der Freundeskreis aus Cambridge bestehen geblieben. Durch den Verlust war ihre Verbundenheit nur noch stärker geworden, hatte mir mein Vater einmal erzählt.

»Julian war nicht so eng mit Virginia«, sagte Angelica, »nicht so eng wie du und ich. Er konnte besser mit Männern.«

»Das stimmt doch gar nicht.«

»Er hat immer Papas Gesellschaft gesucht.«

»Julian konnte nicht besser mit Männern, er meinte nur, dass man mit Männern über andere Dinge reden kann als mit Frauen. Als er achtzehn war, beschloss er, Pfeife zu rauchen, weil Männer das nun einmal tun. Ich habe ihn husten sehen, bis ihm die Tränen in die Augen stiegen.«

Angelica nickte. »Du rauchst auch Pfeife.«

»Es hat Mama unglücklich gemacht, das schon.«

»Was?«

»Dass er lieber mit Papa als mit ihr gesprochen hat, besonders wenn es um etwas ging, was ihm wichtig war.«

»Politik?«

»Genau.«

»Ich hasse Politik«, sagte Angelica. »Nur wegen der Politik ist Julian tot.«

»Nein. Daran sind die Faschisten schuld.«

Angelica dachte nach. »Wärst du mit ihm nach Spanien gegangen, wenn er dich gefragt hätte?«

»Er hat mich nicht gefragt«, antwortete ich. »Er wusste, dass ich Pazifist bin, genau wie Papa und Duncan.«

»Julian hätte es nicht hingenommen«, sagte Angelica.

»Was denn?«

»Dass Mama uns nicht erzählen will, was in dem Brief steht.«

»Stimmt. Julian hätte das nicht hingenommen.«

Kapitel Sechs

Die Schule, ein rotes Backsteingebäude mit dicken Mauern und kleinen Fenstern, befand sich an der Hauptstraße von Lewes.

Angelica wurde von der Schulleiterin Mrs Curtis begrüßt. Mit weit ausgebreiteten Armen kam sie strahlend auf sie zu.

»Herzlich willkommen, Angelica Bell!«

Angelica sah sich um. Sie fühlte sich einfach großartig in ihrer blauen Schuluniform und war überzeugt davon, dass sie sich nun durch nichts von den anderen Mädchen unterscheiden würde.

»Du sollst ruhig wissen, wie stolz ich bin, dich als eine unserer Schülerinnen willkommen heißen zu dürfen«, sagte Mrs Curtis. »Wie schön muss es sein, in einem Haus wie *Charleston* aufzuwachsen und eine Tante wie Virginia Woolf zu haben.« Sie begleitete Angelica ins Gebäude und brachte sie in ihr Klassenzimmer, wo sie von Ms Buckett, der Lehrerin, freundlich, doch viel weniger überschwänglich empfangen wurde.

»Sagt ›Guten Morgen, Angelica‹«, forderte Ms Buckett die Klasse auf.

»Guten Morgen, Angelica.« Wie Angelica das alles genoss!

Zufrieden verbrachte sie ihren ersten Morgen auf der Schulbank. Niemand schenkte ihr besonders viel Aufmerksamkeit, sie war einfach eine Schülerin.

Erst auf dem Pausenhof bemerkte sie, dass sie sehr wohl beachtet wurde. Zwei Mädchen kamen auf sie zu.

»Wer schneidet dir denn die Haare?«, fragte Tracy, die neben ihr gesessen hatte.

»Meine Mutter.«

»War die Schere stumpf?«, fragte ein Mädchen, das, wenn Angelica sich recht erinnerte, Jane hieß. Kichernd rannten die beiden davon.

Angelica betrachtete sich und ihre Frisur in einem Fenster, konnte aber nichts Merkwürdiges entdecken. Sie setzte sich auf eine Mauer und schaute sich äußerst neugierig um.

Schnell hatte Angelica herausgefunden, dass Mrs Curtis ihr ihren Willen ließ. Rechnen und Sprachen mochte sie nicht sonderlich. Mrs Curtis sagte, dass sie sich das sehr gut vorstellen könne. »Jemand wie du mag bestimmt die kreativen Fächer lieber«, sagte sie. Erst später kam Angelica dahinter, dass Vanessa ihr das eingeredet hatte. Einige Lehrer der Schule hatten sich über diese Sonderbehandlung beschwert, denn andere Mädchen wurden von keinem einzigen Fach freigestellt. Doch Mrs Curtis, die alle nur Curty nannten, wedelte diese Einwände weg. »Sie ist eine aus *Charleston*.«

»Ich würde sehr gerne Klavier spielen lernen«, sagte Angelica. Ihr war aufgefallen, dass im Musikzimmer ein Flügel stand. Zu Hause hatten sie ein Klavier, aber darauf wurde nie gespielt. Keiner zeigte das geringste Interesse an dem Instrument. Was könnte Angelica alle beeindrucken, besonders Vanessa, wenn sie eines Tages zur Verblüffung aller am Klavier sitzen und auf meisterhafte Weise eine unglaublich komplizierte Komposition zum Besten geben würde.

»Und Theater spiele ich gerne«, sagte sie.

Curty ignorierte die Warteliste, die es für Klavierstunden gab, und meldete Angelica bei der Musiklehrerin an.

Zu Hause wollte Angelica sofort ausführlich über ihren ersten Schultag berichten, doch Vanessa hatte wenig Zeit. Sie gab Grace gerade Instruktionen. Am Abend sollte der *Memoir Club* stattfinden und die Haushälterin bekam deshalb den Auftrag, bequeme Stühle aus dem ganzen Haus ins Esszimmer zu bringen. Virginia und Leonard würden kommen, Clive extra aus London anreisen und mit ihm der Schriftsteller Morgan Forster und ein paar weitere Schriftsteller und Maler, die Angelica zwar schon oft gesehen hatte, die aber noch nie Interesse für sie gezeigt hatten. Längst nicht jeder, der zu Besuch kam, mochte Kinder, hatte sie festgestellt.

»Ich bekomme Klavierunterricht«, sagte Angelica.

»Sehr schön, Liebes«, sagte Vanessa. »Erzähle mir das später. Nein Grace, nicht diesen Stuhl, ich will den Lehnstuhl aus Duncans Schlafzimmer.«

»Aber Mama …«

»Gleich. Und stoß nicht überall dagegen, Grace.«

Virginia wollte eine Erzählung über ihre ersten Jahre mit Leonard und über die Anfänge ihres Verlags vorlesen, Duncan über sein Leben, bevor er Vanessa kennengelernt hatte, und Morgan über seine Zeit in Indien, wo er lange gelebt hatte. Julian durfte zuhören, Angelica und ich nicht, wir waren nach den Richtlinien des *Memoir Clubs* noch zu jung. Ich fand das nicht schlimm. Ich legte mich mit einem Buch ins Bett und öffnete das Dachfenster, um die Fledermäuse beobachten zu können. Aber Angelica war unzufrieden. Nachdem sie nach einem frühen Abendessen am Küchentisch nach oben geschickt worden war, setzte sie sich im Nachthemd auf die Türschwelle ihres Zimmers und belauschte die Geräusche, die von unten zu ihr drangen: das Öffnen der Haustür, die Begrüßungen, klirrende Gläser auf Grace' Tablett, die Esszimmertür, die geschlossen wurde. Aber sosehr sie sich bemühte, Angelica konnte nicht verstehen, was drinnen gesprochen wurde.

Sie dachte nach und hatte eine Idee. Sie wartete eine Viertelstunde, bekam dabei beim Duft der Pasteten, der aus der Küche kam, wieder Appetit, und schlich dann nach unten. Kurz horchte sie an der Esszimmertür. Virginia las etwas vor, es wurde gelacht. Duncans Gelächter übertönte alle anderen.

Auf bloßen Füßen ging Angelica in den Garten. Die Vorhänge im Esszimmer waren nicht zugezogen, was vorzüglich zu ihrem Plan passte. Sie stellte sich vor das Fenster, hob den Saum ihres Nachthemds an und begann, die Hummer-Quadrille aus *Alice im Wunderland* zu tanzen. Zwei Schritte nach vorn, eine Drehung, zwei Schritte zurück …

Clive bemerkte sie als Erster. Er sagte etwas zu den anderen. Jetzt schauten sie alle. Angelica verbeugte sich und tanzte weiter. Sie drehte und bückte sich und warf die imaginären Krebse ins Meer.

Julian kam nach draußen. Nicht Vanessa. Julian. »Was tust du hier?«

»Ich tanze«, sagte Angelica. »Ich bin der Schildkrötensupperich.«

»Warum?«

»Ich hatte Lust dazu.«

Zwei Schritte nach vorne, eine Drehung, zwei Schritte zurück …

Julian brummte sichtlich genervt. »Geh auf der Stelle ins Bett. Es ist viel zu spät für kleine Mädchen, die morgen in die Schule müssen.« Er packte sie am Arm, nicht grob, aber streng, und zwang sie, mit hineinzugehen. Angelica wusste, dass es in diesem Moment keinen Zweck hatte, sich zu sträuben.

Auch als Julian sie die Treppe hinaufschob und sagte, dass sie sich nicht mehr sehen lassen sollte, weil ihr sonst etwas blühen würde, blieb die Esszimmertür geschlossen. Vanessa ließ sich nicht blicken. Enttäuscht ging Angelica ins Bett.

»Ich habe dich tanzen sehen, an dem Abend«, sagte ich. »Ich musste so lachen.«

»Ach ja?«

»Ja. Ich habe am Fenster gesessen und die Fledermäuse beobachtet.«

»Julian hat so getan, als wäre er mein Vater.«

»Julian wollte erwachsen sein.«

Es war angenehm, zur Schule zu gehen und dort nur an dem Unterricht teilzunehmen, der ihr Spaß machte. Es war schön, wie alle anderen auszusehen, auch wenn sie zu Hause sofort in ein von Vanessa genähtes Alltagskleid schlüpfte, mit dreieckigen Rissen, die sie sich im Garten zugezogen hatte. Und doch spürte Angelica in diesen ersten Tagen eine Distanz zwischen sich und ihren Mitschülerinnen. Die Mädchen redeten über modische Kleidung und über eine Schülerin aus der vierten Klasse, die angeblich fürchterlich stank. Sie klagten über strenge Eltern und dass sie viel zu früh ins Bett mussten. Sie diskutierten über Fotos von Filmstars, die sie gesehen hatten.

Wirklich glücklich war Angelica erst, wenn sie am Flügel saß, um unter dem strengen Blick der Klavierlehrerin ihre Begeisterung in die Tasten zu hauen. Regelmäßig wurde der Musikunterricht von Curty unterbrochen, die ›nur mal kurz dabeisitzen‹ wollte und Angelica über ihre ›großartige Familie‹ aushorchte.

Angelica gab sich Mühe, Anschluss zu finden, hatte aber immer das Gefühl, dass ihre Geschichten – über den alten Weidenbaum im Garten von *Charleston*, der ihrer Meinung nach der Großvater aller Bäume war, über Leonards Verlag und über Clive und seine Freundinnen in London – nicht gerade großen Anklang fanden. Angelica wurde bewusst, dass sie in der Schule einsam war und bekam Mitleid mit sich selbst.

Sie schüttete ihr Herz bei Vanessa aus, als sie eines Mittags für sie Modell saß. Julian, Angelica und ich mussten immer wieder abwechselnd und manchmal auch gleichzeitig für meine Mutter und Duncan Modell stehen. Uns war klar, dass dies nun einmal das Los der Kinder von Malern war.

»In der Pause stehen sie in Gruppen auf dem Schulhof«, sagte Angelica. »Aber ich gehöre zu keiner einzigen Gruppe.«

»Ich mag keine Gruppen«, sagte Vanessa.

»Tust du wohl. Ihr seid selbst eine Gruppe, du und Duncan und …«

»Wir sind keine Gruppe, auch wenn Mrs Curtis vielleicht sagt, dass wir eine sind. Wir mögen es einfach, zusammen zu sein.«

»Sie heißt Curty«, sagte Angelica.

»Curty! Siehst du, du fühlst dich in der Schule schon wie zu Hause. Sitz still.«

»Sie finden meine Frisur komisch.«

»Ich werde dir bald die Haare schneiden.«

Angelica hatte auf etwas mehr Mitgefühl von ihrer Familie gehofft.

Als sie später Clive von dem Gespräch erzählte, sagte er: »Deine Mutter hat recht. Wir sind keine Gruppe, sondern eine von uns selbst zusammengesuchte Familie. Das musst du auch in der Schule tun, dir deine eigene Familie zusammensuchen.« Mit seinem sich immer weiter zurückziehenden Haaransatz sah er noch ernster aus als früher.

»Die Mädchen bilden nur Gruppen, weil keine es mag, alleine herumzustehen«, sagte er. »Das ist alles. Und du musst wirklich nicht die Freundin von allen werden. Ein oder zwei Mädchen, mit denen du dich gut verstehst, reichen doch.«

Voller Selbstvertrauen ging Angelica am nächsten Tag zur Schule. Sie gesellte sich zu einer Gruppe Mädchen, die Ball spielten. Niemand verscheuchte sie.

Hierdurch bestärkt, lud sie eine Mitschülerin nach *Charleston* ein.

»Ja, gerne«, antwortete Charlotte, die in Firle, einem Dorf ganz in der Nähe, wohnte. »Aber ich kann nicht lange bleiben. Wenn ich zu spät nach Hause komme, bekomme ich Ärger mit meiner Mutter.«

»Wieso?«

»Weil sie dann denkt, mir wäre etwas zugestoßen. Meine Mutter macht sich ständig Sorgen um mich. Schrecklich.«

Charlotte kam. Sie wurde Vanessa vorgestellt, die im Garten zeichnete. Im Haus betrachtete sie erstaunt die bemalten Wände, kicherte, weil David im Atelier Duncan nackt Modell stand und dabei lässig ›Hallo‹ zu ihr sagte, und wurde herzlich vom Gärtner Walter begrüßt, der, wie sich herausstellte, ein Angelfreund ihres Vaters war.

David war mittlerweile schon ein paar Jahre Duncans Freund. So lange hatte noch keine von Duncans Liebesbeziehungen jemals gehalten. Wir hofften, David würde für immer bei uns bleiben.

Auch Daisy schaute vorbei. »Was macht ihr?«, rief sie von der anderen Seite des Gartenzauns. Sie hatte ihre Teddybären zu Hause gelassen.

»Wir spielen«, sagte Angelica, die sich nicht wirklich über das Eintreffen des einfachen Bauernmädchens freute.

»Kommt, wir gehen in den Compton Wood«, sagte Daisy. »Da hängen tote Hasen und Wiesel in den Bäumen.«

»Wozu?«, fragte Charlotte.

»Das hat Thompson gemacht, um die Kinder davon abzuhalten, den Wald zu betreten.«

»Wer ist Thompson?«

»Der Förster natürlich. Er hat überall Fallen für wilde Tiere aufgestellt. Wenn du nicht aufpasst, trittst du in so eine Falle und stirbst. Deshalb dürfen wir nicht in den Wald.«

Angelica erschauderte vor lauter Wonne und sah ein wunderbares Abenteuer vor sich, bei dem Daisy und Charlotte in eine tiefe Fallgrube voller toter Tiere stürzen würden und Angelica dafür sorgen müsste, dass alles doch noch gut ausging.

»Ich komme mit«, sagte Charlotte. »Komm schnell, bevor uns jemand daran hindert.«

Angelica konnte sich niemanden vorstellen, der sie aufhalten würde, schlich aber trotzdem hinter Daisy und Charlotte her, aus dem Garten und die Auffahrt hinunter; dann rannten sie bis zum Waldrand.

Compton Wood, etwas nördlich von *Charleston* gelegen, war ein kaum zu durchdringender Wald voller uralter Eichen und Buchen. Angelica war erst ein einziges Mal dort gewesen, vor Jahren, mit Julian und mir. Wir hatten versucht, ihr mit Geschichten über Vampire, die auf Bäume kletterten und nach Blut von kleinen Mädchen gierten,

Angst einzujagen, was uns auch gelungen war. Angelica hatte danach eine Woche lang nur bei geschlossenem Fenster schlafen wollen. Julian und ich waren sehr zufrieden mit uns gewesen.

Zögerlich blieben die Mädchen am Waldrand stehen.

»Geh du zuerst.«

»Nee, du.«

Sie nahmen sich an den Händen und betraten den Waldweg. Die Dunkelheit des dichten Laubs legte sich über sie. Zweige knackten unter ihren Schuhen. Ein Eichhörnchen flitzte an ihnen vorbei.

Zu angespannt, um zu reden, liefen sie durch riesige Farne hindurch. Eine Ringeltaube flog auf.

Daisy deutete auf etwas. Halb verborgen unter den Blättern lag eine Falle, ein aufgerissenes Maul mit mordlustigen Eisenzähnen.

»Mein Vater sagt, wenn du darauf trittst, ist dein Bein sofort ab«, flüsterte Daisy. »Und dann verblutest du.«

Sie gingen in die Hocke und sahen sich die Falle genauer an. Keine der drei dachte an die Füchse und Dachse, für die die Falle aufgestellt war und in der sie eines schmerzhaften Todes sterben würden. Sie dachten nur schaudernd an ihre eigenen Beine. Sie waren achtjährige Mädchen.

Tiefer im Wald stießen sie auf einen Teich mit matschigem Ufer, in dem ihre Füße versanken. Angelica zog sich die Schuhe aus und tanzte auf dem sumpfigen Boden. Charlotte und Daisy mussten darüber lachen, tanzten aber nicht mit. Zwei Enten quakten verärgert. Eine Eule blickte mit hochgezogener Augenbraue auf sie herab.

Sie gingen weiter, einen schmalen Pfad entlang, der sich zwischen den Bäumen entlangschlängelte. An einem niedrigen Ast hing ein Hase, mit dem Kopf nach unten. Maden krochen über den halb verwesten Körper. Charlotte kicherte nervös. Angelica dachte an die toten Fasane und Rebhühner in der Beiküche von *Charleston*. Das hier war viel aufregender.

Daisy bewarf den Hasen mit einer Eichel. Zwei Maden fielen zu Boden. Angelica hob einen Zweig auf und stocherte damit in dem toten Tier herum. Die Haut riss, Eingeweide quollen heraus. Charlotte zitterte.

Eine laute, unbekannte Stimme rief: »Was macht ihr da?«

Charlotte schrie auf.

»Thompson!«, rief Daisy.

Groß und düster stand der Förster zwischen den Bäumen. Kreischend rannten die Mädchen weg.

»Lasst euch hier nie wieder blicken«, brüllte Thompson. »Und kommt ja nicht vom Weg ab. Hier ist es lebensgefährlich!«

Die Mädchen rannten, stolperten über Baumwurzeln und Zweige. Sie schürften sich die Beine an Brombeersträuchern auf und schrien vor Schmerzen auf. Als plötzlich ein Kaninchen an ihnen vorbeischoss, bemerkten sie, dass sie in die falsche Richtung rannten. Sie kehrten hastig um, rannten und rannten, als wäre Thompson ihnen wie der Riese aus dem *Kleinen Däumling* mit seinen Siebenmeilenstiefeln auf den Fersen.

Erst als der Wald hinter ihnen lag, wagten sie es, sich umzudrehen. Der Förster war nirgends zu sehen.

Keuchend fielen sie ins sichere Gras neben der Straße. Angelicas Kleid hatte zwei neue Risse.

Minutenlang blieben sie im Gras liegen und genossen das überstandene Abenteuer. Schließlich stand Daisy auf. »Ich muss nach Hause, meinem Vater mit den Kühen helfen.« Und weg war sie.

Charlotte rieb mit Spucke einen Fleck von ihrem Rock. »Das war *herrlich*«, sagte sie und kniff Angelica sanft in den Arm.

Angelica beschloss, dass dies der schönste Nachmittag ihres Lebens gewesen war.

Als sie wieder in *Charleston* waren, tranken sie Tee.

»Habt ihr in Compton Wood schön gespielt?«, fragte Vanessa.

Die Mädchen nickten, sagten aber nichts.

Angelica sah Vanessa an und fragte sich, wie sie um Himmels willen wissen konnte, wo sie gewesen waren. Sie hatte sie nicht ausgefragt und Angelica hatte nichts erzählt.

Als Charlotte nach dem Tee ging und Angelica sie noch ein Stückchen begleitete, sagte sie: »Jetzt verstehe ich, warum du in der Schule nicht alle Fächer belegen musst.«

»Wie meinst du das?«

»Du wirst später bestimmt auch Malerin.«

»Pianistin«, sagte Angelica. »Oder Köchin. Oder Schauspielerin.«

»Ich werde Lehrerin«, sagte Charlotte. »Wenn ich meiner Mutter erzähle, was wir heute Nachmittag getan haben, darf ich dich nie wieder besuchen.«

»Nein?«

»Nein. Aber ich erzähle es ihr nicht. Das ist unser Geheimnis.«

Angelica überlegte, wie gerne auch sie ein Geheimnis vor ihrer Mutter hätte und Vanessa sie vergeblich anflehen würde, es ihr anzuvertrauen. Doch Angelica konnte es gar nicht erwarten, abends am Tisch über ihr Abenteuer zu erzählen.

Sie sah Charlotte nach, als sie mit dem Fahrrad die Auffahrt entlangradelte.

Angelica hatte eine Schulfreundin, eine echte Schulfreundin.

Als sie wieder ins Haus ging, sagte Vanessa: »Quentin hat mir erzählt, dass im Compton Wood überall Fallen aufgestellt sind. Wusstest du das?«

Angelica nickte. »Und es hängen tote Tiere in den Bäumen, um Kinder abzuschrecken.«

»Dann solltest du da nicht mehr hingehen«, sagte Vanessa.

»Meine Mutter meint, es wäre höflich, dich jetzt auch einzuladen«, sagte Charlotte am nächsten Morgen auf dem Schulhof.

»Wir spielen heute Nachmittag Tennis. Es kommen noch andere Mädchen. Spielst du Tennis?«

»Ja«, sagte Angelica. Duncan hatte es ihr vor einiger Zeit beigebracht.

»Willst du deine Mutter nicht anrufen, um sie um Erlaubnis zu bitten?«

»Meine Mutter geht nie ans Telefon. Sie spricht nicht mit Menschen, die sie nicht sehen kann.«

»Warum nicht?«

»Dazu hat sie keine Lust. Und sie mag keine modernen Maschinen.«

»Ein Telefon ist doch keine moderne Maschine.«

»Für meine Mutter schon.«

»Dann ruf doch deinen Vater an.«

Angelica rief in *Charleston* an. Duncan nahm ab. Er wünschte ihr viel Spaß und versprach, sie später abzuholen.

Für Angelicas Klasse war es kein gewöhnlicher Schultag. Ms Buckett war krank. Sie wurde von der Schulleiterin vertreten.

Curty meinte, dies wäre ein perfekter Tag, um ein Theaterstück einzustudieren.

»Es heißt *Das Mädchen, das sich verlaufen hat.* Ich habe es extra für euch geschrieben.« Sie klopfte auf einen Stapel Papiere, der auf ihrem Tisch lag.

Angelica bekam die Hauptrolle. Die anderen Mädchen murrten.

»Was wird deine Mutter stolz auf dich sein«, sagte Curty. »Meinst du nicht auch, dass sie stolz sein wird, Angelica? Bei euch spielt ihr doch auch mit dem größten Vergnügen Theater.«

»Warum redet sie bloß die ganze Zeit über deine Mutter?«, flüsterte Nina.

»Du bist ihr Liebling, weil deine Familie berühmt ist«, sagte Mary.

»Ich muss nicht unbedingt die Hauptrolle spielen, Mrs Curtis«, sagte Angelica, obwohl sie das für ihr Leben gerne getan hätte.

»Unsinn!« Curty verteilte die übrigen Rollen.

Angelica wollte unbedingt ihr Bestes geben, damit die anderen ihre Vorzugsbehandlung vergessen würden und Curty sie endlich dafür bewundern würde, wie sie *selbst* war.

Das Stück war ziemlich vorhersehbar. Ein Mädchen verirrte sich, erlebte erschütternde Abenteuer, durch die es sich ängstlich hindurchschlug, und kam tief in der Nacht zu einer Waldhütte, wo ein hübscher, doch einsamer junger Mann lebte ... Witcherina und Pixerina hätten ein völlig anderes Ende erfunden und wahrscheinlich sogar eine komplett andere Hauptfigur. In Virginias Geschichten verirrten sich nicht die Mädchen, sondern die Jungen. Virginia meinte, dass das mehr mit dem wahren Leben übereinstimmte.

Tische und Stühle wurden zur Seite geschoben, eine Kiste mit Kostümen wurde herbeigeschleppt.

»Das wird ein Erfolg, junge Damen«, sagte Curty. »Ich zähle auf euch.«

Sie blickte so erwartungsvoll in die Runde, bis niemand mehr etwas dagegen einwenden wollte, dass Angelica die Hauptrolle spielte. Auf dieser Schule galt eine unausgesprochene Regel: Curty enttäuschen, das tat man nicht, niemals. Denn Curty war ein Schatz, die für all ihre Schülerinnen durchs Feuer ging.

Sie mussten lachen, weil Sue, die weit auseinanderstehende Zähne und Kulleraugen hatte, von Curty augenzwinkernd für die Rolle des hübschen jungen Mannes ausgewählt worden war. Es wurde mit Angelica mitgefiebert, die hoffnungslos im wilden Wald herumirrte und verzweifelt in Tränen ausbrach. Der Waldräuber, der sich brüllend aus dem Gebüsch stürzte (Charlotte), bekam Szenenapplaus.

Zu Mittag verteilte Curty Sandwiches auf dem Schulhof. Sie hatte sich wirklich angestrengt, den Mädchen einen schönen Schultag zu bereiten. Angelica fiel ihr um den Hals. Verlegen schob Curty sie von sich.

Zufrieden über diesen wunderbaren Schultag fuhren Angelica und Charlotte am Nachmittag nach Firle. Curty hatte Angelica eine Nachricht für Vanessa mitgegeben. Es war Zeit für ein Elterngespräch, und ausnahmsweise war Curty von Herzen bereit, dies nicht in der Schule abzuhalten, sondern in *Charleston*, auch wenn sie sehr beschäftigt war. Ob Vanessa ihr mitteilen könne, wann es ihr passe?

»Sie will euer Haus sehen«, sagte Charlotte.

Das hatte Angelica auch längst begriffen.

»Du warst gut in dem Theaterstück«, sagte Charlotte, als sie die Fahrräder abstellten.

»Wer sagt das?«

»Alle.«

»Keiner hat etwas zu mir gesagt.«

»Natürlich nicht. Davon würdest du nur eingebildet werden.« Charlotte klang, als würde sie eine Erwachsene nachahmen.

»Ach, Quatsch«, sagte Angelica. Vanessa und Duncan erzählten einander immer, was sie von ihren Gemälden hielten. Das war ihnen wichtig. »Das schärft den Blick«, meinte Duncan.

Charlotte wohnte neben dem örtlichen Pub, den ihr Vater betrieb. Über dem Pub gab es Fremdenzimmer, die an Touristen vermietet wurden.

Charlottes Mutter kam heraus, eine kleine, mollige Frau in einem ordentlich gebügelten Blümchenkleid. Wie Charlotte hatte auch sie rosige Wangen.

»Ihr seid spät dran«, sagte Mrs Willard. »Kommt gleich mit, die anderen Mädchen sind schon da.«

»Wir haben Theater gespielt«, sagte Charlotte. »Mrs Curtis hat die Zeit vergessen.«

Ihre Mutter lächelte. »Und du musst Angelica sein.« Sie gab ihr einen warmen Händedruck. Angelica bemerkte, dass sie ihre Frisur eingehend betrachtete.

Sie liefen um das Haus herum zum Rasenplatz, wo zwei Mädchen in weißen Kleidern – »meine Cousinen«, sagte Charlotte – eine Partie Tennis spielten.

»Zieh dich rasch um«, sagte Mrs Willard zu ihrer Tochter.

Charlotte sah Angelica an. »Ich lasse das an, sonst ist Angelica die Einzige in Schuluniform.«

»Das ist sehr rücksichtsvoll von dir«, sagte ihre Mutter.

Angelica hätte es nicht sehr viel ausgemacht, wenn sie die Einzige in Schuluniform gewesen wäre. Sie brauchte wirklich kein weißes Kleid, um Tennis spielen zu können.

Sie bekamen Schläger und einen Ball und spielten sich am Rand des Rasenplatzes ein, während die Cousinen ihren Satz zu Ende spielten.

Es war ein warmer Tag. Angelica zog sich die Schuhe und Strümpfe aus, warf die Jacke ins Gras und rannte auf den Platz. Charlotte lief hinter ihr her. »Mach das nicht.«

»Was?«

»Schuhe und Strümpfe ausziehen.«

»Warum nicht?«

»Das gehört sich nicht.«

Ihre Mutter gesellte sich zu ihnen. Die Cousinen unterbrachen ihr Spiel und beobachteten sie.

»Lass sie nur«, sagte Mrs Willard, »es macht nichts.« Sie hob die Jacke auf, rieb darüber, als wäre sie im Gras schmutzig geworden und hängte sie über einen Stuhl. Sie lächelte noch immer, aber Angelica hatte das Gefühl, dass sie gerade zurechtgewiesen worden war. Kleinlaut zog sie Strümpfe und Schuhe wieder an.

Charlotte kam zu ihr hinüber, um ihr den Schläger zu geben. »Meine Mutter ist ziemlich pingelig«, sagte sie kichernd. »Sie will, dass ich eine Dame werde.«

Angelica kicherte auch, wurde sich aber wieder einmal darüber bewusst, wie groß die Unterschiede zwischen *Charleston* und dem Rest der Welt waren, Unterschiede, die sie gerne überwinden würde. Wenn sie nur wüsste, wie sie das anstellen sollte …

»Und, wie war's?«, fragte Duncan, als sie im Auto von Davids Vater nach Hause fuhren. Angelicas Rad war hinten festgebunden.

»Ich habe beim Tennis verloren«, sagte Angelica. »Sie haben andere Spielregeln als die, die du mir beigebracht hast.«

»Das überrascht mich nicht«, lachte Duncan. »Ich habe mir unsere Spielregeln selbst ausgedacht.«

David, der hinterm Steuer saß, grinste. »Du erfindest doch immer alle Spielregeln neu.«

»Ach!«, sagte Duncan. »War es denn trotzdem schön?«

»Wir haben in der Schule Theater gespielt. Ich habe die Hauptrolle bekommen.«

»Auch das überrascht mich nicht«, sagte Duncan.

~

Für Daisy hatte Angelica immer weniger Zeit. Nur am Wochenende sahen sie sich ab und zu und selbst dann zweifelte Angelica, ob ihr Daisys Gesellschaft noch gefiel. Es gab eigentlich kaum etwas, worüber sie mit ihr reden konnte.

Trotzdem zogen sie an einem Samstagnachmittag mit einem vollgestopften Puppenwagen los. Sie hatten ihre Pläne.

»Weißt du«, hatte Angelica gesagt, als Daisy mal wieder am Gartenzaun stand, »ich glaube, ich bin jetzt zu alt für Puppen und Teddybären. Ich gehe jetzt zur Schule und habe Freundinnen.«

»Ich auch«, sagte Daisy, in keiner Weise von der versteckten Botschaft in Angelicas Bemerkung gekränkt. »Ich bin auch zu alt dafür. Wir geben sie weg.«

Das hielt Angelica für eine hervorragende Idee. Sie würde ihre Puppen weggeben und sie wusste auch sofort, an wen. Im Süden, ein ganzes Stück hinter Southease, wohnten Zigeuner in Wohnwagen. Ihre Klassenkameradinnen meinten, die Zigeuner wären schmutzig und bettelarm und ihre Kinder hätten kein Spielzeug. Nachts schlichen die Zigeuner durch die Dörfer und brachen in Häuser ein, um Juwelen zu stehlen. Die Zigeunerkinder würden sich bestimmt sehr über einen Wagen voller Puppen und Teddys freuen.

Daisy hatte Bedenken wegen Angelicas Plan. »Mein Vater sagt, ich darf nicht in die Nähe der Zigeuner. Sie haben Messer.«

»Wenn wir ihnen Geschenke bringen, tun sie uns nichts«, sagte Angelica.

Daisy dachte kurz nach und stimmte zu. Sie wollte aber erst nach Hause und um Erlaubnis bitten, doch Angelica sagte, dass sie dazu keine Zeit hätten. Sie schoben den Puppenwagen zur Haltestelle am Ende der Auffahrt und stiegen in den Bus Richtung Süden.

Am Rand eines Küstendorfes stiegen sie aus. Von hier aus konnten sie das Meer sehen. Möwen flogen hoch über den Häusern. Es nieselte. Angelica sog die salzige Luft ein und schaute sich um. Hier war kein Zigeunerkind zu sehen.

»Komm, wir suchen ihr Lager«, sagte sie. »Schieb du den Wagen, ich sehe mich um.«

Über einen von Gras gesäumten schmalen Weg liefen sie am Dorf vorbei zu der Stelle, an der Angelica die Wohnwagen vermutete. Duncan hatte ihr davon berichtet. Er hatte vor, ein Gemälde der in seinen Augen unwiderstehlich bunten Hütten auf Rädern zu malen. Aber sie konnte keine Wohnwagen entdecken, nur graue und weiße Häuser mit ordentlichen Gärtchen. Es waren kaum Menschen auf der Straße.

»Wenn sie ein Messer dabeihaben, rennen wir weg«, sagte Daisy.

»Und dann schreien wir.«

»Genau.«

Ein von einem Pferd gezogener Milchwagen fuhr an ihnen vorbei. Ein Lastwagen überholte ihn. In einem Garten spielten zwei kleine Mädchen. Angelica deutete auf sie. »Zigeunerkinder.«

»Sie sind nicht schmutzig«, sagte Daisy.

»Nein.« Angelica ging auf die beiden Mädchen zu. Sie nahm einen von Daisys Teddybären aus dem Puppenwagen und hielt ihn hoch. »Für euch«, sagte sie. Schockiert betrachtete Daisy ihren Bären, protestierte aber nicht.

Die kleinen Mädchen rannten weg und verschwanden im Haus.

»Das sind keine Zigeunerkinder«, sagte Daisy.

»Nein.«

Nachdem sie noch ein ganzes Stück herumgelaufen waren, ohne die Wohnwagen zu entdecken, kamen sie zu einem Park mit Kletterbäumen. Angelica dachte an das Baumhaus ihrer Brüder. »Wir klettern auf einen Baum und tun so, als wären wir Seeräuber.« Sie hatte genug von der Suche.

Sie ließen den Puppenwagen stehen und kletterten auf kurzen, hervorstehenden Ästen in eine tote Eiche hinein. Daisy hatte auf halber Strecke genug, aber Angelica kletterte bis in die Krone. Sie sah das Meer, ein Fischerboot, das im Hafen lag, die Dächer des Dorfs und den Fluss, den sie mit Virginia schon so oft überquert hatte. Der Park wurde zum Piratenschiff und der Baum, in dem sie saßen, zu seinem Mast. Angelica und Daisy waren Seeräuber auf der Jagd nach Zigeunermädchen, um sie zu entführen und mit auf eine unbewohnte Insel zu nehmen.

Sie schrien und johlten, sie hatten Spaß und vergaßen die Zeit. Der Nieselregen war mittlerweile zu einem richtigen Regenguss geworden. Möwen kreischten. Weit draußen auf See war ein Passagierschiff auf dem Weg zum Festland. Angelica wischte sich die nassen Haare aus dem Gesicht. Ihr Kleid klebte ihr am Körper.

»Angelica?« Daisy zitterte. »Ich will nach Hause.«

»Ja, ich auch.«

Sie kletterten vom Baum herunter und liefen zu der Stelle, an der sie den Puppenwagen stehen gelassen hatten. Aber der war nirgends mehr zu sehen. Nur ein trockener Fleck im Gras deutete darauf hin, dass er hier gestanden hatte.

»Sehr gut«, sagte Angelica. »Die Zigeunerkinder haben die Puppen gefunden.«

»Meine Teddybären ...«, sagte Daisy.

»Wo war denn die Bushaltestelle?«

»Hier entlang«, sagte Daisy.

Doch wie sehr sie auch suchten, die Haltestelle fanden sie nicht.

»Dann laufen wir eben«, sagte Angelica.

»Ich bin müde«, klagte Daisy. »Ich will nicht laufen.«

Angelica entdeckte ein Taxi am Straßenrand. »Das nehmen wir.«

Sie hatte schon einmal ohne Erwachsene in einem Taxi gesessen: Als sie in *Monk's House* gewesen war und niemand Zeit hatte, sie nach Hause zu bringen. Virginia hatte das Taxi bezahlt.

Sie hob die Hand. Das Fenster wurde geöffnet. »Was kann ich für die jungen Damen tun?«, fragte der Taxifahrer grinsend.

Angelica gab ihm die Adresse von *Charleston* in dem Ton, mit dem Vanessa Grace Aufgaben übertrug. Sie fühlte sich sehr erwachsen.

»Habt ihr Geld?«, fragte der Taxifahrer.

»Ja«, sagte Angelica, obwohl sie die paar Münzen, die sie bei sich gehabt hatte, dem Busfahrer gegeben hatte. Sie stiegen ein.

Der Taxifahrer startete den Motor.

»Wir haben bestimmt nicht genug Geld«, flüsterte Daisy auf der Rückbank.

»Aber meine Mutter.« Angelica blickte aus dem Fenster. Die Dämmerung hatte eingesetzt. Es war viel später, als sie gedacht hatte.

»Meine Mutter wird fuchsteufelswild sein«, sagte Daisy. »Ich bin mir sicher, dass ich jetzt eine Woche lang ohne Abendessen ins Bett muss.«

»Warum?«

»Ich werde immer bestraft, wenn ich zu spät nach Hause komme.«

»Meiner Mutter ist es egal, wenn ich spät nach Hause komme«, sagte Angelica. »Ich darf alles.«

Aber da hatte sie sich getäuscht. Als das Taxi am Gartenzaun von *Charleston* anhielt, kamen Vanessa, Duncan und Virginia sofort nach draußen gerannt.

»Wo seid ihr denn um Himmels willen gewesen?«, fragte Vanessa. »Ich dachte, dass du bei Virginia bist.« Sie zog Angelica an sich, schob sie aber sogleich wieder weg. »Mach das nie wieder, hörst du? Nie wieder.« Sie klang hysterisch.

Duncan bezahlte den Taxifahrer und brachte Daisy nach Hause.

»Deine Mutter hat mich angerufen und wollte wissen, ob du bei mir bist«, sagte Virginia mit strafendem Blick. »Angerufen! Deine Mutter! So beunruhigt war sie.« Sie gab Angelica einen Kuss auf die Wange. »Du bist ein fürchterliches Kind«, flüsterte sie.

Dann ging sie nach Hause. In *Monk's House* wartete eine Schriftstellerin auf sie. »Sie wohnt in einem Schloss. Ist das nicht aufregend?«

Angelica schlang die Arme um Vanessa. »Es tut mir leid, Mama. Muss ich jetzt ohne Essen ins Bett?«

Vanessa reagierte überrascht. »Ins Bett? Bist du müde?«

»Nein, gar nicht.«

»Hast du Hunger?«

»Nein.«

»Na also. Zieh dir ein trockenes Kleid an und setz dich zu mir. Ich bin noch nicht mit der Arbeit fertig.«

Mit angezogenen Beinen saß Angelica im Atelier auf dem Sofa. Zufrieden betrachtete sie ihre Mutter, die gerade die Pinsel säuberte. Sie hatte sich Sorgen um sie gemacht. Erst wegen der Fallen in Compton Wood und jetzt wieder. Sie hatte Virginia angerufen!

»Ich hatte ja keine Ahnung, dass du es am Anfang so schwer in der Schule hattest«, sagte ich. »Du bist immer so fröhlich nach Hause gekommen.«

»Ich hatte keine Lust, darüber zu reden«, sagte Angelica. »War es denn bei dir anders? Haben sie denn nie mit dem Finger auf dich gezeigt? Vanessa hat dir doch auch die Haare geschnitten.«

»Ich war daran gewöhnt, dass man uns merkwürdig findet. Es war mir egal.«

»Mir aber nicht«, sagte Angelica.

»Ja. Das merke ich langsam.«

»Meinst du, sie ist in Compton Wood?«, fragte Angelica.

»Virginia? In Compton Wood?« Ich starrte sie an. Compton Wood! Dass ich nicht früher darauf gekommen war. Wenn man verschwinden will, war Compton Wood der ideale Ort. Dort ging nie jemand hin. Außer dem Förster. Wie dumm von mir, dass ich nicht eher daran gedacht hatte.

Angelica sah mir an, was ich dachte und sprang auf. »Komm, wir gehen hin.«

Ich legte mein Notizbuch in eine Schublade. Diese Geschichte war noch nicht so weit, dass andere Augen sie lesen sollten. »Ja, wir gehen hin. Wo ist Mama?«

Angelica stand schon an der Haustür. »Wir erzählen es ihr später«, sagte sie, »wenn wir zurück sind.«

Kapitel Sieben

Seit unseren Kindertagen waren wir nicht mehr im Compton Wood gewesen. Wer sich nicht nach dem Nervenkitzel von versteckten Fallen und einem auf der Lauer liegenden Förster sehnt, hatte dort wenig zu suchen.

Ich parkte das Auto am Waldrand und stieg aus. Das federnde Moos unter meinen Schuhen weckte Erinnerungen: Julian und ich, Thompson, ein Dachs, der in der frühen Morgendämmerung aus seinem Bau zum Vorschein kam, Fallen, die zuklappten, als wir dicke Äste darauf warfen. Ich sah das alles wieder vor mir. Unwillkürlich musste ich lächeln.

Angelica und ich betrachteten den Wald, der vor uns lag. Eine Elster saß auf dem Ast einer Birke und starrte uns an.

Compton Wood war viel weniger undurchdringlich als früher. Die Wege waren deutlich zu sehen. Unter den Bäumen erstreckte sich ein endloser Teppich aus weißen Windröschen. Vögel zwitscherten den Frühling herbei, das Geißblatt stand schon fast in Blüte.

Schweigend liefen wir zwischen den Bäumen hindurch. In alle Richtungen hielten wir Ausschau. Wir stellten uns vor, dass Virginia wirklich hier wäre, durchgefroren und verwirrt und überglücklich, weil wir gekommen waren … Es schien mir etwas zu schön, um wahr zu sein.

»Niemand zu sehen«, sagte Angelica.

»Nein«, sagte ich. »Aber der Wald ist groß.«

Wir gingen weiter, an einem Tümpel vorbei, in dem eine ängstliche braune Ente von zwei aufgeregten Erpeln bedrängt wurde, kletterten über eine gefällte Eiche, um deren Stamm sich Efeu rankte, und schlugen kreuz und quer immer neue Wege ein. Überall um uns herum waren Tiergeräusche, nichts deutete auf die Anwesenheit eines Menschen hin. Unsere Zweifel nahmen zu. Ein Fuchs tauchte auf, sah uns kurz an und sauste davon.

»Wir müssen rufen«, sagte Angelica. »Virginia!«

Keine Antwort. Die Vögel schwiegen.

Unter einem Strauch lag eine nachlässig mit Blättern bedeckte Falle. An einem Baum hing ein totes Wiesel. Ich betrachtete die Falle und konnte es nicht lassen. Ich hob einen Ast auf und ließ den eisernen Schlund zuschnappen. Es klang noch immer Furcht einflößend. Ein Eichhörnchen schoss einen Stamm hinauf.

Wir setzten unsere Suche fort und liefen weiter durch den Wald, bis wir zu einem weiteren Tümpel kamen.

»Virginia!«, rief Angelica.

Es wurde heller. Wir näherten uns der anderen Seite des Waldes. Die Vögel sangen wieder. Wir hörten Autos.

»Weiter kommen wir nicht«, sagte ich.

»Sie ist nicht hier«, sagte Angelica.

»Nein ...«

Plötzlich hörten wir hinter uns ein Geräusch. Jemand räusperte sich. Zweige knackten. Aufgeregt drehten wir uns um.

Ein alter Mann mit Hut und Gewehr kam auf uns zu.

Es war Thompson. Ich erkannte den Förster sofort, auch wenn er kleiner war, als in meiner Erinnerung.

Er tippte an seine Mütze. »Mr Bell, Ms Bell, was für eine Überraschung, Sie hier zu sehen. Das ist lange her!« Er lächelte. Ihm fehlten zwei Schneidezähne. Wie hatten wir uns nur so vor diesem freundlich aussehenden alten Mann fürchten können?

»Mr Thompson«, antworteten wir höflich.

»Sie ist hier nicht«, sagte Thompson. »Jedenfalls habe ich sie heute noch nicht gesehen.«

Mein Herz machte einen Satz. »Aber sie ist hier gewesen?«

»Sie kommt regelmäßig her. Erst kürzlich noch.«

Angelica packte meine Hand. »Wann?«

Thompson nahm den Hut ab und fuhr sich durch das dünne Haar. »Das muss wohl vor zwei Tagen gewesen sein.«

Vor zwei Tagen? Virginia war schon viel länger spurlos verschwunden!

»Nette Frau, eure Mutter. Ich kann es nicht anders ausdrücken, immer an meiner Arbeit interessiert.«

Vanessa! Er sprach von Vanessa.

Angelica ließ meine Hand los. »Meine Mutter? Hier? Warum? Was hat sie gesagt?«

Diese Frage schien Thompson zu überraschen. »Was sie gesagt hat? Na ja, meistens sagt sie, was jeder sagt, der eben alleine sein will und ungestört durch meinen Wald spazieren möchte. Dass es hier so friedlich sei und dass es schön wäre, ein paar Stunden weg von allem und jedem zu sein.«

Meine Mutter war hier gewesen. Und sie kam öfter hierher. Wieso wussten wir nichts davon?

»Und meine Tante? Mrs Woolf, die Schriftstellerin?«, fragte ich.

»Nein, die habe ich hier noch nie gesehen. Warum?«

Er wusste anscheinend nichts von Virginias Verschwinden.

Ich sah, wie enttäuscht Angelica war und rieb ihr über den Rücken.

»Hätte ja sein können«, sagte sie.

»Ja«, sagte ich, »es hätte sein können. Wenn Sie meine Tante sehen, rufen Sie uns an, ja?«

Thompson sagte, dass er das tun würde und begleitete uns zum Auto. »Ihr seid groß geworden«, sagte er.

»Früher hatte ich Angst vor Ihnen«, sagte Angelica.

»Das war auch meine Absicht, junge Dame«, antwortete Thompson, »genau das war meine Absicht. Und eigentlich solltest du immer noch Angst haben, denn die Fallen sind noch genauso gefährlich wie damals.«

Als wir Vanessa später am Tag erzählten, wo wir gewesen waren, und sie mit dem konfrontierten, was Thompson uns gesagt hatte, reagierte sie seelenruhig.

»Compton Wood? Ja, da gehe ich hin, wenn ich einmal keinen Trubel um mich herum möchte«, sagte sie. »Warum sollte ich keinen eigenen Ort haben dürfen? Und weshalb sollte ich das jedem erzählen?«

»Weiß Virginia das?«, fragte ich.

»Was?«

»Dass du ab und zu nach Compton Wood gehst?«

»Nein, Virginia weiß nichts davon. Nur Duncan weiß darüber Bescheid. Er ist der Einzige, bei dem ich mir sicher bin, dass er mir nicht die ganze Zeit hinterherläuft. Und selbstverständlich habe ich schon ganz Compton Wood nach Virginia abgesucht.«

Angelica und ich gingen in mein Zimmer, um weiter an unserer Geschichte zu arbeiten.

Was wissen wir denn noch alles nicht?, dachte ich. Was weiß *ich* noch alles nicht?

Kapitel Acht

Im Sommer des Jahres 1933 wollten Vanessa und Duncan nach Frankreich fahren, um im Licht und den Farben Südeuropas zu malen. Ich sollte mitkommen, Angelica nicht. Vanessa hatte beschlossen, dass meine Schwester zu Hause bleiben sollte, um an der Sommerschule von Marjorie Strachey, einer Cousine von Duncan, teilzunehmen. *Charleston* sollte das Schulgebäude sein.

Angelica stampfte mit den Füßen auf. »Ich will mit!«

»Quengle nicht«, sagte Vanessa. »Virginia hat letzte Woche auch schon so genörgelt. Sie darf auch nicht mit.«

»Warum nicht? Und wieso darf Quentin mit?«

»Weil ich Ferien brauche. Quentin ist alt genug, um in Frankreich seine eigenen Wege zu gehen.«

Das war ich absolut. Ich hatte vor, dort hart an einer neuen Ausgabe meiner Hauszeitung zu arbeiten. Virginia hatte vorgeschlagen, dass ich Erzählungen schreiben könnte, bei denen ich mich nicht genau an die Wahrheit hielte. Ich könnte Ereignisse beschreiben, die ich selbst erlebt, gesehen oder gehört hatte, doch ich müsste meine eigenen Wendungen finden, damit es eine *Erzählung* und kein Bericht werden würde – ein neuer Schritt auf dem Weg zu meiner Schriftstellerei.

»Aber ich bin deine Tochter und Virginia ist deine Schwester!« Dies schien Angelica ein starkes Argument zu sein, aber Vanessa war dafür nicht empfänglich.

»Als ob ihr mich nicht jeden Tag daran erinnert. Du wirst eine herrliche Zeit in der Sommerschule haben. Julian und dein Vater kommen auch ab und zu schauen, ob du noch lebst.« Julian wohnte mittlerweile bei Clive in London.

»Ich gehe doch schon das ganze Jahr zur Schule.«

»Die Sommerschule von Marjorie ist keine richtige Schule. Es ist ein Ferienlager und es nehmen nur tolle Kinder teil.«

»Wer?«

»Kinder von Menschen wie uns.« Vanessa beendete das Gespräch. Sie ging in die Küche, um Grace zu sagen, welche Kleider eingepackt werden sollten.

»Es ist mir übrigens total egal«, sagte Angelica zu Duncan. »Ich will sowieso nicht mit.«

»Du lügst«, sagte er.

»Ja.«

»Nun schau doch bitte nicht so trübsinnig«, sagte Duncan. »Ich werde auch einsam sein, denn David bleibt ebenfalls hier.«

David hatte in einer Scheune hinter dem Haus einen Laden eröffnet, in dem er von Vanessa und Duncan bemalte Töpferwaren verkaufte. Der Laden war ein großer Erfolg. Kunden aus dem ganzen Land kamen, um Arbeiten von den immer bekannter werdenden Malern zu kaufen. David war einfach zu beschäftigt, um mit nach Frankreich zu fahren. Das war für Angelica jedoch kein Trost, obwohl sie David gerne mochte. Sie konnte es einfach nicht verschmerzen, dass sie ausgeschlossen wurde.

»Wann fahrt ihr?«

»Morgen. Heute Abend findet noch der *Memoir Club* statt.«

Doch der Klub fiel aus und die Reise musste warten, weil Leonard anrief und erzählte, dass Virginia mit Grippe im Bett lag. Vanessa wollte nicht aufbrechen, ohne ihre kranke Schwester besucht zu haben. Und so verschob sie den Urlaub um ein paar Tage. Auch zu ihrer Tante durfte Angelica nicht mit.

»Warum nicht?«

»Grippe ist ansteckend«, sagte Vanessa.

»Für dich aber auch.«

»Ich habe schon Grippe gehabt.«

Angelica konnte sich nicht daran erinnern. »Wieso bleibst du gleich ein paar Tage bei ihr?«

»Sie hat hohes Fieber. Und jetzt Schluss mit der Fragerei.« Vanessa war ungewohnt kratzbürstig. Angelica reagierte sich an Bert ab, indem sie ihn verjagte, als er sich an ihre Füße legen wollte. Aber sie fühlte sich deshalb schrecklich schuldig, sodass sie ihn abends bei sich im Bett schlafen ließ.

Eine Woche später reisten Vanessa, Duncan und ich ab. Marjorie kam nach *Charleston* – eine kleine, dunkelhaarige Frau um die dreißig mit einer Brille, die jeden freundlichen Gesichtsausdruck zunichtemachte. Und mit Marjorie kamen die anderen Kinder, zwei Jungs und vier Mädchen, die meisten ein paar Jahre älter als Angelica. Es waren die Söhne und Töchter von Freunden von Vanessa und Clive, Kinder, die wie Angelica in einem Umfeld aus Büchern und Gemälden aufwuchsen, unter Erwachsenen, die sich nicht darum scherten, was die Außenwelt von ihnen erwartete. Angelica hatte all diese Kinder schon getroffen, kannte sie aber nicht gut genug, um entscheiden zu können, mit wem sie sich anfreunden wollte und wen sie als Eindringling betrachten sollte.

Doch es entstand sofort eine große Verbundenheit unter den sieben Kindern, weil jeder über seine Rabeneltern klagte.

»Sie sind einfach ohne uns auf Reisen gegangen. Ich war so wütend.«

»Ich auch. Aber dann sagte meine Mutter, dass ich wählen könne: ein ganzer Sommer mit meinem Kindermädchen zu Hause oder *Charleston*. Alles ist besser, als ein Sommer mit meinem Kindermädchen.«

»Du hast ein Kindermädchen?«

»Ja. Na ja, eigentlich ist es nur unsere Haushälterin, aber meine Mutter nutzt sie als Kindermädchen und Sklavin aus.«

»Und sie schluckt das?«

»Natürlich, sonst wird sie entlassen.«

Marjorie rief die Kinder im Esszimmer zusammen. Auf dem Tisch lagen Schulbücher. Angelica hatte keine Lust auf Schulbücher. Sie schlüpfte aus dem Zimmer und ging in den Garten. Marjorie kam hinter ihr her.

»Was tust du hier?«, fragte sie. »Habe ich dir erlaubt, im Garten zu spielen?«

»Es ist *mein* Garten«, sagte Angelica.

»Solange ich hier das Sagen habe, ist es *mein* Garten«, sagte Marjorie. »Glaube bloß nicht, dass du mehr darfst als die anderen, nur weil du zufällig hier wohnst. Geh ins Haus.«

Glaube bloß nicht, dass du mehr darfst als die anderen! Curty hätte so etwas niemals zu Angelica gesagt. Sie setzte sich an den Esszimmertisch und schlug ein Buch auf.

»Die Frau ist streng«, sagte sie zu Kate, die neben ihr saß.

»Wie meine Mutter«, sagte Kate.

Angelica grinste. Marjorie erinnerte sie an Leonard.

Marjorie kam herein. »Macht die Bücher zu.«

Die Kinder gehorchten.

»Was sind das für Bücher?«, fragte sie.

»Schulbücher«, sagte Christopher.

»Genau. Packt die Bücher weg, denn Schulbücher habt ihr schon das ganze Jahr über lesen müssen. Dies ist eine *Sommerschule*. Wir wollen uns vergnügen.«

Erstaunt schauten die Kinder sie an.

»Was habt ihr denn gedacht? Eure Eltern sind nicht die Einzigen, die ein Recht auf einen schönen Sommer haben.«

Nicht nur der Garten, auch der größte Teil des Hauses war verbotenes Terrain für alle, die keine ausdrückliche Erlaubnis von Marjorie hatten, dorthin zu gehen. Angelicas Zimmer wurde zum Mädchenschlafsaal, die Jungs schliefen auf dem Dachboden. Jeden Abend vor dem Zubettgehen versammelte Marjorie die Kinder in Vanessas Schlafzimmer, das sie selbst in Beschlag genommen hatte, um bei Kerzenschein Geistergeschichten vorzulesen. Danach jagte sie die verängstigten Kinder ins Bett, nachdem sie mitgeteilt hatte, dass sie müde war und sich nach ein paar Stunden ohne lästige Kinder sehnte.

»Außerdem ist es schon zu dunkel, um ohne Licht vorzulesen«, sagte sie. »Sag deiner Mutter, sie soll endlich Strom legen lassen.«

Angelica versprach es, bezweifelte aber, dass Vanessa auf sie hören würde. Jede Modernisierung im Haus war ihr ein Gräuel.

»Auch wenn alle anderen Menschen diese fürchterlichen elektrischen Drähte im Hause haben, ist mir das egal«, hatte sie gesagt. »Ich will sie nicht in *Charleston.*«

Angelica verstand nicht, weshalb ihre Mutter sich so dagegen sträubte. Niemand von uns verstand das. Manchmal übertrieb sie, wahrscheinlich um anders zu sein als die anderen.

»Ich kenne wirklich niemanden, der so altmodisch ist wie Vanessa«, sagte Marjorie. Und nach dieser Mitteilung schloss sie die Tür des Mädchenschlafsaals.

Angelica fand sich mit Marjories Hausregeln ab. Wenn sie ins Atelier wollte, bat sie höflich um Erlaubnis. Die erhielt sie auch fast immer. Marjorie war gar nicht so schlecht. Sie war sanfter, als das Brillengestell es vermuten ließ.

Marjorie unternahm mit den Kindern Ausflüge in die Umgebung. Sie erklärte ihnen die Pflanzen und Tiere, die sie dabei sahen. Angelica lernte zu benennen, was sie all die Jahre gesehen oder womit sie gespielt hatte.

Sie gingen ins Vogelschutzgebiet. Still und konzentriert saßen sie dort im Gebüsch mit Skizzenbüchern, um die Vögel, die sie sahen, mit dem Bleistift einzufangen. Marjorie hatte gesagt, dass sie mit einer Zeichnung erst zufrieden wäre, wenn sie ihr das Gefühl gab, dass der gezeichnete Vogel jeden Moment vom Papier auffliegen könnte.

Clive und Julian ließen sich nicht blicken. Angelica fand das merkwürdig.

»Ich habe gesagt, dass sie erst kommen dürfen, wenn wir Zeit für Besucher haben«, erklärte Marjorie.

Auch David sah Angelica nur selten. Zweifellos hatte sich Marjorie auch ihn vorgeknöpft. Und Grace hatte sich in die Küche zurückgezogen und die Tür geschlossen, als könne sie so Marjories Kommandos entkommen.

Marjorie war die Alleinherrscherin im Haus und Angelica fand das überhaupt nicht schlimm.

Eines Mittags schickte Marjorie Grace nach Hause. »Heute Abend kochen wir selbst.«

»Aber Madam …«

»Ich heiße Marjorie und widersprich mir nicht. Geh.«

Grace ging. Und Walter ging mit ihr mit.

Die Kinder hatten den Auftrag, im Garten Kräuter und Gemüse zu ernten. »Ich habe euch die Namen beigebracht, jetzt lasst mal sehen, ob ihr aufgepasst habt«, sagte Marjorie.

Sie rief den Metzger und den Fischhändler an, um Huhn und Forelle liefern zu lassen. Als alle benötigten Zutaten auf dem Küchentisch lagen, ließ sie die Kinder allein. »Überrascht mich mit einem köstlichen Abendessen«, sagte sie.

»Hilfst du nicht mit?«, fragte Ben.

»Ich bin müde. Ich gehe auf mein Zimmer und lese.« Marjorie verschwand.

Der Fisch war nicht gar, das Fleisch angebrannt, aber es war ein wunderbares Abendessen. Jeder erzählte Geschichten, die Kinder bekamen mit Wasser verdünnten Rotwein, Marjorie las aus der *Weihnachtsgeschichte* von Charles Dickens vor, die sie mit den Worten: »Wieso sollten wir solch ein Meisterwerk nur im Dezember lesen?«, einführte.

Nach dem Mahl spielte Angelica Klavier.

Marjorie stöhnte. »Hör bitte auf! Das klingt nach nichts. Aber du hast ja noch den ganzen Sommer zum Üben. Also gib dein Bestes. Vielleicht darfst du dann noch einmal für uns auftreten.«

Angelica sah ein, dass Marjorie recht hatte. Ihr Klavierspiel klang wirklich nach nichts. Fanatischer als je zuvor schlängelten sich in den kommenden Wochen ihre Tonleitern durchs Esszimmer.

Grace brauchte zwei Tage, um das Chaos in ihrer Küche aufzuräumen.

»Warst du nicht verärgert?«, fragte ich sie später einmal.

»Nein, ich fand es lustig«, sagte Grace.

Viel zu schnell näherte sich der Tag, an dem die Eltern wiederkommen sollten.

»Ich habe eine wunderbare Idee, womit wir sie überraschen können«, sagte Marjorie. Sie blickte sich um. »Dieses

Haus ist eine einzige Gemäldeausstellung. Los, sucht euch ein Gemälde aus, das ihr darstellen wollt. Kümmert euch darum, dass ihr genauso ausseht wie das Kunstwerk selbst. Das werden prachtvolle *Tableaux vivants*. Eure Eltern werden sich die Augen ausgucken, wenn sie euch abholen. Wisst ihr, was das ist? Ein *Tableau vivant*?«

Die Kinder nickten. Sie wussten, was ein *Tableau vivant* war, was ein Fresko war, sie kannten den Unterschied zwischen einem Roman und einer Novelle. Sie waren die Kinder ihrer Eltern.

»Wir werden zu einer lebenden Gemäldeausstellung«, rief Marjorie.

Angelica wusste sofort, welches Gemälde sie sein wollte: das von Vanessa gemalte Porträt von Grace, das in der Küche hing. Das war auch das Bild, das sich Theo ausgesucht hatte. Sie stritten sich darum und baten Marjorie, zu entscheiden, wer von ihnen es darstellen dürfte. Marjorie weigerte sich. »Das überlasse ich euch, ich bin kein Schiedsrichter.«

Angelica warf ihre stärksten Waffen ins Gefecht. »Das ist *mein* Haus. Grace ist *unsere* Köchin.«

Theo gab sich geschlagen und so wurde Angelica zu Grace, die sich über den Küchentisch beugte.

Theo entschied sich am Ende für eine auf eine Schranktür in der Bibliothek gemalte mollige Frau, die ein Streichinstrument spielte, Kate für ein Selbstporträt von Duncan mit Turban, Christopher und Cindy für zwei fast nackte Menschenfiguren, die Duncan auf den Kamin im Atelier gemalt hatte.

Sie schnitten und klebten und malten die Hintergründe für ihre *Tableaux vivants*, sie nähten Kostüme, suchten nach Accessoires, die sie benötigten, und lebten sich in die Figur, die sie werden wollten, ein. Und während sie an der Arbeit waren, las Marjorie ihnen aus Charles Dickens' *Weihnachtsgeschichte* vor.

Die ersten Eltern trafen ein. Sie waren zwar von der Sonne in Südeuropa gebräunt, aber sie waren lange nicht so braun wie ihre Kinder. Sie waren entzückt von dem, was sie erlebt hatten, aber nicht so entzückt wie ihre Kinder. Sie waren froh, wieder zu Hause zu sein, froher als die Kinder, die langsam realisierten, dass die Sommerschule vorbei war, dass die Zeit mit Marjorie vorüber war.

»Schaut nicht so säuerlich«, sagte Marjorie, »wir haben noch etwas zu tun.«

Die Kinder gingen in den Garten und bereiteten ihren Auftritt vor. Es nieselte, aber das konnte Marjories Plänen nichts anhaben.

Clive und Julian kamen. »Wie nett, dass du uns endlich empfängst, Marjorie«, sagte Clive zynisch.

»Wir hatten vorher keine Zeit für euch«, sagte Marjorie. »Dies ist eine Sommerschule und kein Taubenschlag, zu dem jeder einfach angeflogen kommen kann.«

Clive steckte sich eine Pfeife an.

»Ich vertrage keinen Rauch«, sagte Marjorie.

Clive stopfte seine Pfeife wieder in die Tasche.

Als alle Eltern angekommen waren, nahm Marjorie sie mit ins Haus, um ihnen die Gemälde zu zeigen. »Fragt mich nicht, was ich hier tue. Stellt mir keine einzige Frage. Seht euch nur gut an, was ich euch zeige, und behaltet im Kopf, was ihr gesehen habt.«

Amüsiert folgten die Eltern, Julian und ich, ihr von Zimmer zu Zimmer.

Die *Tableaux vivants* wurden ein Riesenerfolg. Die Kinder hatten sich schon tagelang darauf gefreut. Als die Eltern im Haus waren, hatten die Kinder ihre Positionen eingenommen. Auf wackligen Beinen, weil das Warten so lang gedauert hatte, nahmen sie den bewundernden und begeisterten Applaus in Empfang.

»Es ist, als würde ich in einen Spiegel sehen«, sagte Grace.

»Was für ein Talent«, sagte Duncan.

»Ich habe ja gewusst, dass sie bei Marjorie in den richtigen Händen ist«, sagte Sallys Mutter.

Ich machte Fotos für meine Hauszeitung.

Vanessa sagte nichts, aber ihr Lächeln war für Angelica Anerkennung genug.

Es wurde Tee, Wein und Limonade getrunken, es wurden Geschichten erzählt, und Grace bekam den Auftrag, die Koffer der Kinder bereitzustellen. Dann wurde Abschied genommen.

Nachdem alle abgereist waren, musste *Charleston* sich wieder daran gewöhnen, das Haus der Menschen zu sein, die hier seit Langem wohnten. Angelica, Duncan und Vanessa saßen im Atelier.

»Du hast uns gefehlt«, sagte Duncan zu Angelica.

»Wie schön, wieder zu Hause zu sein«, sagte Vanessa. »Komm, setz dich zu mir.«

Angelica schmiegte sich an ihre Mutter.

»Warum durfte ich eigentlich nicht mit?«, fragte sie.

»Du bist kein Kind, das den ganzen Tag am Rockzipfel seiner Mutter hängt«, sagte Vanessa. »Du hattest doch einen tollen Sommer?«

»Ja, schon.«

»Und?«

Erst viel später überlegte Angelica, was sie hätte sagen sollen: »Hättest du mich mal gefragt, ob ich an deinem Rockzipfel hängen möchte. Du wärst über die Antwort überrascht gewesen, Mama.«

»Besuchen wir morgen Virginia?«, fragte Angelica. Jetzt, da Vanessa zurück war, wurde ihr mit einem Mal bewusst, dass sie ihre Tante, die selbst auch verreist gewesen war, den ganzen Sommer über nicht gesehen hatte.

»Morgen noch nicht«, sagte Vanessa. »In ein paar Tagen vielleicht.«

»Du möchtest nicht zu ihr?«

»Doch natürlich, aber heute noch nicht. Wir haben uns jeden Tag geschrieben. Außerdem ist sie viel zu sehr mit ihrer neuen Freundin beschäftigt.«

»Was für eine neue Freundin?«

»Die Schriftstellerin, die in diesem Schloss wohnt, mit der scheint sie ziemlich beschäftigt zu sein. Liebes, ich bin von der Reise erschöpft. Findest du das sehr schlimm?«

Angelica dachte an Virginia, die jetzt zweifellos in *Monk's House* auf eine Nachricht von ihrer Schwester wartete. Keine einzige neue Freundin könnte ihr wichtiger sein als Vanessa und Angelica, selbst wenn diese in einem Schloss wohnte.

David, der den ganzen Tag weg gewesen war, kam ins Atelier. Er küsste Duncan. »Was bin ich froh, dass ihr wieder da seid. Ich habe stapelweiße Krüge gekauft. Auf euch wartet jede Menge Arbeit.«

»Du hast doch nicht alles durcheinandergebracht im Schlafzimmer?«, fragte Duncan.

»Überzeuge dich selbst«, sagte David.

Sie gingen nach oben.

Vanessas Augen wirkten beunruhigt. Angelica bemerkte, dass ihre Mutter allein sein wollte. »Mama, ist es in Ordnung, wenn ich im Garten spiele?«

»Warum fragst du mich das?«

»Ich will wissen, ob du es gestattest.«

»Benimm dich nicht so idiotisch«, sagte Vanessa.

Angelica ging in ihr Zimmer. Der Garten erschien ihr mit einem Mal nicht mehr so reizvoll.

Kapitel Neun

Die Zeit verging. In *Charleston* war ein ständiges Kommen und Gehen. Verwandte und Freunde, das Haus war immer voll, aber nach Angelicas Gefühl wurde mehr gegangen als gekommen – besonders wenn Leute gingen, die sie mochte.

Julian und ich waren oft unterwegs und wenn wir zu Hause waren, hatten wir noch weniger Zeit für unsere Schwester. Sie hätte es bestimmt schön gefunden, wenn wir sie wieder einmal nach Compton Wood mitgenommen hätten, um ihr mit Geschichten über blutrünstige Vampire Angst einzujagen. Oder wenn wir ihr, wie wir es einmal getan hatten, ein Seil um die Taille geknotet hätten, um sie in unser Baumhaus zu ziehen, auch wenn es wehgetan und ihr Angst gemacht hatte.

Nach langem Drängen von uns allen hatte meine Mutter endlich ihren Widerstand gegen die moderne Zeit aufgegeben. In allen Zimmern gab es nun elektrisches Licht. Julian studierte Politologie in London und hatte ein Radio bekommen, damit er auch bei uns die Entwicklungen in Europa verfolgen konnte. An den Tagen, an denen er in *Charleston* war, war er von dem Apparat nicht wegzukriegen. Er hörte sich Gesprächsrunden über Bedrohungen und Krisen an. Neben Politik gab es nur ein Thema, das sein Interesse wecken konnte: Mädchen. Julian hatte Freundinnen, wie Duncan Freunde gehabt hatte, bevor ihm David begegnet war: alle naselang eine andere. Ich glaube, er fand es toll, Duncan auf diese Weise zu imitieren, und er benutzte die armen Mädchen, um an seinem Ansehen als unwiderstehlicher Mann zu arbeiten.

Wenn Clive zu Hause war und in seinem Studierzimmer saß, meist in Julians Gesellschaft, fragte er manchmal, ob Angelica sich zu ihnen setzen wollte.

»Ihr redet immer über Politik«, sagte sie, »das ist langweilig.«

»Du musst ja nicht reden oder zuhören«, sagte Clive. »Ich will einfach, dass du dich zu uns setzt, dann kann ich dich angucken. Bald bist du erwachsen und dann habe ich nicht einmal gesehen, wie du jeden Monat größer und hübscher geworden bist.«

»Das kommt, weil du immer in London bist«, sagte Angelica. »Wieso ziehst du nicht einfach zu uns?«

»Vanessa und ich haben es nun einmal so entschieden, das weißt du doch?«

»Möchtest du das denn nicht, immer bei uns sein?«

»Es ist gut so, wie es ist«, sagte Clive. Aber richtig überzeugend klang es nicht, fand Angelica. Sie glaubte, dass es auch mehr Vanessas Entscheidung gewesen war als seine. Wie auch immer, Angelica liebte Clive, seine Gelassenheit, seine Bereitschaft, ihr immer zuzuhören, wenn sie ihn brauchte, vor allem aber liebte sie einfach seine Anwesenheit.

Regelmäßig kuschelte sie sich mit einem Buch in einen Sessel am Kamin, während Clive an seinem Schreibtisch saß und Julian ihm gegenübersitzend lange Monologe über die Gefahren hielt, die von Hitler, Mussolini und General

Franco ausgingen. Julian glaubte, dass einzig die Kommunisten dazu in der Lage wären, die Faschisten aufzuhalten. »Pazifisten wie euch können wir nicht gebrauchen«, sagte er vorwurfsvoll zu Clive.

Manchmal sorgte Clive für ein abruptes Ende, indem er sagte: »Und jetzt möchte ich, dass Angelica mir alles über das Buch erzählt, das sie gerade liest.«

Einen Moment lang schien Julian dann fassungslos zu sein, aber beleidigt war er nie. »Entschuldige, dass ich zu viel rede.«

»Du sagst vernünftige Dinge«, sagte Clive. »Wer vernünftige Dinge sagt, redet nicht zu viel. Aber jetzt möchte ich Angelica zuhören.«

Und wenn Angelica dann über ihr Buch oder über die Schule, Curty und ihre Freundinnen erzählte, verließ Julian nur selten das Zimmer. Meist blieb er sitzen, um ihr zuzuhören oder um darauf zu warten, dass sie aufhören würde, damit er sein politisches Plädoyer fortsetzen konnte.

»Und was willst *du* später werden?«, fragte er sie an einem dieser Abende. Es war eine unerwartete und plötzliche Frage.

Angelica wusste nicht, was sie darauf antworten sollte. »Ich bin erst zehn.«

»Als *ich* zehn war, wusste ich schon lange, was ich werden wollte«, sagte Julian. »Und Quentin auch.«

»Julian!«, sagte Clive. »Lass sie in Ruhe.«

Aber Angelica fand es nicht schlimm. Sie saß entspannt im Schneidersitz auf dem Sessel. Ihr Vater und ihr ältester Bruder saßen ihr Pfeife rauchend gegenüber. Das Feuer brannte im Kamin und draußen wurde es allmählich dunkel, sodass das Zimmer sich in einen warmen, beschützenden Kokon verwandelte. Das waren die Umstände, die Angelica sagen ließen: »Ich möchte vielleicht Köchin werden, wie Grace.«

Clive und Julian sahen sich an. Kurz war ihren Gesichtern nichts anzumerken. Dann lächelte Clive und Julian brach in Gelächter aus. »Köchin! Hahaha! Sie will Köchin werden!«

»Oder Theaterschauspielerin«, sagte Angelica hastig. »Oder Pianistin.«

»Köchin!«, sagte Julian wieder. »Erzähl das bloß nicht Mama. Die findet es schon schlimm genug, dass ich Kommunist bin, denn davon hat sie keine Ahnung.«

»Weshalb Köchin?«, fragte Clive. Ruhig schaute er sie an.

Aber Angelica konnte nicht in Worte fassen, warum die Welt von Grace sie so anzog. Sie war erst zehn.

»In unserer Familie ist noch niemand Köchin gewesen«, sagte Julian. »Ich fände es allerdings einen guten Witz.«

Julian konnte alles wunderbar in Worte fassen.

Selbst wenn ich öfter zu Hause war als Julian oder mein Vater, waren mein Kopf und mein Herz nicht die eines älteren Bruders, an den sich Angelica wenden konnte, wenn sie ihn brauchte. Kopf und Herz waren bereits besetzt.

Ich hatte die Hauszeitung aufgegeben und schrieb nur noch selbst ausgedachte Geschichten. Virginia las sie, versah sie mit Kommentaren und meinte, dass sie allmählich Kontur annehmen würden. Ein größeres Kompliment gab es nicht, fand ich. Virginia war meine Lehrmeisterin und ich der Schüler, der nicht ohne ihre Zuwendung auskam.

Und ich verliebte mich.

Sie hieß Emma und ging auf meine Schule. Sie war sechzehn und ähnelte David ein wenig. Sie war aber, jedenfalls für mich, reizvoller: blondes Haar, blaue Augen, verschmitztes Gesicht. Wir hatten uns im Leseklub unserer Schule kennengelernt und ich hatte sie, nervös und unsicher, nach *Charleston* eingeladen.

Sie kam. Ich war überglücklich. Ohne dass ich es mitbekommen hatte, beobachtete Angelica uns durch ihr Zimmerfenster, als wir im Garten saßen. Emma und ich küssten uns. Wir kicherten und zogen uns an den Haaren.

Ich hörte, wie jemand laut lachte und ein Fenster geschlossen wurde. Da begriff ich, dass man uns ausspioniert hatte. Noch am selben Nachmittag machte ich Angelica deutlich, dass sie Emma und mich nicht beobachten durfte und sie sich nicht in unsere Nähe wagen sollte, wenn wir im Garten waren. Wir hätten ein Recht auf Privatsphäre, sagte ich.

Beleidigt ging Angelica zu Duncan, der in seinem Zimmer war. Vanessa war nicht zu Hause.

»Ich habe keine Brüder mehr«, sagte sie und seufzte wie eine mit allen Wassern gewaschene Schauspielerin.

Duncan grinste. »Sind sie tot?«

»Julian hat sein Radio und Quentin hat eine Freundin. Sie küssen sich die ganze Zeit. Quentin hat mich weggeschickt.«

»Sie sind verliebt«, sagte Duncan. »Verliebte Menschen sind schrecklich. Sie küssen sich und können die Finger nicht voneinander lassen. Sie gehen miteinander ins Bett und andere Menschen existieren für sie nicht mehr. Das weißt du doch?« Er sah sie an. »Nein«, sagte er, »das weißt du nicht.«

Angelica dachte darüber nach, was Duncan gerade gesagt hatte. Vanessa und Clive hatte sie noch nie küssen oder die Haare des anderen wuscheln sehen, Virginia und Leonard auch nicht. Warum eigentlich nicht? Sie hatte sich das nie zuvor gefragt. Vielleicht hörte man damit auf, wenn man verheiratet war. Und was das miteinander ins Bett gehen betraf: Virginia hatte gesagt, nur arme Menschen würden miteinander in einem Bett schlafen. Deshalb hatte Angelica es immer als logisch betrachtet, dass sowohl ihre Eltern als auch ihre Tante und ihr Onkel jeweils eigene Schlafzimmer hatten. Sie waren nicht arm.

Sie sprach diese Gedanken aus.

»Hm«, sagte Duncan, »mein kleines unschuldiges Mädchen, es wird Zeit, dass Vanessa endlich einmal mit dir redet.«

»Worüber?«

»Über Sex, Liebes. Ich weiß, sie redet lieber über Farben als über Sex, aber es scheint mir jetzt doch allerhöchste Zeit zu sein.«

»Was soll sie mir denn erzählen?«

»Alles, was du wissen musst, wenn du keine jämmerliche Figur abgeben willst, sobald du ein pubertierendes

Mädchen bist und dich jeder Junge verwirrt, der dich zu lange ansieht.«

Angelica hatte wirklich keine blasse Ahnung, weshalb ein Junge sie verwirren sollte, wenn er sie zu lange ansah.

~

In der Schule hatten sich mittlerweile alle an Angelicas Bevorzugung gewöhnt. Die Mädchen wussten, es lag nicht an Angelica, dass sie bei der Schulleiterin einen Stein im Brett hatte, sondern an Curty selbst, die für die Bewohner von *Charleston* und die große Virginia Woolf schwärmte. Doch weil Curty nun einmal die gute alte Curty war, nahm ihr das niemand übel.

Wurde an einem warmen Sommertag Tennis oder Krocket gespielt, zog die ganze Klasse, von der Schulleiterin ermutigt, Schuhe und Strümpfe aus, um barfuß durch das Gras zu rennen. Und wenn Curty aus Edward Lears Nonsens-Versen vorlas und sich selbst darüber am allermeisten kaputtlachte, wussten die Mädchen wieder, dass diese Schule der absolut herrlichste Ort auf der Welt war.

Eine richtig normale Klassenkameradin würde Angelica in den Augen der anderen wahrscheinlich nie werden, dazu war ihr Verhalten und ihr Äußeres zu außergewöhnlich. Also beschloss Angelica, dass es einfacher wäre, sich damit abzufinden. Nach außen hin ließ sie es sich nicht anmerken, aber wenn sie abends manchmal an ihrem Fenster saß, und die Erwachsenen unten einen *Memoir Club* abhielten oder über Kunst und Literatur diskutierten, malte sie sich aus, dass ihre Mutter eine Haushälterin wäre und ihr Vater Postbote.

Nach der Schule streifte sie oft zusammen mit ihrem Hund durch die Hügel, besuchte Virginia, lud ihre Schulfreundinnen ein, saß bei Grace in der Küche, wenn sie gerade kochte, oder hockte abends im Schlafzimmer ihrer Mutter, wenn diese Briefe schrieb und nicht zu bemerken schien, dass Angelica sie grübelnd anstarrte.

Sie zeichnete, spielte Theater, machte Musik wie sie es immer getan hatte, und wie sie es vermutlich immer tun würde.

Niemand sah oder fragte, was wirklich in ihr vorging. Sie beließ es dabei.

Und dann hatte sogar Virginia immer weniger Zeit für Angelica. Das hatte mit Vita zu tun, dieser Schriftstellerin, die in einem Schloss wohnte.

Angelica hatte natürlich bemerkt, dass Virginia in den letzten Monaten sehr beschäftigt gewesen war, aber sie dachte, das wäre wegen eines neuen Buchs oder weil sie Leonard mit seinem immer größer werdenden Verlag beistehen musste.

»Aber nein«, sagte Julian, »es ist wegen Vita.«

»Was ist mit dieser Vita?«, fragte Angelica. Sie hatte Virginias Freundin noch nicht kennengelernt. Sie wusste nur, dass sie verheiratet war und zwei Söhne hatte, die Ben und Nigel hießen.

»Virginia ist Vita verfallen«, sagte Julian. »Ich kann das auch verstehen, denn sie ist nicht so langweilig wie Onkel

Leonard. Und sie ist auch ehrlicher als die Menschen in unserer Familie.«

Ich fing seine Worte auf. »Was meinst du damit? Wer ist in unserer Familie nicht ehrlich?«

»Schon gut«, sagte Julian. Er verließ das Zimmer.

»Was hat er gemeint?«, fragte Angelica.

»Keine Ahnung«, sagte ich. »Er ist momentan ziemlich launisch. Hat wohl mit einem Mädchen zu tun. Sag Virginia, sie soll dich nicht vernachlässigen. Vernachlässigte Hexen verkümmern und verschrumpeln.«

Und dann ging auch ich aus dem Zimmer, denn ich hatte plötzlich eine Idee für eine Gruselgeschichte.

Als Virginia ein paar Tage später nach *Charleston* kam, um einen Umschlag für ein Buch abzuholen, sagte Angelica vorwurfsvoll zu ihr: »Du hast kaum noch Zeit für mich.«

Virginia setzte sich und zog Angelica an sich. Sie küsste sie auf die Wange. »Wie schrecklich unaufmerksam von mir«, sagte sie. »Du hast vollkommen recht, wir sehen uns kaum noch. Komm morgen mit mir nach *Garsington*. Dort können wir endlich mal wieder plaudern.«

Garsington Manor war das Landhaus von Lady Ottoline Morrell in der Nähe von Oxford. Lady Ottoline hielt dort regelmäßig *Salons* ab. Dazu lud sie Künstler für einen Nachmittag oder ein Wochenende in ihr Landhaus ein. Es wurde gegessen und getrunken, man traf sich und lauschte den gut gemeinten Ratschlägen von Ottoline. Viele Künstler hatten kaum Einkommen und kamen vor allem wegen einer guten und kostenlosen Mahlzeit. Ich war auch schon einmal dort gewesen, zusammen mit meinen Eltern und Duncan. Ich glaube, Lady Ottoline wusste nie, wer wegen ihr und ihren Ratschlägen kam, und wer wegen des Essens und der Unterkunft. Vielleicht war es ihr auch einfach egal.

»Vita kommt auch«, sagte Virginia.

Vanessa blickte von ihrer Arbeit auf. Die Umschlagszeichnung war noch nicht ganz fertig. »So, Vita kommt also auch?«, sagte sie.

Virginia strahlte. »Vita ist großartig.«

»Wenn du das sagst«, sagte Vanessa tonlos und beugte sich wieder über ihre Zeichnung.

Julian, der gerade zu einem Blitzbesuch in *Charleston* war, weil er bestimmte Bücher für sein Studium benötigte, kam herein, sah das Zimmer voller Menschen und verschwand wieder ohne ein Wort.

»Wie schön, dass er mich so herzlich begrüßt hat«, sagte Virginia.

»Lass ihn«, sagte Vanessa. »Er ist in letzter Zeit ziemlich starrköpfig.«

»Warum?«

»Ich denke, das hängt mit der politischen Lage zusammen«, sagte Vanessa. »Er nimmt sich das Schicksal der ganzen Welt zu Herzen und meint, er müsste etwas tun, um die Faschisten aufzuhalten.«

»Armer Junge«, sagte Virginia.

»Bist du dir sicher, dass du morgen Zeit für Angelica hast, wenn Vita auch da ist?«, fragte Vanessa.

»Natürlich. Meine kleine Pixerina geht immer vor.«

Angelica brummte. »Ich bin schon elf!« Doch eigentlich war sie entzückt, wieder einmal Pixerina genannt zu werden. Diesen Namen hatte sie in den letzten Monaten nur selten gehört.

Leonard brachte Angelica und Virginia nach *Garsington.* Er selbst wollte ein paar Buchhandlungen in Oxford besuchen. Vielleicht würde er später nachkommen, um Lady Ottoline zu begrüßen, meinte er.

Es war ein grauer Herbsttag. Die Blätter färbten sich bunt, Schafe hielten ihre Nasen in den Wind, Bauern pflügten die Felder, um sie winterfest zu machen. Angelica liebte diese Landschaft, die Hügel, Felder, Wiesen. Sie konnte sich nicht vorstellen, dass sie irgendwann einmal in einer Stadt wohnen würde.

Garsington Manor stand mitten auf einem breiten Hügel, ein robustes Landhaus mit Türmen, Dutzenden von spiegelnden Fenstern und dicken, grauen Mauern. Eine prachtvolle Kulisse für die Gruselgeschichten, die Marjorie ihnen in der Sommerschule vorgelesen hatte. Das Haus umgab ein schier endlos wirkender, parkartiger Garten, aus dem Zypressen und Ulmen emporragten.

Virginia und Angelica ließen sich am Tor zur Auffahrt absetzen. Leonard fuhr davon.

Angelica, froh, endlich der engen und mit Bücherstapeln vollgestopften Rückbank entkommen zu sein, blickte sich um. Sie fühlte sich klein, denn alles hier war riesig: das Tor, die Auffahrt, das Haus, die Rasenflächen, die Terrassen, die Blumenbeete mit vielleicht noch mehr Sorten und Farben als im Garten von *Charleston.* Um einen rechteckigen Teich mit Springbrunnen wuchs eine kurz geschnittene Buchsbaumhecke. Und überall standen Marmorstatuen – Fantasietiere aus den antiken Mythologien und nackte oder bekleidete Männer und Frauen.

Liebkosend drückte Virginia Angelica die Schulter. »Alles ein bisschen übertrieben, findest du nicht? Aber es passt zu Ottoline, also ist es eigentlich genau richtig.«

Sie gingen auf das Haus zu. Auf niedrigen Ästen saßen Pfauen und schrien. Zwei Frauen, die rauchend miteinander sprachen, begrüßten Virginia. Möpse kamen kläffend angerannt. Virginia ignorierte sie. Das fand Angelica komisch. Virginia ignorierte Hunde nie.

An der Eingangstür stand eine Frau. Virginia sah sie auf die gleiche Weise an, wie Duncan Männer betrachtete. »Das ist Vita. Sie wartet auf mich.«

Vita war eine große Frau, obwohl nicht ganz so groß wie Virginia. Sie hatte breite Schultern, trug eine Reithose und einen flotten Hut. Und sie hatte einen deutlich sichtbaren Schnurrbart.

Virginia stellte Angelica und Vita einander vor.

»Angenehm, Angelica«, sagte Vita. Ihr Lächeln war freundlicher als ihr Äußeres. Ihre Stimme war weiblicher als ihr Äußeres. Sie wandte sich an Virginia.

»Sag Ottoline guten Tag«, sagte Virginia zu Angelica. »Und hier sind bestimmt noch mehr Leute, die du kennst. Wir sehen uns gleich wieder.«

Arm in Arm gingen die beiden Frauen in den Garten. Angelica sah ihnen nach und lief ins Haus.

Durch eine graue Halle kam sie in einen großen Raum, der voller Menschen war. Die grünen Wände erinnerten Angelica an *Monk's House*, auch wenn dort alles kleiner und gemütlicher war. Der Raum war mit altmodischen Lehnstühlen, Beistelltischen und allerlei Nippes vollgestopft. Auf größeren Tischen lagen Brettspiele bereit. An einer Wand stand ein Glasschrank mit einem blau-weißen Geschirrservice.

Phillip, Ottolines Mann, saß in einer Ecke und spielte Schach mit jemandem, den Angelica schon einmal bei Virginia gesehen hatte. Aber sie wusste nicht mehr, wer er war … oder nein, sie wusste es doch. Es war Tom Eliot, der Dichter. Er starrte auf die Schachfiguren und blickte nicht zu Angelica auf. Phillip winkte ihr zu.

»Angelica, Liebes, wie schön, dass du mitgekommen bist.« Lächelnd kam Ottoline auf sie zu. Sie trug ein langes rotes Satinkleid und auffällige Ohrringe, die bis zu ihren Schultern reichten. In ihrem Haar steckte eine violette Dahlie.

Angelica gab ihr die Hand. Ottoline zog ihre Hand zurück und hielt sie vor Angelicas Gesicht. »Schau dir meine Hände an«, sagte sie. »Sind sie nicht hässlich?«

Angelica betrachtete die Hände, konnte sie aber nicht beurteilen. An fast jedem Finger steckte ein Ring.

»*Du* hast schöne Hände«, sagte Lady Ottoline. »Du bist ein hübsches Mädchen, Angelica, ein sehr hübsches Mädchen. Wirst du dich hier auch nicht langweilen? Ich fürchte, heute sind keine anderen Kinder da.« Sie ging weiter, um andere Gäste zu begrüßen.

Aber Angelica langweilte sich nicht. Hier gab es genug zu sehen.

Sie streifte durch das Haus, entdeckte ein Zimmer mit roten und goldgefassten Wänden. Große Fenster gaben den Blick auf den Garten frei. Jemand spielte auf einem Pianola. Auch hier saßen oder standen überall Menschen. Sie redeten, sie rauchten, sie tranken, sie aßen Snacks, die ihnen von den Dienstmädchen angeboten wurden. Angelica erkannte einige Gesichter, aber niemand zeigte Interesse für sie. Sie ging in die Halle zurück.

Eine glänzend gebohnerte breite Treppe führte zu einer Galerie mit Gemälden und gerahmten Fotos im ersten Stock. Auch auf der Treppe saßen Leute und redeten miteinander. Dienstmädchen in Uniformen gingen mit Tabletts voller Gläser und Schalen von Zimmer zu Zimmer.

Eine andere, schmalere Treppe bot Zugang zum Kellergeschoss. Aus dem Treppenhaus kamen Geräusche von Tellern, die aufeinandergestapelt wurden. Angelica ging neugierig hinunter und kam in einen dunklen Gang, in dem es nach gebratenem Fleisch und frisch gebackenem Brot roch. Das war die Welt von Grace. In der Küche herrschte ein buntes Treiben. Eine schwarz gekleidete Frau erteilte den Dienstmädchen Anweisungen. Auf dem Küchentisch standen volle Schalen. Ein großer dicker Mann in Livree öffnete eine Weinflasche und roch am Korken. Grace würde es hier nicht gefallen. Sie mochte solch ein aufgeregtes Treiben nicht in ihrer Küche.

Die Frau in Schwarz kam auf Angelica zu. »Was kann ich für Sie tun, junge Dame?«

Angelica schaute zu ihr hoch. »Ich sehe mich nur um.« Sie trat einen Schritt zur Seite, um einem Dienstmädchen Platz zu machen, das mit einer Platte voll kaltem Fleisch auf dem Weg zu den Gästen war.

Die Frau legte eine Hand auf Angelicas Rücken und dirigierte sie aus der Küche. »Sie dürfen nicht hier sein«, sagte sie. »Wenn das der Hausherr wüsste! Sie gehören nach oben. Gehen Sie bitte zu den anderen Gästen.«

»Ich wusste nicht …«, stammelte Angelica. »Es tut mir leid.« Ihr war bewusst, dass die Frau recht hatte. Sie hatte hier unten nichts zu suchen. Zum ersten Mal wurde ihr das so richtig klar. Ihre Welt war die Welt oben, nicht die hier in der Küche, so gerne sie es sich vielleicht andersherum wünschen würde.

»Es ist nicht schlimm«, sagte die Frau. »Gefällt Ihnen das Fest?«

Angelica nickte und ging zurück zu ihren eigenen Leuten, zu den Schriftstellern, Malern, zu Lady Ottolines Schützlingen.

Im roten Zimmer entdeckte sie Clive unter den Gästen. »Papa!«, rief sie froh.

Clive entschuldigte sich bei der Frau, mit der er sich gerade unterhalten hatte, und ging zu Angelica. »Ich habe schon gehört, dass du mit Virginia hier bist, aber da Vita auch da ist, freust du dich vermutlich, ein freundliches Gesicht zu sehen. Haben sie dich deinem Schicksal überlassen?«

»Ja«, sagte Angelica, »aber das macht nichts.«

»Hast du im Garten die Pfauen gesehen? Sind sie nicht prachtvoll?«

Sie gingen hinaus.

»Ich habe Julian gefragt, ob er auch mitkommen will«, sagte Clive. »Aber er trifft sich mit seinen Genossen.«

»Hat Julian Probleme mit einem Mädchen?«, fragte Angelica.

»Weil er so mürrisch ist? Keine Ahnung. Er redet im Moment lieber mit seinen Freunden als mit mir. Er ist zwanzig, er hat sein eigenes Leben. Ah, da sind sie.«

Virginia stand am Gartentor, Vita stieg gerade in ein Taxi.

Das Taxi fuhr fort. Virginia sah ihm nach, bis es verschwunden war. Sie gingen zu ihr hinüber.

»Clive!«, sagte Virginia. »Ich dachte, du hast heute keine Zeit.«

»Ich musste doch meine Tochter retten«, sagte Clive.

Virginia errötete. »Ich bin eine schlechte Tante. Ich gebe es reumütig zu.« Aber wirklich schuldbewusst klang sie nicht. »Wo ist Ottoline?«, fragte sie. »Ich habe sie noch gar nicht begrüßt. Diese schreckliche Vita, sie nimmt mich vollkommen in Beschlag.«

»Virginia!«, sagte Clive mahnend.

Virginia lachte schallend.

Angelica blickte von ihrem Vater zu ihrer Tante und hatte das Gefühl, dass hier mehr vor sich ging, als sie verstand.

Virginia bot ihr den Arm an. »So, Vita ist weg, nun bin ich nur für dich da. Wen hast du denn schon gesehen? Und was haben sie gesagt? Was haben sie über mich gesagt? Erzähl! Ich will alles wissen.«

In Virginias Augen sah Angelica plötzlich Witcherina auftauchen.

»Ich bin auch schon mal in der Küche von Garsington *gewesen«, sagte ich.*

»Ach ja? Wurdest du auch weggeschickt?«

»Nein. Ich war dort gemeinsam mit Lady Ottoline. Sie hatte mich mitgenommen. ›Quentin, wenn du Schriftsteller werden willst, darfst du nicht nur über Leute wie uns schreiben, sondern auch über das gewöhnliche Volk‹, hatte sie gesagt und auf das Personal gedeutet. Als wären sie Affen im Zoo, die ich studieren sollte. Die Haushälterin hat sie wütend angeschaut, die Dienstmädchen haben laut gelacht, aber ich glaube nicht, dass Ottoline das bemerkt hat. Ich habe mich ziemlich unwohl gefühlt.«

Angelica lachte.

Ich nahm den Stift wieder in die Hand. »Und dann kam der schreckliche Abend im Dezember«, sagte ich. »Weißt du noch wie Julian der Kragen geplatzt ist, weil er herausgefunden hatte, dass unsere Eltern Lügner waren und dass du nicht Papas Tochter bist, sondern Duncans?

Angelica wurde plötzlich ernst. »Dieser Abend ist mir egal«, sagte sie. »Ich möchte lieber erzählen, wie Virginia und ich nach London gefahren sind und ich sie endlich wieder für mich alleine hatte. Da warst du nicht dabei.«

»Der Abend ist gar nicht egal«, beharrte ich.

Ich sah Angelica an. Warum war sie eigentlich nicht über diese Enthüllung wütend gewesen, oder schockiert?

Kapitel Zehn

»Julian konnte Unrecht nicht vertragen«, sagte ich. »So ist er nun mal gewesen. Er war der Meinung, dass ihm, dir und mir mit dieser Lüge Unrecht angetan wurde.«

»Ich weiß«, sagte Angelica. »Mama war so unglücklich, weil er nicht mehr mit ihr reden wollte.«

Sie hatten gelogen, was vollkommen überflüssig gewesen war. Als wären wir nicht von Kindheit an daran gewöhnt, dass bei uns, was Ehe, Freundschaft und Liebe betraf, andere Regeln galten als bei »normalen« Familien.

Als Julian und ich unsere Eltern um eine Erklärung baten, bekamen wir sie auch. Also ich *bat* um eine Erklärung, Julian *verlangte* sie.

Es war zuerst eine Lüge aus Bequemlichkeit gewesen, erzählten meine Eltern. Duncan wohnte bei uns und liebte uns. Clive liebte uns ebenfalls, wohnte aber in London. Als meine Mutter ein Kind von Duncan erwartete, entschieden sie, uns vorläufig nichts davon zu sagen. Es war ihnen einfach nicht wichtig genug gewesen. Das Schweigen darüber war zur Gewohnheit geworden und aus Bequemlichkeit hatten sie es dabei belassen …

Der zweite, weitaus interessantere Grund für das Verschweigen von Duncans Vaterschaft hatte mit Opa Bell zu tun. Oder besser: mit Opa Bells *Geld*.

Mein Großvater war reich. Er war engstirnig und humorlos, aber geizig war er nicht. Solange mein Vater ein Leben führte, das Opa Bell verstehen und gutheißen konnte, konnte er immer mit dessen Unterstützung rechnen.

Der junge Clive schrieb Kunstkritiken für wichtige Zeitungen. Er heiratete Vanessa, eine hübsche, einnehmende Frau aus einer angesehenen Familie. Opa beteiligte sich an den Mietkosten ihrer Wohnung. Vanessa und Clive bekamen zwei Söhne. Opa nahm Julian und mich großherzig in sein Testament auf.

Dass Vanessa gemeinsam mit Duncan nach *Charleston* zog und mein Vater in London blieb, konnte Opa weniger gut nachvollziehen. Aber als sie ihm erklärten, dass Duncan nur ein guter Kollege von Vanessa war, der eine Bleibe und einen Ort zum Malen suchte, und mein Vater wegen seiner Arbeit die Wohnung in London behalten musste, beteiligte sich Opa auch an der Miete für das Bauernhaus in Sussex, wenn auch etwas zögerlich.

Was wäre wohl passiert, wenn Opa Bell zu hören bekommen hätte, dass Duncan homosexuell und noch dazu der Vater seiner Enkelin Angelica war?

»Wir hätten keinen einzigen Cent mehr von meinem Vater bekommen«, sagte Clive. »Und ihr drei wärt enterbt worden.«

Doch diese Erklärung machte Julian nur noch wütender. Er meinte, Geld wäre ein lächerlicher Grund, um jahrelang ein Doppelleben zu führen.

Ich gab ihm recht, begriff aber allmählich besser, wie groß der Druck meiner Großeltern auf meine Eltern gewesen sein musste. Mein Vater hatte einfach Angst, es mit seinem Vater aufzunehmen.

Eigentlich ging es dabei nicht ums Geld, wir hätten auch ohne Opas finanzielle Unterstützung überlebt. Ich glaube, mein Vater hatte einfach nicht den Mut, zu Opa Bell zu sagen: »Dies ist *mein* Leben und ich lebe es, wie *ich* es will. Dein Geld und deine Engstirnigkeit sind mir egal.«

Unsere Jugend wäre anders verlaufen. Julian und ich waren frei, wenn wir frei sein wollten, und wir durften bedingungslos unsre eigenen Wege gehen, selbst wenn es Wege waren, die meine Eltern nicht gutheißen oder verstehen konnten. Und genau das war es, warum Julian und ich glücklich gewesen waren.

Ich hatte bis jetzt keine Ahnung gehabt, dass Angelica vollkommen anders darüber dachte als wir. Sie wollte keine Freiheit, sie wollte Ermutigung und Zustimmung. Erst jetzt, durch ihr Erzählen, sah ich das allmählich ein …

Die darauffolgende Zeit verwirrte uns alle und jeder ging auf seine eigene Art damit um.

Duncan meinte, dass es nicht seine Entscheidung gewesen war, über seine Vaterschaft zu schweigen, und hielt sich damit – typisch für ihn – aus dem Konflikt heraus. Virginia und Leonard mischten sich nicht ein, auch wenn Virginia sagte, dass Angelica mit zwei Vätern wie Clive und Duncan Glück hätte.

Angelica gab ihr recht und fand sich selbst unglaublich interessant. Aber soweit ich das beurteilen konnte, kümmerte sie das Ganze nicht besonders. Es gab andere Dinge, die sie beschäftigten. Sie spielte weiterhin Theater und nahm Klavierunterricht, auch wenn ihre Lehrerin ziemlich häufig fragte, ob ein anderes Instrument vielleicht besser zu ihr passen würde. Sie verstand verdammt gut, was die Lehrerin ihr damit sagen wollte, aber sie war noch nicht dazu bereit, ihr Vorhaben aufzugeben. Denn aufgeben käme einem Scheitern gleich. Und Vanessa mochte keine Misserfolge.

Julian kam nur noch selten nach Hause. Er studierte in London und hatte über dem Apartment meines Vaters eine Wohnung bezogen. Er hatte seine Freunde, die, wie er, Kommunisten waren und immer entschlossener wurden, sich dem Aufstieg der Faschisten in Europa entgegenzustellen.

Und ich? Ich schrieb und bat Virginia um Rat. Und ich verliebte mich jeden Tag ein bisschen mehr in Emma …

»Lies mal«, sagte ich.

Angelica las, was ich geschrieben hatte.

»Siehst du jetzt ein, dass das auch in unsere Geschichte gehört?«

Angelica nickte. »Du schreibst, dass du mich nun besser verstehst. Wie mich das freut! Denn das bedeutet, dass du mir jetzt endlich zuhörst.«

Ich wurde rot und schämte mich für mein jahrelanges Desinteresse an meiner Schwester.

»Aber woher weißt du, dass ich das Klavierspielen nicht aufgegeben habe, weil ich vor Mama nicht scheitern wollte? Das habe ich dir doch gar nicht erzählt.«

»Ich habe angenommen, dass es so war«, sagte ich. »Trotzdem gibt es etwas, das ich noch immer nicht verstehe.

Weshalb bist du eigentlich nicht wütend geworden, als du gehört hast, dass Duncan dein Vater ist? Alle waren fassungslos, nur du nicht.«

Angelica dachte nach. Dann sagte sie: »Ich habe es nicht kapiert. Ich habe nicht kapiert, was Julian meinte, als er sagte, dass Mama mit Duncan im Bett war. Ich wusste nicht, was das ›miteinander ins Bett gehen‹ bedeutet.«

»Echt nicht?«

»Nein. Niemand hat mich je aufgeklärt. Als Julian sagte, dass Duncan mein Vater ist, fand ich das eigentlich recht logisch. Ich meine, Duncan wohnt bei uns und Papa nicht. Ich dachte, dass Julian ganz selbstverständlich davon ausging, dass Duncan dadurch mein Vater geworden war und er wütend war, weil Papa das ohne Weiteres akzeptierte.«

»Ist das wahr? Du wusstest nichts über Sex?«

»Nein, nichts. Ich weiß selbst, dass das ziemlich dumm klingt. Findest du mich dumm?«

»Quatsch!«, sagte ich. »Ich finde dich witzig.«

»Witzig?« Angelica sprang auf. »Das ist überhaupt nicht witzig. Mama hätte mich aufklären müssen, aber weil sie das nicht getan hat, bin ich, bis ich vierzehn war, ein kleines Kind geblieben. Und deshalb lachst du mich jetzt aus.«

»Aber du hattest doch Schulkameradinnen.«

»Ja, und die sprachen über Sex, aber die redeten häufig über Dinge, die ich nicht kannte, also habe ich mich nicht weiter darum gekümmert.«

»Aber später hast du es doch verstanden«, sagte ich.

»Ja, viel später. Aber dann hatte ich mich schon so daran gewöhnt, dass Duncan mein Vater ist, dass es wirklich

keinen Sinn machte, noch etwas darüber zu sagen oder zu fragen. Julians Wut hatte schon für genug Ärger gesorgt.«

Ich strich ihr über den Arm. »Angelica, ich habe dich lieb.«

Sie zog den Arm zurück. »Wollen wir jetzt mit unserer Geschichte über Virginia weitermachen?«

Sie ähnelte Vanessa in diesem Moment mehr, als ihr bewusst war, aber das sagte ich ihr nicht.

»Ja«, sagte ich. »Lass uns weitermachen.« Ich holte mein Notizbuch. Solange es keine Neuigkeiten von Virginia gab, konnten wir wenig anderes tun, als zu erzählen und zu schreiben …

Kapitel Elf

»Pixerina, ich komm dich holen.«

»Wohin bringst du mich?«

»Nach London. Wir kaufen dir neue Kleider.«

»Angelica ist doch gerade erst in London gewesen«, sagte Vanessa. »Hast du auch wirklich Zeit dafür? Bist du nicht viel zu beschäftigt mit deiner Freundin?«

Angelica schnaubte. Ja, sie war erst vor Kurzem in London gewesen, aber wegen des Leichenzugs für König George V., der im Januar gestorben war, und der Krönung von Edward VIII. Aber doch nicht, um Kleider kaufen zu gehen.

»Meine Liebe«, sagte Virginia, Vanessas Bemerkung ignorierend, »wenn ich mit Angelica einkaufen gehe, brauche ich einmal nicht an das Buch zu denken, das ich gerade schreibe.«

Vanessa nickte und blickte wieder in ihre Zeitung.

»Magst du dein Buch denn nicht?«, fragte Angelica.

»Ich mag es einfach nicht, immer Angst davor zu haben, dass mein Roman misslingen könnte«, sagte Virginia.

»Warum misslingen? Du hast doch schon so viele Bücher geschrieben.«

Virginia lächelte. »Du bist ein Schatz. Zieh deine Jacke an, sonst verpassen wir den Bus. Ich habe Leonard versprochen, dass wir später auch kurz bei ihm im Büro vorbeischauen.«

Durch den Erfolg von Virginias Büchern war *Monk's House* zu klein für den Verlag geworden. Ein Teil des Verlags hatte nun seinen Sitz in London. Von dort aus konnte Leonard auch leichter die großen Buchhandlungen besuchen, wenn er seine neuesten Ausgaben an den Mann bringen wollte.

»Sie hat doch jede Menge Kleider«, sagte Vanessa.

»Das sind keine Kleider, das sind Kostümierungen. Sie hat genug davon, dass man sie auf der Straße und in der Schule komisch ansieht. Ein elfjähriges Mädchen hat ein Recht darauf, nicht aufzufallen, wenn sie das nicht möchte.«

»Fast zwölf«, sagte Angelica.

Vanessa schaute Angelica an. »Denkst du, ich bin eine schlechte Mutter?«

»Natürlich nicht«, sagte Angelica und gab ihr einen Kuss.

»Soll ich mitkommen?«, fragte Duncan.

Virginia runzelte die Stirn. »Von jemandem, der sich eine alte Krawatte um die Taille bindet, brauchen wir keine Modetipps. Es ist ja schön, dass du dich um deine Tochter kümmerst, aber übertreibe es nicht.«

Verlegen sah Angelica Duncan an. Sie wusste seit ein paar Monaten, dass er ihr Vater war, aber ihr war immer noch ein wenig unbehaglich, wenn jemand darüber sprach. Wenn sie an ihren Vater dachte, kam ihr zuerst Clive in den Sinn und dann Duncan.

»Bringst du mir aus London Fisch mit?«, fragte Duncan.

»Willst du kochen? Du?«

»Malen«, sagte Duncan. »Ich will einen Seebarsch malen und brauche ein Modell.«

Virginia fuhr gerne nach London – um einzukaufen, auf Partys zu gehen oder in Nachtklubs Foxtrott zu tanzen.

»Ich weiß wirklich nicht, was ich ohne London machen sollte«, sagte sie. »Sussex ist wunderbar, da kann ich ungestört schreiben. Aber in London fühle ich mich lebendig.«

Wenn Vanessa nach London fuhr, ging sie meist gemeinsam mit Duncan und Angelica in die National Gallery, um Gemälde zu kopieren, oder sie verbrachte einen Abend mit Freunden an einem langen Tisch in einem ihrer Lieblingsrestaurants. Angelica liebte es, mit ihrem Skizzenbuch in den stillen Museumssälen zu sitzen, schweigend neben Vanessa, auch wenn sie wusste, dass sie wohl niemals so gut wie ihre Eltern zeichnen würde.

Mit Virginia durch London zu laufen war weitaus aufregender. Anders als Vanessa beobachtete ihre Tante die Leute auf den Straßen ganz genau und gab Kommentare über sie ab.

In Lewes nahmen sie den Zug zur Victoria Station. Dort stiegen sie in die U-Bahn in Richtung Stadtzentrum.

Virginia hakte sich bei Angelica unter. »Wir kaufen dir auch Schmuck. Ich habe Lust, viel Geld auszugeben. Großartig, wir beide in London, findest du nicht? Es ist so lange her, dass wir gemeinsam etwas unternommen haben. Das darfst du aber Vita nicht übelnehmen. Es ist wirklich nicht ihre Schuld, dass ich gerne bei ihr bin. Oder, hm, eigentlich ist es doch ihre Schuld. Sie ist hinreißend und so geistreich.«

»Mama nimmt es Vita schon übel«, sagte Angelica.

»Hat sie das gesagt?«

»Nicht direkt. Aber ich merke es an der Art, wie sie über sie spricht. Und sie hat sie noch nie zu uns eingeladen.«

»Ach, Vanessa hat nur Angst, dass Vita mir wehtun könnte.«

»Warum sollte sie das tun?«

»Deine Mutter meint, dass Vita eines Tages genug von mir haben wird und ich dann unglücklich werde.«

»Es könnte aber auch sein, dass du genug von ihr bekommst«, sagte Angelica.

»Genau. Wir werden sehen. Und jetzt kein Wort mehr über Vita, wir haben viel zu erledigen.«

Sie gingen durch hektische Einkaufsstraßen und blieben vor Schaufenstern stehen, mit Dingen, die sie nicht benötigten, die aber so reizend aussahen, dass sie sie unbedingt haben wollten.

»Schau dir die Frau an.« Virginia deutete auf eine Passantin. »Sie ist unglücklich, sonst würde sie nicht so gebückt laufen. Ihre Tasche ist ganz verschlissen, siehst du? Sie würde sich gerne eine neue kaufen, aber ihr Mann lässt jeden Freitag seinen gesamten Lohn im Pub. Sie hat keine Ahnung, wie sie über die Runden kommen soll, und das mit drei hungrigen kleinen Kindern, von denen eines behindert ist. Die arme Frau.«

Angelica bekam Mitleid mit der Unbekannten. Ein Mann ging auf sie zu und umarmte sie. Die Frau lächelte.

»Das ist ihr heimlicher Liebhaber«, sagte Virginia. »Zum Glück hat sie ihn. Er ist ein angesehener Arzt in einem Krankenhaus und entwickelt Medikamente für behinderte Kinder.«

Angelica lachte. »Denkst du dir so deine Bücher aus?«

»Wie?«

»Indem du die Leute beobachtest und dir Geschichten zu ihnen ausdenkst?«

»Ja. Vanessas Modelle hängen im Museum, meine laufen durch die Londoner Straßen. Das ist viel besser, oder?«

Angelica schwieg diplomatisch.

In der Regent Street gingen sie in ein Bekleidungsgeschäft, in dem Virginia unverzüglich die Aufmerksamkeit auf sich zog, weil sie in hohem Tempo Kleider von den Stangen zerrte. Innerhalb von zehn Minuten hatte sie ihre Wahl getroffen. Sie fragte Angelica nicht, ob ihr die Kleider gefielen, sie sagte, dass sie genau zu ihr passten und Angelica widersprach ihr nicht.

Als sie bezahlen wollte, bemerkte sie, dass sie kein Geld bei sich hatte. Nicht zum ersten Mal. Angelica wusste, was jetzt kam.

»Kein Problem«, sagte Virginia locker. »Wir gehen zu Leonard und holen einen Scheck.«

»Erzähle bloß Mama nichts davon«, sagte Angelica. »Sie findet es abscheulich, wenn sie Clive um Geld bitten muss.«

»Von wegen! Sie tut nur so. Weil Clive ein Mann ist.«

Virginia gab der Verkäuferin den Auftrag, die Kleider beiseitezulegen.

»Liebes«, sagte sie, als sie das Geschäft verließen, »merke dir eines: Wir können nicht ohne Männer auskommen und sie nicht ohne uns, auch wenn die Feministinnen etwas anderes behaupten. Es ist gut, wie es ist, solange uns die Männer nicht vorschreiben, was wir tun sollen.«

»Denkt Mama genauso?«

»Natürlich denkt Vanessa genauso.«

Sie gingen zum Verlag im Bloomsbury-Viertel.

Imposante Gebäude umgaben einen großen viereckigen Platz, auf dem ein Park angelegt war. Hier konnten die Anwohner spazieren gehen und die Besucher des nahe liegenden British Museum sich auf den Bänken von der schwindelerregenden Menge der ausgestellten Werke erholen.

Der untere Teil des Hauses, das Leonard angemietet hatte, bestand aus Büroräumen. Im obersten Stockwerk sollten ein paar Zimmer möbliert werden, falls Leonard und Virginia kurzfristig über Nacht in London bleiben wollten.

Sie gingen hinein. Hinter einem abgenutzten Schreibtisch saß eine wohlbeleibte Frau in einem Blümchenkleid. Ma Cartwright, Leonards Sekretärin.

Sie blickte auf. »Mrs Woolf, wie geht es Ihnen?«

»Ist mein Mann allein?«, fragte Virginia.

»Mr Woolf hat Besuch. Aber ich werde ihm sagen, dass Sie da sind.« Auf ihren hohen Absätzen schwankte sie die Treppe hinauf.

Virginia blickte ihr nach. »Ein Elefant bewegt sich eleganter«, sagte sie.

»Wie gemein«, sagte Angelica.

»Aber nein. Ma Cartwright ist ein Engel. Sie protestiert nie, wenn ich ihr einen Auftrag erteile. Ich wünschte, sie, und nicht Nellie, wäre mein Dienstmädchen.«

»Nellie?«, fragte Angelica. »Die hast du doch gerade erst entlassen.«

»Das habe ich versucht. Aber sie hat ohrenbetäubend geheult und mich angefleht, bleiben zu dürfen. Also habe ich nachgegeben. Komm, wir gehen nach oben.«

Aus Leonards Büro drang lautes Gebrüll. »Das falsche Papier! Du hast das falsche Papier bestellt! Kannst du nicht ein Mal etwas richtig machen?«

Ein Junge mit rot angelaufenem Kopf kam heraus, gefolgt von einer kopfschüttelnden Ma Cartwright. Der Junge murmelte einen Gruß und verschwand im Magazin. Es war Richard, der jüngste Mitarbeiter.

Leonard saß verärgert an seinem Schreibtisch. »Ich hatte in meinem Leben schon mit vielen Idioten zu tun, aber Richard ist der allergrößte. Das falsche Papier!«

In einem Ledersessel saß Morgan Forster, der Schriftsteller, der in Indien gelebt hatte. Er sah Leonard amüsiert an. Als er Virginia und Angelica bemerkte, stand er auf, um sie zu begrüßen. »Sobald Leonard mich einen Idioten nennt, weiß ich, dass ich mich nach einem anderen Verlag umsehen muss«, sagte er spottend.

Leonard beruhigte sich. »Morgans Roman ist fertig«, sagte er zu Virginia. »Was er darüber erzählt, klingt vielversprechend.«

»Wir wollen nicht stören«, sagte Virginia. »Stell mir rasch einen Scheck aus, dann sind wir wieder weg.«

»Wozu brauchst du Geld?«

»Meine Nichte braucht neue Kleider.«

Leonard warf einen Blick auf Angelica. »Sie hat doch ein Kleid an.«

Leonard war nicht nur streng, er war auch übertrieben sparsam. Fast immer, wenn Virginia ihn um Geld bat, und sei es nur für Lebensmittel, reagierte er, als würde ihre furchtbare Verschwendungssucht ihn jeden Augenblick ruinieren.

Andererseits konnte er aber auch unerwartet spendabel sein. Einem mittellosen Dichter hatte er einmal ohne zu zögern hundert Pfund zugesteckt. Als Virginia gefragt hatte, ob das nicht etwas viel wäre, hatte Leonard geantwortet: »Der Mann muss doch auch leben.«

»Wir haben nicht den ganzen Tag Zeit«, sagte Virginia jetzt.

Leonard holte sein Scheckbuch.

»Und ein schönes Armband braucht sie auch.«

Seufzend trug Leonard einen Betrag ein, der Virginia zufriedenstellte. »Ich bin auf deinen Roman furchtbar neugierig, Morgan«, sagte sie. »Angelica, wir gehen.«

»Bleibst du heute Abend in London?«, fragte Leonard.

Virginia schüttelte den Kopf. »Vita kommt nach *Monk's House*.«

»Schon wieder?«, fragte Leonard.

»Natürlich«, sagte Virginia.

Angelica folgte ihr die Treppe hinunter.

Ma Cartwright saß wieder hinter ihrem Schreibtisch. »Ich finde, Ihr Mann ist in der letzten Zeit ziemlich blass,

Mrs Woolf. Sie müssen ihm sagen, dass er besser auf sich aufpassen soll.« Ma Cartwright war verrückt nach Leonard, aber Angelica hatte von ihm noch nie ein freundliches Wort über sie gehört.

»Herzlichen Dank für diesen Hinweis, Mrs Cartwright«, sagte Virginia kühl. »Das wäre mir sonst gar nicht aufgefallen.« Sie nahm ein Buch von einem Stapel und drückte es Angelica in die Hand. »Heute ist Geschenketag.« Dann verließen sie den Verlag.

Angelica sah sich das Buch an. *Das wüste Land*, das lange Gedicht von Tom Eliot. Angelica hatte in *Charleston* bereits einmal hineingeschaut, aber kaum etwas verstanden. »April ist der grausamste Monat …« Das begriff sie gerade noch, denn im April konnte es noch kalt und nass sein, aber der Rest …

»Das ist viel zu schwierig für mich«, sagte sie.

»Das macht nichts«, meinte Virginia. »Du warst dabei, als Tom zum ersten Mal daraus vorgelesen hat, deshalb möchte ich, dass du ein eigenes Exemplar bekommst. Weißt du, wir müssen nicht immer alles verstehen. Manchmal genügt es, wenn uns etwas verzaubert oder fasziniert oder notfalls auch irritiert, ohne dass wir genau wissen, warum. Rede ich jetzt zu erwachsen mit dir?«

Angelica nickte.

»Sehr gut«, sagte Virginia.

Nachdem sie ihre Einkäufe in der Regent Street abgeholt hatten, gingen sie in einen Tearoom und bestellten Tee und Scones.

Virginia packte die Taschen aus und hielt die Kleider hoch. »Zufrieden?«, fragte sie.

»Sie sind hübsch«, sagte Angelica. »Aber … was wird Mama sagen? Sie könnte es irgendwie als …«

»Als was? Als Kritik auffassen, weil du die Kleider, die sie für dich aussucht, nicht mehr tragen willst? Ach was, das ist keine Kritik. Du siehst mit den neuen Kleidern wie ein ganz gewöhnliches, langweiliges Mädchen aus. Und das macht dich glücklich. Was sollte daran schlimm sein?«

Angelica grinste.

»Vanessa wird sagen, dass du wunderbar aussiehst. Glaub mir. Und sie ist schrecklich froh, dass sie nicht selbst mit nach London musste. So, und jetzt kaufen wir Schmuck. Ich kenne einen tollen Laden in der Oxford Street.«

»Schmuck? Für mich?«

»Und für mich. Leonard hat mir einen großzügigen Scheck ausgestellt. Na, nun schau nicht so argwöhnisch. Es ist mein Geld. Ich habe es mit meinen Büchern verdient, das weißt du doch.«

Auf dem Weg zum Juwelier packte Virginia ihre Nichte am Arm und zog sie mit sich. »Ich sehe eine Wolke! Komm mit.« Virginia versteckte sich schnell hinter einem geparkten Taxi.

Ein Stück von ihnen entfernt ging Lady Ottoline Morrell würdevoll die Straße hinunter, gekleidet in Violett. Ihr Kopf wippte leicht. Sie trug einen riesigen Hut. Menschen wichen für sie zur Seite und blieben dann stehen, um ihr hinterherzuschauen.

»Wenn sie uns entdeckt, werden wir sie nicht mehr los«, sagte Virginia. »Sie hat mich gebeten, eine Lesung in ihrem Salon zu geben.«

»Wieso willst du sie nicht sehen? Hast du keine Lust auf die Lesung?«

»Natürlich habe ich Lust darauf, aber wir sind hier, um Einkäufe zu erledigen.«

Ottoline betrat ein Restaurant. Virginia richtete sich wieder auf. »Die Gefahr ist vorüber.«

»Warum hast du gesagt, dass du eine Wolke siehst?«, fragte Angelica.

»Ottoline verwendet zu viel Puder.«

Sie gingen weiter und bahnten sich einen Weg durch die Menschenmasse auf dem Gehweg.

»Schön, wir zwei zusammen, nicht wahr? Die Leute denken bestimmt, wir sind Mutter und Tochter.«

»Willst du denn Kinder?«

»Wir haben darüber nachgedacht«, sagte Virginia. »Vor Jahren haben wir uns in einem Adoptionsbüro beraten lassen. Wir haben uns schließlich dagegen entschieden. Unser Leben ist schon voll genug.«

»Und Kinder von euch selbst?«

»Nein, das ist nichts für Leonard und mich. Es würde unserer Freundschaft nicht guttun.«

»Wie meinst du das?«

»Ich meine damit, dass ich froh bin, dass ich dich habe. Dass ich dich verwöhnen kann. Hier ist es. Was willst du lieber haben? Ein Armband oder Ohrringe? Oder beides?«

Angelica merkte, dass Virginia genug von ihren Fragen hatte. Sie konzentrierte sich auf das Schaufenster des Schmuckgeschäfts. Die Glocken des Big Ben schlugen drei Uhr.

»Und danach gehen wir zum Frisör«, sagte Virginia. »Deine Verkleidung soll vollkommen sein.«

Angelica war noch nie im Leben beim Frisör gewesen.

Mit vollen Taschen und neuem Haarschnitt fuhren sie nach Hause. Angelica betrachtete sich im Zugfenster und fand, dass sie wie eine Anziehpuppe aussah.

»Zufrieden?«, fragte Virginia.

Angelica nickte. »Aber es fühlt sich komisch an.«

»Natürlich tut es das. Wir haben schließlich nicht umsonst ein kleines Vermögen ausgegeben.«

Ein fremder Mann setzte sich zu ihnen. Er begrüßte Virginia, als wären sie seit Jahren dicke Freunde, dann warf er seinen Hut ins Gepäcknetz. »Und wer ist dieses bildschöne Mädchen?« Er war groß und hager und roch nach Eau de Toilette.

Virginia stellte Angelica vor.

Er beglückwünschte Angelica zu einer Tante wie Virginia und einer Mutter wie Vanessa. »Und was wirst du später mit all dem Talent anfangen, das du geerbt hast?«, fragte er. »Dein Bruder wird ein großer Schriftsteller, hat Virginia mir erzählt. Und du? Trittst du in die Fußstapfen deiner großartigen Mutter? Welche Farbe bringst du in deine graue Welt?« Neugierig blickte er sie durch seinen Kneifer an.

Angelica wusste nicht, was sie darauf antworten sollte. Ihre Klavierlehrerin hatte ihr vor ein paar Wochen unumwunden gesagt, dass sie eine Zukunft als Pianistin vergessen könne. Sie solle sich lieber einem anderen Instrument zuwenden, wenn sie unbedingt musizieren wolle. Zu Hause hatte Angelica ihre Enttäuschung verborgen. In gleichgültigem Ton hatte sie nur verkündet, dass ihr am Klavierspiel nichts mehr liege und sie viel mehr Vergnügen am Theaterspielen hätte. Vanessa hatte dies vernünftig gefunden. Ohne Motivation könne man keine Befriedigung an der Arbeit haben. Aber nach Duncans Meinung solle sie sich von so einer Musiklehrerin nicht entmutigen lassen. Mit immer deutlicherem Widerwillen und gegen besseres Wissen, übte sie zu Hause also weiterhin ihre Tonleitern.

»Sie hat zu viele Talente, um sich jetzt schon zu entscheiden«, sagte Virginia zu dem Unbekannten.

Dankbar sah Angelica sie an. Beinahe wäre ihr herausgerutscht, dass sie wie Grace vielleicht Köchin werden wollte, aber sie vermutete, dass das nicht die Antwort gewesen wäre, die er hätte hören wollen. Er kam ihr wie jemand vor, der noch nie im Kellergeschoss von *Garsington Manor* gewesen war.

Der Zug hielt an. Der Mann stieg aus.

»Wer war das?«, fragte Angelica.

»Ach, nur ein Bewunderer.«

»Aha.« Angelica hakte nicht weiter nach. Mit Virginia oder Vanessa unterwegs zu sein und keine Bewunderer zu treffen, war nun einmal unmöglich.

Vanessa und Duncan waren im Atelier und sahen kaum auf, als Angelica und Virginia ihre Taschen auf das Sofa warfen.

»Da sind wir wieder«, sagte Virginia.

»Hattet ihr einen schönen Tag?« Vanessa malte gerade ein Stillleben.

»Schau dir deine Tochter an«, sagte Virginia.

Vanessa blickte auf. »Ich wusste nicht, dass ihr auch zum Frisör wolltet.«

»Wie findest du es?«, fragte Virginia. »Dreh dich mal um.«

Angelica drehte sich.

Duncan nahm den Pinsel in den Mund und klatschte in die Hände. »Unwiderstehlich! Ganz der Vater.«

»Findest du mich hübsch, Mama?«

Vanessa lächelte. »Bist du denn glücklich?«

»Ja, sehr.«

»Das höre ich gern«, sagte Vanessa. »Du siehst toll aus.«

Grace kam herein. Sie tat, als wäre sie überrascht. »Was macht dieses ganz gewöhnliche, langweilige Mädchen denn hier im Haus?«, fragte sie grinsend. »Wo ist meine Angelica geblieben?«

Angelica strahlte. Vanessa und Duncan verschwanden wieder hinter ihren Staffeleien.

Virginia zog die Augenbrauen zusammen und nahm Angelica an die Hand. »Wir merken, wann wir unerwünscht sind. Komm, meine Nichte, wir zeigen dich David.«

~

Weil Leonard nun mehr Zeit in London verbrachte, fragte Virginia öfter als früher, ob Angelica über Nacht bleiben wollte, wenn sie bei ihr war. »Das wäre schön«, sagte Virginia eines Abends. »Sonst sitze ich hier nur alleine herum. Vita ist mit Harold auf Reisen.« Harold war Vitas Mann.

Nellie lachte laut. »Glaub ihr kein Wort. Sie ist nicht die ganze Zeit allein«, sagte sie. »Hier sind andauernd Leute zu Besuch. Alle bleiben sie zum Essen und rate mal, wer dann den ganzen Tag in der Küche stehen und sich abrackern muss?«

Virginia seufzte müde. »Nicht schon wieder, Nellie! Immerzu dieses Gejammer. Wir hatten früher bei meinem Vater ein Haus voller Personal und nicht ein einziges Dienstmädchen hat sich je beklagt.«

Trotzig stemmte Nellie die Hände in die Hüften. »Wäre es hier nur so wie früher bei Ihnen zu Hause, Mrs Woolf. Ein Haus voller Dienstboten. Dann hätte ich wenigstens Freundinnen, mit denen ich abends in der Küche schwatzen könnte. Ich habe niemanden.«

»Du hast mich«, sagte Virginia und machte deutlich, dass das Gespräch damit beendet war. Sie setzte sich mit Angelica an den Kamin im Wohnzimmer und legte sich ihren Stickrahmen auf den Schoß. »Worüber wollen wir uns unterhalten?«

»Warum mag England seinen neuen König nicht?«, fragte Angelica.

Das war etwas, das sie von einem Gespräch zwischen Julian und seinen Freunden aufgeschnappt hatte. Es hatte sie schon den ganzen Tag beschäftigt. Julian war endlich wieder einmal für einige Tage zu Hause und hatte ein paar Kommilitonen mitgebracht. Vanessa lief ihm hinterher wie eine Freundin, die einen Streit gutmachen wollte. Mittlerweile war er nicht mehr ganz so abweisend zu ihr. Seine Wut auf Vanessa und Clive verrauchte langsam. Sie richtete sich nun viel mehr auf die politische Lage in Europa. Ich sah, dass er nicht vorhatte, einfach tatenlos zuzusehen, wie alles, was in Europa von Bedeutung war, die Zivilisation, die Kultur, die Freiheit, vernichtet werden würde. Es war dieselbe Entschlossenheit, die mich dazu antrieb, Schriftsteller zu werden. Es war die Entschlossenheit von Vanessa und Virginia, als sie vor langer Zeit in Thobys Studentenzimmer beschlossen hatten, ihren eigenen Weg zu gehen.

»England mag den neuen König nicht, weil England dumm ist«, sagte Virginia zu Angelica.

Edward VIII., der seit ein paar Monaten auf dem Thron saß, hatte ein Verhältnis mit einer geschiedenen Frau, die in den Zeitungen nur ›Mrs Simpson‹ genannt wurde. Der König wollte sie heiraten und das war ein Skandal. Die mächtige anglikanische Kirche, und damit auch der größte Teil Englands, gestattete keine Heirat eines Königs mit einer geschiedenen Frau. Edward musste sich entscheiden: die Krone oder Mrs Simpson.

»Was macht es schon, dass sie geschieden ist?«, fragte Angelica.

»Genau. Es sollte nichts ausmachen, aber so ist England, so ist die Kirche.«

»Das ist doch blöd.«

»Ich mag keine Menschen, die das Leben der anderen bestimmen wollen«, sagte Virginia. »Ich mag keine Menschen, die andere einfach verurteilen.«

Angelica fand, dass ihre Tante jetzt nicht ganz ehrlich war. »Das macht ihr doch auch manchmal, du und Mama, andere Menschen verurteilen?«

Virginia sah sie an. »Aber erst, wenn ich sehr gut darüber nachgedacht habe. Ich gebe sogar dummen Menschen immer eine Chance.«

Angelica bezweifelte das.

Virginia legte ihre Stickarbeit zur Seite. Sie war blass und sah mit einem Mal todmüde aus. Angelica sah sie überrascht an.

Virginia lächelte verkrampft. »Es war ein langer Tag. Ich glaube, ich lege mich besser hin. Findest du das schlimm?« Sie versuchte aufzustehen, geriet aber ins Taumeln.

Angelica rannte in die Küche und rief Nellie. Mit vom Abwasch feuchten Händen lief das Dienstmädchen hinter ihr her.

»Mrs Woolf!«, rief sie. »Ist es wieder so weit? Ich dachte heute Morgen schon, dass es Ihnen nicht gut geht.« Sie klang nicht erschrocken, aber besorgt.

Virginia sah verzweifelt aus.

»Hilf mir«, sagte Nellie zu Angelica. Sie nahmen Virginia in die Mitte und gingen mit ihr nach draußen, um sie in ihr Zimmer zu bringen. Im Garten war es kühl. Virginia sog die frische Luft gierig ein. Ohne etwas zu sagen, ließ sie sich ins Bett bringen. Nellie steckte sie vollständig angezogen unter die Decke. Angelica lernte eine ganz andere Nellie kennen: kein aufmüpfiges Dienstmädchen, sondern eine fürsorgliche Pflegerin.

»Und jetzt schlafen wir schön, Mrs Woolf«, sagte Nellie und löschte das Licht.

Virginia reagierte nicht.

»Sie hat das öfter«, erklärte Nellie, als sie wieder draußen waren. »Sie arbeitet zu viel.«

»Das sagt meine Mutter auch«, sagte Angelica.

»Komm, ich mache dir eine warme Milch in der Küche.«

»Ja, gerne.«

Nellie nahm Angelica an die Hand. »Wollen wir Freundinnen sein?«

Angelica wusste, dass sowohl Vanessa als auch Virginia es missbilligen würden, wenn sie sich mit Nellie anfreunden würde, aber sie waren gerade nicht da. In der vom Kohlenherd aufgeheizten Küche setzte Angelica sich an den Tisch. Nellie nahm eine von Duncan bemalte Keksdose aus einer Schublade. »Die arme Mrs Woolf. Es ist nur gut, dass ich immer hier bin, jetzt, wo Mr Woolf so oft in London ist, sonst würde sich niemand um sie kümmern. Eigentlich bin ich wie eine Mutter für sie.«

»Du arbeitest hier schon lange, oder?«, sagte Angelica.

Nellie stellte einen Topf mit Milch auf den Herd. »Länger als bei meinen früheren Anstellungen. Aber es ist nicht immer einfach für mich. Sie sind furchtbar streng mit mir. Und bedankt haben sie sich noch nie.«

»Findest du das schlimm?«

»Ach …« Nellie füllte Milch in zwei Becher und stopfte sich einen Keks in den Mund. Sie kaute schmatzend. »Manchmal denke ich daran, wegzugehen und einen hübschen Mann zu heiraten. Du darfst ruhig wissen, dass ich ab und zu darüber nachdenke. Aber als ich das Mrs Woolf erzählt habe, flehte sie mich an, zu bleiben. Sie sagte, dass sie nicht ohne mich auskommt und dass sie noch nie ein Dienstmädchen gehabt hat, das so gut saubermachen und kochen kann wie ich. Na ja, und deshalb habe ich es nicht übers Herz gebracht wegzugehen. Das verstehst du sicher, oder?« Sie nahm noch einen Keks aus der Dose.

Angelica trank ihre Milch. Nellie hatte wohl ihre eigene Sicht der Dinge. Angelica beschloss, dass sie nicht mit ihr befreundet sein wollte. Virginia war ihre Freundin. Nellie war ein Dienstmädchen.

Als sie am nächsten Morgen nach dem Frühstück zur Schule ging, lag Virginia noch im Bett.

Ein paar Monate später dankte Edward VIII. ab. Er hatte sich für sein privates Glück und gegen sein Land entschieden. George VI. wurde daraufhin König. Er hatte eine anständige Frau und zwei niedliche Töchter, Elizabeth und Margaret.

»Eine vorbildliche Familie«, sagte Virginia sarkastisch.

Die Zimmertür ging auf. Duncan kam herein.

»Leonard ist am Telefon. Sie haben Virginia gefunden.«

Kapitel Zwölf

»Jemand hat sie gesehen«, sagte meine Mutter, den Hörer in der Hand. »Sie sitzt auf einer Bank. Bei den Klippen.«

Wir stellten uns zu ihr und hörten mit.

»Ein Wanderer hat sie aufgrund eines Fotos erkannt, das er einmal in der Zeitung gesehen hat«, sagte Leonard am anderen Ende der Leitung.

»Wann?«, fragte Vanessa.

»Vor einer Stunde.«

»Bist du sicher, dass sie es ist?«

»Die Beschreibung passt. Ein Polizist aus Dover ist hier und hat es mir erzählt. Er ist noch da.«

»Hat er mit ihr geredet?«

»Ich habe gesagt, dass man sie nicht ansprechen soll, wenn man sie findet, sondern dass man mich sofort verständigt.«

»Ja, das ist gut«, sagte Vanessa. »Sie darf nicht in Panik geraten.«

»Ich fahre jetzt hin.«

»Wir kommen auch.«

»Nein«, sagte Leonard.

Meine Mutter wollte noch etwas sagen, überlegte es sich aber anders. »Wir warten auf euch in *Monk's House*«, sagte sie.

»Das wird sie freuen«, sagte er und legte auf.

»Endlich«, sagte meine Mutter. »Nach zwei Wochen ...«

»Sie lebt?«, fragte Angelica.

»Ja, sie lebt«, sagte meine Mutter.

Wir liefen zum Auto. Mein Vater setzte sich ans Steuer. »Müssen wir Vita nicht verständigen?«

Vita hatte die ganze Woche nichts von sich hören lassen. So war sie, aber ich vermutete, dass auch sie nachts kein Auge zumachte.

»Ich will erst sicher sein«, sagte meine Mutter.

Angelica kroch auf die Rückbank und setzte sich zwischen Duncan und mich. Sie kniff mich in den Arm. Ihre Hände zitterten. Ich nahm ihre Hand in meine.

Clive, der lieber in einem Taxi saß als hinterm Steuer, fuhr langsam die Auffahrt entlang und bog in die Hauptstraße ein, das Gesicht nah an der Windschutzscheibe.

»Geht das nicht etwas schneller?«, fragte Vanessa.

»Nein.«

»Soll ich fahren?«, bot Duncan an.

»Nein.«

Bis Rodmell hielten alle den Mund.

Wir fanden *Monk's House* vor, wie wir es zwei Wochen zuvor verlassen hatten. Virginias Briefpapier lag auf dem Tisch, ihr Wanderstock stand in einer Zimmerecke – es wirkte wie das Haus eines Schriftstellers, das in ein Museum umgewandelt worden war. Cäsar saß in seinem Käfig und schrie. Angelica nahm Pinker auf den Schoß.

Das neue Dienstmädchen verschüttete Tee. Aber wir wollten keinen Tee, wir wollten Virginia. Clive schickte das Mädchen Milch kaufen. Es musste warme Milch bereitstehen, wenn Virginia nach Hause kam. Wie bei vielen anderen Produkten auch, war es in diesen Kriegstagen schwierig, an Milch zu kommen, aber einige Bauern im Dorf hatten immer ein paar Liter für Notfälle übrig. Und das hier war ein Notfall.

»Wo bleiben sie nur?«, fragte Vanessa. Sie stand am Fenster.

»Setz dich«, sagte mein Vater.

»Ich will nicht sitzen.«

Er stellte sich neben sie und legte ihr den Arm um die Schultern. Sie ließ es geschehen. Die Uhr tickte. Ich setzte mich zu Angelica. Wir warteten.

Cäsar schrie wieder. Duncan öffnete den Käfig. »Gib Ruhe.«

Das Äffchen flüchtete ins obere Stockwerk. Pinker schlief auf Angelicas Schoß. Ich betrachtete meine Eltern, die jetzt am Tisch saßen. Das Dienstmädchen stand mit einer Kanne Milch im Türrahmen, verschwand aber sofort wieder. Die Uhr tickte. Angelica streichelte den Hund. Ich streichelte Angelica. Es hatte zu regnen angefangen.

Als wir Motorengeräusche hörten, liefen wir alle zum Fenster.

Ein Polizeiwagen hielt an. Leonard stieg aus. Er war allein. Wir wussten sofort, dass wir keine Fragen zu stellen brauchten.

Das Auto fuhr weg. Leonard kam herein. Er schaute uns an. »Meine Güte, wie sie ihr geähnelt hat.« Er hatte Tränen in den Augen. »Sie hat immer noch auf der Bank gesessen, diese Frau. Für einen Moment dachte ich wirklich, dass sie Virginia wäre. Ich nehme das dem Wanderer nicht übel.«

Meine Mutter ging zu ihm. Sie standen sich gegenüber, gebrochen.

Wer von uns hatte nun noch Hoffnung? Wir wollten ja hoffen und glauben, aber wir waren nicht naiv und ganz bestimmt nicht blind für die Wahrheit. Und die Wahrheit, die ganze Wahrheit war es, worauf Angelica und ich endlich ein Recht hatten. Wir wollten eine Antwort auf die einzige Frage, die uns die ganze Zeit beschäftigte: Warum?

Zu Hause folgten wir meiner Mutter in ihr Schlafzimmer. Sie zog den Mantel aus und setzte sich schweigend aufs Bett. Wir blieben stehen und blickten auf sie hinab.

»Mama«, sagte ich, »du darfst nicht länger schweigen. Was du Virginia auch immer versprochen hast, ich will, dass du mit uns sprichst. Warum dürfen wir nicht wissen, was in dem Brief steht? Wann wirst du es uns erzählen?«

Meine Mutter sah uns gequält an. »Ihr steht da, als wolltet ihr mit mir abrechnen. Lasst mich darüber nachdenken«, sagte meine Mutter.

»Wie lange willst du denn noch darüber nachdenken?« Angelicas Stimme klang streng und fordernd.

Meine Mutter schaute zu ihr hoch und lächelte erstaunt. »Das weiß ich nicht. Meine Geschichte ist noch nicht fertig.«

»Wir warten schon zwei Wochen. Du darfst uns nicht länger ausschließen«, sagte ich. Ich fühlte mich wegen des

Tons, den ich angeschlagen hatte, schuldig und fand es gleichzeitig erbärmlich, zu beobachten, wie meine Mutter auf ihrem Bett saß, so verletzlich, so hilflos.

»Gebt mir noch etwas Zeit«, sagte sie. »Bitte.«

Nach diesem letzten flehenden Wort trauten wir uns nicht, sie noch weiter zu bedrängen. Wieder ließen wir uns wegschicken. Wir gingen auf mein Zimmer.

Kapitel Dreizehn

Was Duncan bereits angekündigt hatte, trat ein. Jeder Junge, der Angelica ein wenig zu lange ansah, verwirrte sie mit einem Mal. Ein Bauernbursche lächelte sie an und sie errötete. Der Sohn des Postboten zwinkerte ihr zu und sie musste furchtbar kichern. Sie wusste sich keinen Rat, wie sie mit ihrer Verlegenheit umgehen sollte. Und es gab noch andere Dinge, die sie ratlos machten …

Es war ein heißer, träger Sommertag im Garten von *Charleston*. Eine Wespe ließ sich auf der Limonadenkaraffe nieder, die Grace uns gebracht hatte. Die Erwachsenen saßen auf Liegestühlen. Leonard war im Haus, um Vanessas neueste Buchumschläge in Augenschein zu nehmen. Ich stand am Teich, blickte zum Baumhaus und dachte an meinen Bruder.

Julian war vor ein paar Tagen nach Spanien aufgebrochen. Freiwillige aus ganz Europa, allen voran Kommunisten, hatten sich den Internationalen Brigaden angeschlossen, um in den Kampf gegen General Franco und seine Faschisten zu treten. Das war die Gelegenheit, auf die Julian gewartet hatte.

Er fehlte mir, er fehlte uns allen. Er hatte versprochen, jeden Tag zu schreiben, bis der Kampf gewonnen wäre und er zurückkommen würde.

»Und wenn ihr den Kampf verliert?«, hatte ich ihn gefragt. »Oder wenn dir dort etwas passiert?«

»Wenn ich falle, meinst du? Dieses Risiko gehe ich ein, Quentin. Ich kann und will nicht anders.«

»Ich weiß«, sagte ich. »Komm schnell wieder zu uns zurück.«

»Pass ein bisschen auf unsere kleine Schwester auf«, bat er mich. »Hier gibt es sonst niemanden, der das tut. Sie sind nur mit sich selbst beschäftigt. *Wir* sind alle nur mit uns selbst beschäftigt. Und wir sind schuld daran, dass sie so unsicher ist.«

»So unsicher ist sie gar nicht«, sagte ich. »Überleg doch nur, wie sie über ihr schauspielerisches Talent spricht.«

»Genau das meine ich«, sagte Julian.

Wieder einmal wurde mir deutlich, dass er besser hingesehen hatte als ich. Für einen Schriftsteller, der gerne Menschen beobachtet, war es nicht gerade schön, das zugeben zu müssen.

Angelica saß an diesem Sommertag im Gras. Sie hatte den Kopf an Duncans Beine gelehnt, der in seinem Skizzenbuch mit Nacktstudien von David blätterte. David selbst war nicht bei uns. Mir war aufgefallen, dass das in letzter Zeit häufiger vorkam. Doch als ich Duncan danach fragte, sagte er, dass alles in Ordnung wäre.

»Weißt du noch, als du mich das erste Mal nackt gesehen hast?«, fragte er Angelica. »Du warst damals fünf und hast meinen Penis fassungslos angestarrt. Du bist rot geworden und hast dich verlegen umgedreht. Dann hast du dich gebückt und mich durch die Beine hindurch angestarrt. Du dachtest, ich wüsste nicht, dass du mich beobachtet hast, weil du mit dem Rücken zu mir gestanden hast.«

Angelica konnte sich daran erinnern. Sie errötete auch jetzt.

Ich grinste. Virginia lachte laut.

»Ihr lacht mich aus. Ihr lacht mich immer nur aus!« Angelica sprang auf und rannte weg.

»Was ist denn plötzlich los mit ihr?«, fragte ich. »Liegt es an der neuen Schule?«

Angelica hatte die letzte Klasse der Grundschule hinter sich gebracht. Seit Kurzem ging sie auf eine andere Schule. Sie hatte noch nicht viel darüber berichtet, nur dass es vollkommen anders war als bei Curty.

»Sie wird zur Frau«, sagte Virginia. »Eine Frau werden ist für Mädchen sehr verwirrend.«

»Und zum Mann werden ist für einen Jungen sehr verwirrend«, sagte Duncan.

»Das ist etwas völlig anderes«, sagte Virginia. »Ihr blutet nicht. Ihr braucht nicht zu kämpfen.«

»Kämpfen? Wofür?«, fragte ich.

»Für einen eigenen Platz in der Welt.«

»Beziehungsweise für ein eigenes Zimmer, wie du es immer nennst?«

»Du hast mein Buch gelesen?«, fragte Virginia.

»Du weißt genau, dass ich alle deine Bücher gelesen habe.«

»Geh ihr hinterher«, sagte Virginia zu Vanessa. »Das Kind hat zum ersten Mal ihre Menstruation und weiß nicht, woran sie ist.«

»Ich habe ihr doch längst erklärt, wie sich das verhält«, sagte Vanessa.

»Das hat sie mir erzählt. Du hast ihr erklärt, wo die Binden liegen und wie sie sie verwenden soll. Und das in einem Ton, den du anschlägst, wenn du Grace die Einkaufsliste für ein Abendessen diktierst, auf das du keine Lust hast. Geh ihr hinterher und erkläre ihr den Rest. Und denke bitte daran, wie es gewesen ist, als du dreizehn warst und nicht wusstest, was mit dir geschieht.«

Seufzend ging Vanessa ins Haus und kam keine zehn Minuten später wieder heraus. Aber nicht mit Angelica, sondern mit Leonard.

»Das war ein kurzes Gespräch«, sagte Virginia.

»Hör auf«, sagte Vanessa.

»Vitas neues Buch wird großartig«, sagte Leonard.

»Schön, dass du auch dafür einen Umschlag gestalten wirst«, sagte Virginia. »Ich weiß, wie du über mich und Vita denkst.«

»Es ist ein gutes Buch«, sagte Vanessa. »Ich hoffe, dass es ein Erfolg wird.« Doch ich hörte eine Reserviertheit in ihrer Stimme. Und plötzlich war ich mir sicher: Meine Mutter war eifersüchtig.

Grace stellte einen Kirschkuchen auf den Tisch.

»Grace, meine Liebe«, sagte Virginia, »willst du nicht doch lieber für mich arbeiten?«

Grace antwortete nicht. Virginia erwartete auch keine Antwort.

Als ich Angelica später fragte, was Vanessa zu ihr gesagt hatte, antwortete sie: »Das ist etwas zwischen Frauen, darüber kann ich mit dir nicht sprechen. Wir können Kinder bekommen, ihr nicht.«

Ich bezweifelte, dass Vanessa ihr dieses Mal die ganze Geschichte erklärt hatte.

~

Julian, ach Julian … mein Julian! Keine Woche, nachdem er nach Spanien gereist war, kam die Nachricht von seinem Tod. Er war gefallen, dort in diesem abscheulichen Bürgerkrieg, ermordet von einer Bombe dieser elenden Faschisten.

Mein Gott, was hatte ich eine Angst davor gehabt, dass das passieren würde. Und er war so unendlich weit von uns entfernt gestorben. Meine Mutter war gebrochen. Sie machte sich Vorwürfe, dass sie Julian nicht davon abgehalten hatte.

»Mama«, sagte ich, »das hätte er dir doch erst recht übel genommen.«

»Hätte ich ihn davon abgehalten, würde er jetzt noch leben.«

Das stimmte, es war aber trotzdem Unsinn. Julian hatte nicht abgehalten werden wollen.

Aber es war schlimm, dass wir nicht Abschied nehmen konnten. Julian wurde in Spanien begraben. Und ich hatte keinen Bruder mehr …

Vanessa hatte so um Julian getrauert, wie sie nun ihre Besorgnis um Virginia äußerte: in sich gekehrt, fast unnahbar, kaum auf Fragen reagierend. Doch gleichzeitig forderte sie, dass Angelica und ich ohne ihr Wissen keinen Moment das Haus verlassen durften – als wären fünf Minuten aus den Augen schon zu viel für sie. Das war ihre Art, uns zu sagen, dass sie uns liebte.

Ich ignorierte ihre verkrampfte Haltung und nahm sie in den Arm. »Mama, was bist du nur für eine eigenartige Frau.«

Sie entspannte sich. »Ich weiß, aber ich kann nichts dagegen tun.«

Ich sah Angelica an. Sie kam herüber und schlang die Arme um uns.

»Verlasst mich nicht …«, sagte meine Mutter. »Bitte, verlasst mich nicht auch noch.«

»Das werden wir nicht«, sagte Angelica, »niemals.«

Ich ging zu Virginia und erzählte ihr von meinem Vorhaben, ein Buch über meinen Bruder zu schreiben.

»So«, sagte sie, »ein Buch über Julian.« Irgendwie war sie gar nicht überrascht von meinem Vorhaben. »Eine Hommage auf deinen Bruder. Ja, nur zu. Ein Buch fasst deine Trauer in Worte.«

»Ich werde es *versuchen*«, sagte ich. »Aber ich hoffe, ich darf zu dir kommen, wenn ich es nicht schaffe.«

»Du schaffst das schon. Es ist schön, über jemanden zu schreiben, den man liebt«, sagte Virginia. »Ich arbeite gerade an einem Roman über Vita.«

»Echt? Einen Roman über Vita und dich?«

»Nein. Nicht über mich. Ich bin zu langweilig für einen Roman.«

»Du bist überhaupt nicht langweilig und das weißt du auch.«

»Doch, das bin ich. Ich bin zu langweilig für einen von mir geschriebenen Roman. Ich würde mich ziemlich schnell mit mir selbst langweilen. Mit Vita habe ich mich noch keine Sekunde gelangweilt.«

»Wieso sehen wir Vita eigentlich nie?«, fragte ich. »Du triffst sie andauernd, aber nur, wenn wir nicht dabei sind.«

Virginia blickte mich ernst an. »Hör zu, Quentin. Ich liebe euch sehr, Leonard, Vanessa, Angelica und dich. Aber manchmal mag ich es einfach, nicht alles mit euch zu teilen.«

»Hat das etwas mit Mama zu tun?«

»Natürlich hat das etwas mit Vanessa zu tun.«

»Sie ist eifersüchtig.«

»Eifersucht kann viel kaputt machen«, sagte Virginia. »Und sie ist immer überflüssig. Es ist genauso wie früher, als ich mit meinem Vater spazieren gegangen bin und Vanessa dachte, dass sie nicht mitdurfte. Sie fühlt sich ausgeschlossen, obwohl es dafür keinen einzigen Grund gibt.«

»Julian ist tot. Mama braucht dich.«

»Ich weiß«, sagte Virginia. »Und Vita weiß das auch. Mach dir über Vanessa und mich keine Sorgen.«

Ich fing an, mein Buch über Julian zu schreiben und lebte dadurch größtenteils in der Vergangenheit, während sich um mich herum viel veränderte. Angelica merkte davon deutlich mehr als ich. Mein Buch nahm mich zu sehr in Anspruch.

Meine Mutter richtete sich auf dem Dachboden ein Zimmer ein, um dort mit ihrer Trauer und ihren Gemälden allein sein zu können. Wenn sie unten im Atelier arbeitete, wollte sie, dass wir bei ihr saßen. Ich mit meinem Notizbuch, Angelica mit einem Roman.

Ihr Atelier oben durfte niemand betreten. Nur Virginia kümmerte sich nicht um den Wunsch meiner Mutter, dort in Ruhe gelassen zu werden. Alle paar Tage kam sie nach *Charleston* und verbrachte den Nachmittag mit Vanessa. Was taten sie, wenn sie dort oben waren? Worüber sprachen sie? Sie erzählten es uns nicht.

Knapp ein halbes Jahr nach Julians Tod mussten wir wieder von jemandem Abschied nehmen, den wir liebten. Von David. Er verließ Duncan. Er hatte sich in eine Frau aus Brighton verliebt und wollte sie heiraten.

Wir waren schockiert. David gehörte doch zur Familie!

»Du bist in eine *Frau* verliebt?«, fragte Angelica. »Du?«

»Sei nicht so kleinkariert«, sagte David. »Sie ist wundervoll. Mit mir und Duncan läuft es schon seit einer Weile nicht gut, das habt ihr doch bestimmt gemerkt. Und du findest es doch auch nicht verrückt, dass Virginia in eine Frau verliebt ist?«

»Aber wir lieben dich«, sagte Angelica.

»Ich euch doch auch!«

»Nur Duncan nicht mehr.«

»Doch, natürlich«, sagte David. »Ich werde Duncan immer lieben.«

Das war für Angelica ein schwacher Trost.

Zwei Tage später verließ David *Charleston*. Für immer?

Duncan sagte wenig darüber, rauchte aber eine Zigarette nach der anderen und vergaß zudem die schon brennende im Aschenbecher, wenn er sich eine neue anzündete.

»Hol ihn zurück«, sagte Vanessa.

»Nein«, sagte Duncan. »Er wollte unbedingt weg von mir und ich weigere mich, um ihn zu trauern.«

Duncan fuhr nun öfter als früher nach London, und anders als sonst auch meist ohne Vanessa. Manchmal blieb er tagelang weg und wenn er wiederkam, unrasiert, noch ungepflegter als üblich, war er ausgelassen und übertrieben fröhlich, und sagte, dass er herrliche, spannende Tage gehabt hatte. Aber seine Augen erzählten eine andere Geschichte.

»Fehlt er dir sehr?«, fragte ich.

Es dauerte eine Weile, bevor er antwortete. »Ach nein. Er ist mir egal.«

Ich wusste, dass er log und er wusste, dass ich es wusste.

Und während ich das hier schreibe, merke ich wieder einmal, was für seltsame Menschen wir sind. Gibt es denn niemanden in unserer Familie, der einfach sagt, was er denkt und fühlt? Keiner, der sagt: »Ich fühle mich miserabel und unsicher und einsam? Setz dich zu mir und halte meine Hand?«

Nein, warte mal. Jetzt übertreibe ich. Ich lass mich von dem mitreißen, was ich schreibe.

»Du übertreibst überhaupt nicht«, sagte Angelica, die jedes Wort, das ich schrieb, mitlas. »Denk doch nur, was mo-

mentan wieder mit Virginia vor sich geht, und mit Mama, die immer noch nichts sagen will.«

»Ja, stimmt. Aber sind wir beide denn anders? Du sagst mir auch nicht, weshalb du glaubst, dass Mama etwas mit Virginias Verschwinden zu tun hat. Du erzählst einen ganzen Roman darum herum.«

»Du meinst, wir sind vielleicht alle etwas eigenartig?«

»Es könnte sein, Schwesterherz.«

Angelica lächelte. »Ich bin froh, dass ich diese Geschichte zusammen mit dir erzählen kann«, sagte sie.

»Ich auch. Ich auch …«

»Aber du schreibst zu viel über dich«, sagte Angelica. »Jetzt bin ich wieder dran.«

Und noch ein Abschied. Es nahm kein Ende. Lady Ottoline starb im Alter von vierundsechzig Jahren an einem Herzstillstand.

Lady Ottoline Morrell! Diese farbenprächtige Frau mit ihren Hüten und Ringen, mit ihrer Puderwolke und dem Garten voller Pfauen …

Als sie diese Nachricht hörte, musste Angelica sofort an den Nachmittag mit Virginia in London denken, als sie sich hinter einem Taxi versteckt hatten, und an die Küche in *Garsington Manor*, aus der man sie verjagt hatte.

Zu dem Gedächtnisgottesdienst in London strömten Hunderte Menschen: Maler, Schriftsteller, Dichter und weitere von Lady Ottolines verwaisten Schützlingen. Virginia war mit Vita gekommen. Virginia trug ein schwarzes Kleid, Vita ihre Reithose und den wuchtigen Hut. In einem endlosen Zug Trauernder gingen sie ein Stück vor Angelica in Richtung Kirche.

Leonard legte seine Hand auf ihre Schulter. »Virginia hat heute keine Zeit für uns. Sollen wir uns etwas Gesellschaft leisten?«

Angelica betrachtete die beiden Frauen. Von hinten sahen sie aus wie ein Ehepaar, wie Mann und Frau.

Vanessa gesellte sich zu ihnen. Auch sie beobachtete Virginia und Vita.

»Wo ist Quentin?«, fragte Angelica.

»Mit Duncan eine anständige Jacke kaufen«, sagte Vanessa. »Sie haben versprochen, pünktlich zu sein.«

Leonard deutete auf den Hut, den Vita trug. »Ottolines Hüte fand ich hübscher.«

»Eleganter«, sagte Vanessa.

»Genau. Ottoline war elegant. Arme Ottoline.«

Angelica fiel auf, dass ihre Worte viel freundlicher waren als zu Lady Ottolines Lebzeiten. »Vita hat einen Schnurrbart.«

»Angelica!«, sagte Vanessa. »Sei nicht so unfreundlich.«

Leonard lachte. »Sie werden Ottoline furchtbar vermissen.«

»Wer?«, fragte Angelica.

»Die da.« Er zeigte auf die vielen Künstler auf der Treppe der Kirche. »Wir haben ihr alle viel zu verdanken. Du auch, Vanessa, vergiss das nicht.«

»Wieder jemand, den wir nie wiedersehen werden«, sagte Vanessa. »Ach, Leonard, hoffentlich ist dies vorläufig unsere letzte Beerdigung.«

Angelica ging etwas schneller, bis sie Virginia und Vita eingeholt hatte. Sie nahmen das Mädchen in die Mitte und hakten sich beide bei ihr unter.

»Schau, was für eine hübsche Frau meine Nichte wird.«

Angelica errötete.

Vita betrachtete sie, als wäre sie ein Buchumschlag. »Du ähnelst deiner Mutter«, sagte sie.

Angelica stöhnte.

»Sieht sie nicht eher aus wie ich?«, fragte Virginia.

»Nein«, sagte Vita. »Sie ist genau wie Vanessa. Ich kann an ihrem Gesicht nicht ablesen, was sie von mir hält.«

»Aber an meinem Gesicht kannst du das ablesen?«

»Immer.«

»Ah! Das glaubst du. Nur Angelica kann das. Das liegt an unserem Geheimbund.«

»Was für ein Geheimbund?«

»Du kennst wohl die Bedeutung des Wortes ›geheim‹ nicht?«, fragte Virginia.

»Du ziehst mich auf«, sagte Vita. »Du ziehst mich immer auf.«

»Das macht mir Spaß.«

Angelica langweilte das Gespräch. Sie entdeckte Clive bei der Kirchentür und ging zu ihm.

»Ähnle ich mehr Mama oder Virginia?«

Clive grinste. »Ist es wieder so weit? Zanken sie sich wieder um dich?«

Angelica verstand nicht, was er meinte.

»Komm, wir gehen schon mal hinein«, sagte Clive. »Ich habe keine Lust, hinter einem Pfeiler sitzen zu müssen.«

Ein Stück entfernt stand ein Junge und starrte sie an. Angelica bemerkte ihn nicht.

~

Im Sommer erkannte Angelica, dass sie keine Lust auf ein weiteres Jahr in ihrer neuen Schule hatte. Dort gab es keine zweite Curty. Die Schauspiellehrerin hatte gekündigt, weil sie meinte, dass das Theater an dieser Schule nicht die Beachtung bekommen würde, die es verdiente. Es gab keine Nachfolgerin.

Angelica war fast vierzehn und unschlüssig, wie es weitergehen sollte. Wenn sie von der Schule abgehen würde, was dann? Das Klavierspiel hatte sie endgültig aufgegeben. Sie hatte sich damit abgefunden, dass daraus nie etwas werden würde.

»In London gibt es eine hervorragende Schauspielschule«, sagte Duncan.

»Dafür ist sie noch zu jung«, sagte Vanessa. »Du bleibst vorläufig einfach zu Hause. Ich kann dich von der Schule abmelden. Wenn du das wirklich willst.«

Angelica setzte sich zu ihr. »Was meinst du? Was soll ich tun?«

»Liebes«, antwortete Vanessa, »das musst du selbst entscheiden. Mach das, was dich glücklich macht, das ist das Einzige, was zählt.«

»Ja«, sagte Angelica. Ihre Mutter hatte recht, natürlich hatte sie recht, aber so kam Angelica keinen Schritt weiter. Sie hätte von ihr gerne einen Denkanstoß bekommen, in welche Richtung auch immer. Aber Vanessa gab keine Denkanstöße, das wusste sie nur zu gut.

Also blieb Angelica vorerst zu Hause. Sie stand für ihre Eltern Modell, leistete Grace in der Küche Gesellschaft und las alle Theaterstücke, die sie auftreiben konnte, auch wenn sie manchmal wenig davon verstand. Wenn sie Stücke las, aus denen sie nicht schlau wurde, dachte sie an Virginia und was sie über Tom Eliots Gedicht gesagt hatte. Du musst nicht alles verstehen …

In der Welt außerhalb der vertrauten Gerüche und Farben unseres Hauses wurde es immer unruhiger. Deutschland marschierte in Österreich ein. Ein neuer Großer Krieg schien sich anzubahnen. Premierminister Chamberlain schloss einen Vertrag mit Hitler und hoffte, England damit aus dem Krieg heraushalten zu können.

»Ein nutzloses Stück Papier«, sagte Leonard. »Eine Vereinbarung mit Hitler ist nichts wert.«

Italienische Truppen, Verbündete von General Franco, bombardierten Barcelona. Die Faschisten gewannen in Spanien immer mehr an Boden.

»Wenn sie gewinnen, ist Julian umsonst gestorben«, sagte Vanessa.

»Du weißt, dass das nicht stimmt«, sagte Clive.

Obwohl wir beschlossen hatten, uns auch dieses Mal abseits zu halten, wenn der Krieg England erreichen sollte, sprachen wir in *Charleston* regelmäßig über Politik.

Vor allem Virginia konnte sich fürchterlich aufregen, wenn die Sinnlosigkeit des Krieges zur Sprache kam. Sie und Leonard hatten eine Reise durch Europa unternommen und gesehen, dass die Spannungen überall zunahmen. In vielen Ländern wurden die Streitkräfte mobilisiert. Leonard zufolge war der Krieg nicht mehr abzuwenden.

»Das Militär verwandelt intelligente junge Männer in willenlose Kampfmaschinen«, sagte Virginia. »Soldaten töten nicht nur sogenannte Feinde, sie ermorden auch jeden, der sich ihnen widersetzt, selbst ihre eigenen Kameraden. Wer zum Militär geht, gibt seine Gefühle ab.«

»Wer zum Militär geht, wird dazu gezwungen, das Menschlichsein aufzugeben«, stimmte Clive zu.

Virginia nahm einen Schluck Tee. Ihre Hand zitterte. »Wieso lassen wir das zu? Wieso?« Ihre Stimme überschlug sich.

Leonard wollte ihr die Tasse aus der Hand nehmen. »Beruhige dich. Du weißt, es bekommt dir nicht, wenn du dich so aufregst.«

Virginia hielt die Tasse fest. »Ich rege mich auf, wann ich will«, sagte sie scharf. »Hat Europa denn gar nichts aus dem letzten Großen Krieg gelernt? Nichts?«

Angelica hatte sie selten derart erregt gesehen.

Leonard stand auf. »Besser wir gehen jetzt.«

Virginia beruhigte sich. »In Ordnung. Lass uns nach Hause gehen.« Sie blickte Vanessa an. »Es tut mir leid.«

Vanessa ergriff ihre Hand. »Das braucht es nicht.«

Anderthalb Jahre später, im Sommer 1940, erfuhr Angelica, wie wahr Virginias Worte gewesen waren, und begriff, weshalb ihre Familie so beharrlich gegen den Krieg war.

Sie spielte mit Virginia und Leonard Krocket im Garten von *Monk's House*. Aus Richtung Süden hörten sie das ansteigende Geräusch von Flugzeugmotoren. Sie unterbrachen das Spiel und schauten zum Himmel. Fast täglich hörte man jetzt Kampfflugzeuge und jedes Mal unterbrach man das, womit man gerade beschäftigt war, um hochzuschauen und zu hoffen, dass es britische waren. Aber es waren selten britische Maschinen.

Sie sahen eine Formation deutscher Bomber, die vermutlich auf dem Weg nach London waren. Die Flugzeuge waren weit genug von ihnen entfernt, sodass sie sich nicht auf den Boden werfen mussten. Denn Leonard hatte ihnen gesagt, das müsse man tun, wenn die Maschinen auf einen zuflogen und Bomben auf Rodmell oder *Monk's House* abwarfen: flach bäuchlings auf den Rasen legen, die Hände über dem Kopf gefaltet, die Zähne auseinander – um so den Knall der Explosion abzufangen.

Die Kampfflugzeuge hatten Rodmell eigentlich schon hinter sich gelassen, als sich eines aus der Formation löste und Kurs in Richtung Küste nahm. Zwei andere Flugzeuge folgten ihm. Der Rest flog weiter.

Schweigend sahen sie zu. So etwas hatten sie noch nie gesehen.

Das erste Flugzeug flog jetzt schneller, änderte ein paarmal die Richtung. Die Verfolger reagierten sofort. Eine Maschinengewehrsalve ertönte. Durch das flüchtende Flugzeug ging ein Ruck und es geriet in Brand. Kurz darauf explodierte es und stürzte hinab, schwarze Rauchschwaden zogen sich vom Himmel bis zur Erde. Die Deutschen hatten einen Deutschen abgeschossen. Die Jagdhunde kehrten um und setzten ihren Weg nach London fort.

In der Zeitung stand ein paar Tage später, dass der Pilot des abgeschossenen Flugzeugs ein junger deutscher Soldat gewesen war, den sein Gewissen geplagt hatte, weil er Bomben auf unschuldige Londoner Bürger hätte werfen sollen. Er war umgekehrt, um seine Bomben über dem Meer abzuwerfen. Ein Deserteur! Seine eigenen Landsleute, Kollegen, Freunde vielleicht, hatten den Befehl erhalten, ihn abzuschießen. Der junge Pilot hatte es nicht überlebt.

~

Im Herbst 1938 rief Duncan Angelica aus Brighton an, wo er gemeinsam mit Vanessa eine Ausstellung in einer Galerie vorbereitete. Ihre erste große Verkaufsausstellung seit Julians Tod. Clive hatte die beiden dazu gedrängt und Vanessa hatte nur ein paar Tage gezögert, ehe sie zugestimmt hatte. Dutzende Gemälde wurden vom Dachboden hinuntergetragen. Jetzt erst stellten wir fest, wie hart Vanessa gearbeitet hatte, wenn sie oben gewesen war. Es waren schöne Bilder. »Die besten, die du je gemalt hast«, hatte Clive gesagt.

»Ich habe dabei an Julian gedacht«, hatte Vanessa geantwortet.

»Hör zu, Angelica. Ich habe eine großartige Idee«, sagte Duncan am Telefon. »Was hältst du davon, wenn wir beide heute Abend nach London fahren? Wir gehen essen und tanzen und nehmen ein Hotel, du und ich. Und dann besuchen wir morgen früh die Schauspielschule von Michel Saint-Denis und fragen nach, ob sie dich haben wollen.«

Mit Duncan nach London! Die Schauspielschule! Angelica, die schon seit Wochen nirgendwo anders gewesen war als in *Charleston*, in *Monk's House* oder in Lewes, rief so laut »Ja!«, dass ich amüsiert zu ihr aufsah und den Rest des Gesprächs belauschte.

»Und Mama?«

»Sie findet den Plan ausgezeichnet, aber sie darf nicht mit. Sie würde zu gerne, aber das ist eine Sache nur zwischen uns. Ich schicke sie einfach zu Virginia.«

Angelica musste wegen dieser kleinen Lüge lachen. Vanessa war niemand, der sich zu Virginia schicken ließ oder wohin auch immer. Wahrscheinlich hatte sie schon seit Längerem vorgehabt, zu *Monk's House* zu fahren.

»Ich habe noch eine kurze Verabredung mit einem Freund, aber danach komme ich sofort zu dir«, sagte Duncan. »In einer Stunde bin ich da.«

Angelica zog ihr schönstes Kleid an, ein Kleid aus von Vanessa bemalter Seide, und suchte den Schmuck, den Virginia ihr bei ihrem Ausflug nach London gekauft hatte. Sie bat Grace, ihr Bänder ins Haar zu flechten und tröpfelte Eau de Cologne auf ihr Taschentuch, wie Lady Ottoline es zu tun gepflegt hatte.

Äußerst zufrieden betrachtete sie ihr Spiegelbild. Grace und ich applaudierten.

»Ich sehe eine wunderschöne Dame«, sagte Grace.

»Aus dem hässlichen Entlein ist ein Schwan geworden«, sagte ich.

Angelica sah mich verdutzt an. »War ich denn hässlich?«

»Ach Quatsch, ich will dich nur ärgern.« Sie war wirklich wunderschön.

Angelica setzte sich ans Fenster und wartete. »Duncan hat mich noch nie ausgeführt.«

Ich war so froh für sie. Aber Duncan war nicht der Mann, der von selbst auf die Idee eines solchen Ausflugs kam. Wer hatte ihm das wohl eingeflüstert?

Ich widmete mich wieder konzentriert meiner Arbeit. Über Julian zu schreiben war mir vor allem anfangs schwerer gefallen, als ich erwartet hatte. Fröhliche Erinnerungen vermischten sich andauernd mit dem Wissen, dass er tot war und das machte mich manchmal sehr traurig. Virginia hatte mich davor gewarnt, kein sentimentales Buch zu schreiben. »Solche Bücher sind unlesbar.« Deshalb versuchte ich, meine Emotionen beim Schreiben unter Kontrolle zu halten, was mir mittlerweile immer besser gelang.

Die Stunde verging. Kein Duncan.

Angelica, die noch immer am Fenster saß, blickte hinaus und träumte von einer schönen Zukunft. Die Schauspielschule! Wenn sie nun zugelassen und erfolgreich werden würde. Sie gab noch etwas Eau de Cologne auf ihr Taschentuch. Das schwere Parfüm vertrieb den Bratenduft, der aus der Küche kam.

»Das Taschentuch ist bestimmt so nass, dass du es auswringen kannst«, sagte ich.

Noch eine Stunde verstrich. Bert kläffte. Angelica ging mit ihm in den Garten. Ich bemerkte, dass sie von dort aus die Auffahrt im Auge behielt. Aber die Auffahrt blieb leer.

»Meinst du, er hat es vergessen?«, fragte sie, als sie wieder hereinkam. Bert gähnte.

»Wie sollte er so etwas vergessen können?«

»Er sagte, ›in einer Stunde‹.«

»Ich weiß«, sagte ich etwas irritiert.

Sie setzte sich zu mir an den Tisch. »Vielleicht ist etwas passiert?«

»Kann sein.« Ich schob mein Notizbuch zur Seite. Julian hätte sicher Verständnis dafür, dass er im Augenblick nicht an erster Stelle stand. »Du würdest es gerne machen, nicht wahr?«

»Was?«

»Theater spielen.«

Angelica nickte. »Ja, sehr gerne.« Sie spähte zum Fenster hinüber. Es dämmerte.

Sie fummelte an den Ohrringen herum. »Kommst du voran mit dem Buch?«

»Glaub schon«, sagte ich, aber ich wollte im Moment nicht über das Buch sprechen. »Wenn sie morgen zu dir sagen, dass du zu jung für die Schauspielschule bist und ein paar Jahre warten musst, wärst du dann enttäuscht?«

»Zu jung?« Kurze Stille. »Nein.«

»Echt nicht?«

»Nein.« Angelica sah mich an. »Weißt du, Quentin, ich würde vielleicht gerne Köchin werden, wie Grace. Aber das geht nicht.«

»Wieso geht das nicht?«

»Niemand von uns ist Köchin.«

»Na und? Julian ist in den Krieg gezogen. Hat Mama ihn daran gehindert?«

»Nein, aber Grace ist unsere Dienstbotin. Mama würde es nicht gut finden. Das ist etwas anderes, als in den Krieg zu ziehen, um für das zu kämpfen, woran du glaubst.«

Sie hatte absolut recht.

»Hast du denn mit ihr darüber geredet?«

»Nein. Ich will auf die Schauspielschule.«

Grace brachte Tee und machte das Licht an. »Dieser Mister Duncan, also wirklich«, sagte sie. »So ein Wirrkopf.« Sie zwinkerte mir zu.

Angelica sah es und wusste, dass Grace versuchte, sie zu trösten. »Es ist nicht schlimm.«

»Doch das ist es«, sagte ich. Wo blieb der Kerl nur? Zum Glück verflog der Duft des Eau de Cologne allmählich.

»Soll ich euch Abendbrot machen?«, fragte Grace. »Du kannst doch nicht mit leerem Magen nach London fahren, Angelica.«

»Ich gehe mit meinem Vater essen.« Angelica rieb sich die Augen und hoffte, dass Grace und ich es nicht bemerkt hatten.

»Ja, bitte, Grace«, sagte ich. »Ich habe Hunger.« Ich versuchte, mir meine Wut nicht anmerken zu lassen.

Grace brachte eine Platte mit Schinken, Käse und Brot.

»Setzt du dich zu uns, Grace?«

Die Haushälterin zögerte. »Ach, warum eigentlich nicht?«

Wir aßen. Grace erzählte von Walter, der sich beim Schneiden eines Brombeerstrauchs die Hände aufgeschürft hatte. Angelica fütterte Bert mit Schinken. Ich las ein Stück aus meinem Manuskript vor. Aber Angelica hörte kaum zu.

Knapp zwei Stunden später hielt ein Taxi am Gartenzaun. Wir rannten zum Fenster. Duncan stieg aus. Er torkelte. Er war betrunken, das war offensichtlich. Grace ging in die Küche.

Duncan schlug die Tür hinter sich zu und kam ins Zimmer.

Angelica sah ihn entgeistert an.

»Aha«, sagte ich.

»Entschuldigt, dass ich mich ein wenig verspätet habe.«

»Du bist betrunken«, sagte ich. »Verdammt, Duncan!«

Er kicherte. »Aber nur ein bisschen. Was macht das schon?«

Ich explodierte. »Du wolltest mit Angelica nach London. Sie hat stundenlang auf dich gewartet. Wo bist du gewesen?«

»Mir ist schlecht«, sagte Duncan. »Ich muss mich hinlegen.« Dann ging er nach oben.

Angelica blickte ihm nach, todunglücklich. Ich hasste Duncan in dem Moment.

Ich nahm meine Schwester in den Arm. »Morgen gehen wir zusammen zur Schauspielschule, ja?«

»Ist doch egal«, sagte sie, und dann ging auch sie auf ihr Zimmer.

Sie zog ihr hübsches Kleid aus, legte das Armband ab und kroch ins Bett. Bert legte sich ans Fußende.

Und dann kullerten die Tränen …

»Weißt du, dass du noch nie so nett zu mir gewesen bist wie an diesem Abend?«, fragte Angelica.

»Ich fand es einfach schrecklich für dich. Er war mit einem Mann im Pub, den er irgendwo aufgegabelt hatte, und dich hat er einfach vergessen, als sie ein paar Bier getrunken hatten und die Finger nicht voneinander lassen konnten. An dem Abend habe ich mir gewünscht, wir hätten nie erfahren, dass er dein Vater ist, so unglücklich hast du ausgesehen.«

»Clive wäre pünktlich gekommen«, gab sie zu.

»Ich glaube, dass Duncan sich diesen Ausflug nicht selbst ausgedacht hat. Mama muss zu ihm gesagt haben, dass er mit dir zur Schauspielschule gehen soll.«

»Meinst du? Aber wieso sagst du das erst jetzt? Und warum wollte sie nicht mitkommen?«

»Vielleicht wollte sie, dass er endlich einmal etwas mit dir alleine unternimmt. Du bist seine Tochter!«

»Sie unternimmt doch selbst fast nie etwas mit mir.«

»Vielleicht gerade deshalb.«

Angelica sah mich an. »Diese Geschichte sollte Licht ins Dunkel bringen. Aber jetzt machst du es wirklich kompliziert.«

»Ach ja?«

Sie dachte nach. »Oder auch nicht. Vielleicht ist das, was du sagst, ja überaus deutlich.«

»Angelica? Findest du wirklich, dass ich nie zuvor so nett zu dir gewesen bin wie an diesem Abend?«

»Ja. Ich weiß, wie wichtig dir das Buch über Julian war. Aber du hast es zur Seite gelegt, als ich dich brauchte. Das war unglaublich lieb.«

»Sobald mir die Bücher wichtiger werden als die Menschen, die ich liebe, musst du mir das sagen. Dann ist es Zeit einzuschreiten.«

»Mach ich. Ich werde unbarmherzig einschreiten«, versprach sie.

Ich stand auf und streckte mich. Meine Schultern sagten mir, dass ich mich wieder viel zu lange über den Schreibtisch gebeugt hatte.

»Wo sind eigentlich alle?«, fragte Angelica. »Ich habe schon seit Stunden keinen von den anderen gesehen.«

»Mama ist in ihrem Zimmer.«

»Und Duncan?«

»Ich habe ihn herumpoltern gehört. Ich glaube, er liegt schon im Bett. Clive schläft auch schon.«

»Sie sind schon im Bett? Wie spät ist es?«

Ich schaute auf die Uhr. »Spät. Vielleicht sollten wir auch Schluss machen.«

»Noch nicht. Ich möchte noch über Nigel sprechen.«

»Heute nicht mehr, Angelica. Ich bin müde.«

»Na gut.«

Kapitel Vierzehn

»Komm doch morgen mit zu Vita, dann hast du etwas zu tun«, sagte Virginia zu Angelica. Sie war nach *Charleston* gekommen, um mit mir über mein Buch zu reden. Es war so gut wie fertig. Virginia hatte es gelesen und mit Kommentaren versehen. Absätze, die ihrer Meinung nach zu lang waren, ließ sie mich kürzen, Passagen, bei denen ich zu schnell vorging, ausschmücken, und sie hatte mir dabei geholfen, die Kapitel so einzuteilen, dass es eine schöne, runde Geschichte werden würde. Noch ein paar kleine Verbesserungen und das Manuskript konnte zum Drucker. Angelica hing bei uns herum, wie ein Kind, das sich langweilt und Aufmerksamkeit sucht. Trotzdem schmollte sie, obwohl Virginia sie zu Vita mitnehmen wollte.

»Vita will bestimmt lieber mit dir alleine sein.«

»Aber Nigel möchte dich gern kennenlernen.« Virginia lächelte geheimnisvoll. »Er hat sich endlich getraut, mich zu fragen, ob du einmal mit mir mitkommst.« Nigel war Vitas jüngster Sohn.

»Kupplerin«, sagte ich.

»Miesmacher. Du hast ja Emma«, sagte Virginia. »Du hast doch Emma noch?«

»Sie hat mich«, sagte ich, wohl wissend, dass Virginia diese Antwort gefallen würde.

»Und Vita hat *mich*«, sagte sie zufrieden.

Meine Mutter, die in einem Sessel am Kamin saß und Briefe las, warf uns einen kritischen Blick zu, sagte aber nichts. Dass sie den Mund hielt, lag an mir.

»Mama, warum bist du immer so kratzbürstig, wenn es um Virginia und Vita geht? Leonard ist nicht eifersüchtig, warum also bist du es dann?«, hatte ich sie gefragt.

»Eifersüchtig? Wie kommst du darauf? Es ist nur ... Virginia und eine Freundin! Ich kann mir einfach nicht vorstellen, dass sich zwei Frauen anziehend finden.«

»Warum denn nicht? Zwei Männer findest du vollkommen normal.«

»Das ist etwas ganz anderes.«

»Mama! Manchmal bist du ganz schön borniert. Nur weil du dich niemals in eine Frau verlieben könntest.«

»Sie ist nicht einmal hübsch.«

»Für Virginia schon.«

»Stimmt. Und deshalb halte ich mich da auch raus.«

»Sehr gut«, hatte ich gesagt.

»Sie mag meine Gemälde nicht.«

»Mama!«

»Wie du meinst. Ich halte ja schon meinen Mund.«

»Also gut, ich komme mit«, sagte Angelica. Sie gab sich gleichgültig, aber wir hatten sie sofort durchschaut. Sie hatte immer Zeit für Ausflüge mit Virginia und war ungeheuer froh über etwas Abwechslung. Und ich glaube, sie war auf Nigel gespannt.

Einen Tag nach dem katastrophalen Abend mit Duncan war ich mit ihr nach London zur Schauspielschule gefahren. Was ich bereits vermutet hatte und wovor ich sie vorsichtig versucht hatte zu warnen, war eingetreten. Michel Saint-Denis, der Schulleiter, hatte sie als zu jung befunden.

»Und es ist mir völlig egal, ob du die Tochter von Vanessa Bell bist und die Nichte von Virginia Woolf«, hatte er gesagt. »Es gibt so viele Kinder von Berühmtheiten, die hier antanzen. Aber zu jung ist nun einmal zu jung.« Mit beiden Händen hatte er seine Fliege zurechtgezogen, obwohl sie gar nicht schief gesessen hatte. Seine Stimme, seine Gesten, seine Worte hatten etwas theatralisches gehabt.

Er war mir zu eingebildet und affektiert gewesen. »Vielleicht könnten Sie meine Mutter und meine Tante aus dem Spiel lassen«, hatte ich kühl gesagt und ihn fixiert. »Meine Schwester möchte hier gerne ohne Eskorte studieren.«

Michel Saint-Denis hatte amüsiert gegrinst. »Du gefällst mir, junger Mann.« Und zu Angelica hatte er gesagt: »Komm in ein paar Jahren wieder. Ich verspreche dir, du bekommst eine ehrliche Chance.«

Und so blieb vorläufig alles beim Alten. Angelica verbrachte ihre Tage mit dem Auswendiglernen von Theatertexten und stand Modell. Sie unternahm lange Spaziergänge, oft alleine oder mit dem Hund, manchmal in Gesellschaft einiger alter Schulfreundinnen.

Modell stehen war nie ihre Lieblingsbeschäftigung gewesen, weil sie nun einmal kein Talent hatte, stundenlang still zu sitzen. Aber mittlerweile verabscheute sie es, seit Duncan einmal, hinter seiner Staffelei stehend, gesagt hatte, wie schön ihre Brüste wären. Vanessa hatte sie daraufhin lange angestarrt und dann gesagt, dass sie Duncan zustimmen musste. Angelica hatte das furchtbar gefunden. Natürlich hatte sie Brüste, aber mussten sie sich ausgerechnet darüber unterhalten? Selbst wenn sie kostümiert Modell stand, hatte sie das Gefühl, dass sie durch ihre Kleider hindurchschauten und ihren Körper beurteilten. Waren alle Eltern so verrückt? Warum konnte Vanessa eigentlich nie etwas Normales zu ihr sagen?

Virginia fuhr in einem Taxi vor und winkte Angelica, die im Garten auf sie wartete, aus dem offenen Fenster zu. *Sissinghurst Castle*, wo Vita lebte, lag in Kent, eine Stunde von *Charleston* entfernt.

Vanessa kam nach draußen. »Bleibt nicht zu lange weg. Du weißt, ich mag es nicht, wenn Angelica zum Abendessen nicht zu Hause ist.«

»Wir sind pünktlich wieder hier«, versprach Virginia. »Und extra für dich werde ich über alles, was wir heute erleben, eine Geschichte für den *Memoir Club* schreiben. Ich weiß doch, wie neugierig du bist, auch wenn du das nie zugeben würdest.«

»Hör doch auf!«, rief Vanessa, aber sie lachte. Angelica fand, dass ihre Mutter bemerkenswert gut gelaunt war. Sie schloss sich in letzter Zeit nur noch selten in ihrem Atelier auf dem Dachboden ein. Ihre Trauer um Julian hatte einen Platz gefunden.

Grace und ihre Gehilfin klopften Decken aus. Vanessa hustete und sah ärgerlich nach oben. »Könnt ihr damit nicht kurz warten?«

Die Gehilfin kicherte. Grace rief, dass es ihr leidtat und schloss das Fenster. Der Taxifahrer startete den Motor.

Sie fuhren an Äckern vorbei, an Dörfern und Baumreihen. Ein frischer Frühlingswind wehte herein.

»Du wirst Nigel mögen«, sagte Virginia. »Ich glaube, ihr habt euch eine Menge zu erzählen.«

»Wieso denkst du, dass ich ihn mögen werde?«, fragte Angelica.

»Weil Nigel genauso über seine Mutter redet wie du über Vanessa.«

»Wie meinst du das?«

»Hab Geduld«, sagte Virginia.

»Du sprichst in Rätseln«, sagte Angelica.

»Natürlich tue ich das. Ich liebe Rätsel. Aber wenn wir heute Abend nach Hause fahren, musst du mir alles erzählen.«

Angelica betrachtete die vorüberziehende Landschaft. »Weißt du, Virginia, manchmal verstehe ich Mama einfach nicht. Wenn ich zu Hause bin, tut sie, als wäre ich ihr egal. Und wenn ich ausgehe, möchte sie, dass ich nicht zu lange wegbleibe.«

»Darüber brauchst du dich nicht zu wundern«, sagte Virginia. »Niemand versteht sie vollkommen. Sie ist schon ihr Leben lang ein bisschen geheimnisvoll gewesen. Deshalb verlieben sich auch ständig Männer in sie, selbst Männer wie Duncan.«

»Du bist aber auch geheimnisvoll.«

»Aber nur, weil ich gerne so wäre wie Vanessa«, sagte Virginia.

»Ich nicht.«

»Das weiß ich.« Virginia beugte sich nach vorne. »Hier nach links.«

Der Taxifahrer bog links ab. Virginia streckte den Arm aus. »Da ist es.«

Angelica erblickte einen breiten Turm, der hoch über den Bäumen aufragte. *Sissinghurst Castle.*

»Halten Sie hier«, sagte Virginia. »Das letzte Stück laufen wir.«

Als das Taxi schließlich abfuhr, bot Virginia Angelica den Arm an und hakte sich bei ihr unter. »Vita hasst das Geräusch von Automotoren. Hast du die Hände des Taxifahrers gesehen?«

»Nein. Was war mit ihnen?«

»Er kaut an den Fingernägeln. Ich glaube, er grübelt über etwas nach.«

Sie gingen auf matschigen Wegen an Rasenflächen und einer Weide mit Schafen und Lämmern entlang auf das Schloss zu und unter dem Portal hindurch. Um den Turm herum standen mehrere große und kleinere Gebäude in einem Garten, der sehr viel größer war als der von *Charleston*. Überall blühten Tulpen und Narzissen. Bäume und Rosensträucher schlugen aus. Auf einer weißen Bank unter einer riesigen Buche saßen zwei junge Männer und lasen. Einer der beiden blickte auf und winkte. Nigel.

Er war ein großer blonder Junge und ein paar Jahre älter als Angelica. Er hatte sanfte Augen, die Angelica an ihre Brüder erinnerten.

»Wir haben auf euch gewartet. Vita ist irgendwo da drüben.« Er machte eine unbestimmte Geste zu einem Obstgarten.

Virginia ging weiter in den Garten hinein, Angelica blieb bei den beiden Jungen.

»Willkommen in *Sissinghurst*«, sagte Nigel.

Ben, Nigels älterer Bruder, brummte »Guten Tag« und ging mit seinem Buch in eines der Häuser. Überrascht sah Angelica ihm nach.

»Lass ihn«, sagte Nigel. »Er meint es nicht unfreundlich, aber er kann nicht mit Menschen umgehen. Das hat er von seiner Mutter.«

Angelica lief zu einer Volière mit Sittichen, die am Fuß des Turms stand. Um den Käfig scharrten Meisen und Spatzen auf der Suche nach Futter. »Sind das deine Sittiche?«

»Nein, Vitas. Alles hier gehört Vita.« Nigel hob eine Gartenschere mit Holzgriffen auf, die im Gras lag. »Schau.« In einen der Holzgriffe waren die Buchstaben ›V S-W‹ eingebrannt. »Vita Sackville-West. Sie hat überall ihre Initialen anbringen lassen, damit mein Vater niemals vergisst, dass hier alles ihr gehört.«

»Wirklich? Wie findet dein Vater das?«

»Es ist ihm egal. Er regt sich nie über Dinge auf, die er für unwichtig hält. Und es stimmt ja auch. Sie hat das Haus gekauft, nicht er.«

»Verdient sie mit ihren Büchern so viel Geld?«

»Ihre Familie ist reich.«

»Und dein Vater hat kein Geld?«

»Nein. Nicht mehr.«

Angelica schaute sich um. In der Ferne spazierten Virginia und Vita durch den Obstgarten. Virginia hatte Angelicas Arm gegen den ihrer Freundin eingetauscht. Mit einem Mal konnte sich Angelica sehr gut vorstellen, dass Vanessa eifersüchtig war. »Gehört das wirklich alles euch?«, fragte sie.

»Ja. Meine Mutter hat ein Haus mit einem kargen Garten gesucht, in dem sie sich austoben konnte. Deshalb. Ich denke, wir haben den größten Garten von ganz England.«

»Und meine Mutter hat ein Haus mit kahlen Wänden gesucht.«

»Ich habe viel über *Charleston* gehört«, sagte Nigel. »Meine Mutter denkt, dass deine Mutter nichts von ihren Romanen hält.«

»Sie hat einen Umschlag für eines ihrer Bücher gestaltet.«

»Aber nur, weil Leonard sie darum gebeten hat, sagt sie.« Nigel legte sein Buch auf die weiße Bank. »Komm, ich führe dich herum.«

Sie spazierten durch den Garten. Nigel deutete auf ein kleines Wohnhaus. »Da wohnen Ben und ich.« Sie betraten ein größeres Gebäude. Nigel zeigte Angelica die Bibliothek, die seinem Vater auch als Arbeitszimmer diente, und ein großes Wohnzimmer, in dem ein riesiger Fernsehapparat stand. Angelica hatte noch nie im Leben einen Fernseher gesehen, außer auf Fotos in Zeitschriften.

Kaum jemand in England hatte so ein Gerät. Vanessa wäre angewidert bei dem Gedanken, so ein neumodisches Ding im Haus zu haben.

»Den haben meine Eltern angeschafft, um sich Sportwettkämpfe anzusehen«, sagte Nigel. »Sie sind verrückt nach Sport.«

»Was macht dein Vater?«

»Er schreibt und sitzt für die Labour Party im Unterhaus. Früher ist er Diplomat gewesen. Bevor sie *Sissinghurst* gekauft haben, haben Vita und er im Ausland gelebt.«

»Ohne Ben und dich?«

»Sie haben uns ins Internat geschickt.«

Angelica dachte an die Sommerschule von Marjorie Strachey. »Wie grausam.«

»Ach was, so ist es halt.« Nigel nahm ein Buch aus einem Regal, die Kurzgeschichten von Sherlock Holmes. »Die hat mein Vater Ben und mir vorgelesen. Alle. Das waren großartige Abende.«

»Wo ist dein Vater jetzt?«

»In London. Komm mit.«

Über eine steinerne Wendeltreppe bestiegen sie den Turm. Es war dunkel und kühl. Auf halbem Weg gab es ein Turmzimmer voller Bücher.

»Das Arbeitszimmer meiner Mutter«, sagte Nigel.

Auf dem Boden lagen Perserteppiche, an der Wand stand ein abgenutzter Schreibtisch, über dem Alkoven hing das Gemälde eines nackten Jungen, der auf dem Rücken eines Tigers reitet.

»Schönes Gemälde«, sagte Angelica.

»Ich hasse es«, sagte Nigel.

»Warum?«

»Wegen Vita.«

»Versteh ich nicht.«

»Als Ben und ich klein waren, meinte sie, wir sollten uns ein Beispiel an dem Jungen auf dem Tiger nehmen. Sein Vater, ein Polarforscher, hat ihn das ganze Jahr lang nackt herumlaufen lassen, damit er zu einem zähen Burschen wird. Vita wollte aus uns auch zähe Burschen machen.«

»Quentin ist auch nicht zäh«, sagte Angelica. »Meiner Mutter ist das egal.«

»Mein Vater ist auch nicht zäh«, sagte Nigel.

»David ist zäh«, sagte Angelica. »Er hat schon mal ein Flugzeug gesteuert.«

»Wer ist David?«

»Duncans Freund, aber der ist jetzt weg.«

Nigel zeigte auf den Jungen auf dem Gemälde. »Siehst du den weißen Fleck zwischen seinen Schultern? Das ist eine Wunde. Als ich klein war, habe ich ihn angegriffen und mit meinem Spielzeugschwert durchlöchern wollen. Ich wollte ihn umbringen. Deshalb hängt das Gemälde jetzt so weit oben.«

»Wie zäh von dir«, sagte Angelica.

Sie mussten beide lachen.

Nigel ergriff Angelicas Hand und rannte mit ihr weiter die Treppe hinauf. Halb stolpernd ließ sie sich mitziehen.

Auf dem Turm war eine von einer Mauer eingefasste Terrasse. Hier oben pfiff der Wind. Es war der höchste

Punkt in der ganzen Umgebung. Angelica blickte sich um. Sie sah Felder und Hügel und Wälder. Der Garten war noch größer, als sie gedacht hatte, und unterschied sich in allem von ihrem Garten in *Charleston*. Blumen und Hecken waren in geraden Linien, Vierecken und Kreisen angepflanzt. Gelbe Narzissen und gelbe Tulpen standen beisammen. Weiß blühende Sträucher und Bäume bildeten eine andere Gruppe. Etwas weiter entfernt entdeckte sie blaue Hyazinthen unter einem noch blattlosen Blauregen.

Hinten im Garten sah sie Virginia und Vita. Virginia saß auf einer Bank, Vita zu ihren Füßen. Virginias Hand lag auf Vitas Schulter.

»Der Garten ist berühmt«, sagte Nigel. »Vita schreibt Kolumnen über ihn, die sie dann im Radio vorliest. Ständig kommen hier Leute vorbei, die ihn besichtigen wollen. Meine Mutter kann Besucher nicht ausstehen. Nur wenn sie wegen des Gartens kommen.«

»Er ist nach Farben angelegt«, sagte Angelica. »Bei uns wächst alles durcheinander.« Sie vermutete, dass Vanessa diesen Garten nicht mögen würde. Er war zu ordentlich.

»Meine Mutter mag auch keine Besucher. Aber Duncan. Er ist mein Vater.«

Sie zitterte und zog die Jacke enger um sich.

»Dir ist kalt«, sagte Nigel. »Sollen wir reingehen?«

»Nein. Hier ist es herrlich.«

Ein Taubenpaar flog vorüber. Nigel setzte sich auf die Mauer. Er betrachtete sie ernst. »Ich habe dich zum ersten Mal bei Lady Ottolines Begräbnis gesehen. Ich wollte dich ansprechen, habe mich aber nicht getraut.«

»Nein? Warum nicht?«

»Weil ich in den falschen Momenten schüchtern bin.«

Angelica mochte seine Antwort.

»Ich bin froh, dass du heute hier bist«, sagte Nigel.

Angelica schaute ihn an. »Ich auch.« Sie blickte noch einmal in Nigels Augen und bemerkte, dass sie doch nicht meinen oder Julians ähnelten. Es waren nicht die Augen eines Bruders, es waren Augen, die sie verwirrten, wenn sie zu lange in sie schaute.

Sie zitterte wieder. »Ich möchte jetzt doch lieber reingehen.«

Virginia und Vita waren aufgestanden und gingen durch den Rosengarten in Richtung Bibliothek.

»Wir gehen Tee trinken«, sagte Nigel.

»Mit Virginia und deiner Mutter?«

»Nein, mit Ben. Er wird nicht viel mit dir reden, aber das darfst du dir nicht zu Herzen nehmen.«

Sie gingen die Treppe hinunter.

»Du könntest Virginia doch öfter begleiten«, sagte Nigel.

»Das mache ich«, sagte Angelica.

»Und?«, fragte Virginia, als sie am Ende des Nachmittags im Taxi saßen.

»Nigel hat mir das Schloss gezeigt.«

»Und weiter?«

»Und den Garten.«

Virginia seufzte. »Warum sind Jugendliche nur so einsilbig?«

»Warum sind Tanten nur so neugierig?«, fragte Angelica.
»Kommst du nächstes Mal wieder mit?«
»Äh, ja, wenn du das möchtest.«
»Das habe ich mir gedacht«, sagte Virginia zufrieden.

»Weiß Nigel es schon?«, fragte ich.
»Was?«
»Dass Virginia verschwunden ist?«
»Ich habe es ihm geschrieben, aber ich weiß nicht, ob mein Brief auch angekommen ist.«
»Du hast ihn sehr gerne, oder?«
»Ja. Weiß Emma es schon?«
»Natürlich.«
»Wo ist sie? Ich habe sie eine ganze Weile nicht mehr gesehen.«
»Aber ich. Ich spreche sie jeden Tag. Sie meint, es wäre im Moment besser, wenn sie nicht hierherkommt.«
»Wegen Virginia?«
»Ja.«
»Fühlt sie sich hier fehl am Platz?«
»Ja.«
»Was für ein Quatsch.«
»Ich weiß. Aber so denkt sie nun einmal darüber.«

Kapitel Fünfzehn

Angelica sollte wieder nach *Sissinghurst* mitkommen. Virginia verspätete sich. Das geschah äußerst selten. Als sie endlich auftauchte, war sie schlecht gelaunt.

»Ich habe Nellie fortgeschickt«, sagte sie, als Angelica neben ihr im Taxi saß.

»Fortgeschickt?« Diese Neuigkeit überraschte Angelica. »Warum?«

»Sie hat mich mit ihrer Klagerei zur Weißglut gebracht«, sagte Virginia. »Sie darf erst zurückkommen, wenn sie weiß, wie man sich benimmt.«

»Aber Nellie liebt dich. Sie meint das Gemecker nicht ernst, das weißt du doch.«

»Ich liebe sie ja auch, aber ich konnte es nicht länger ertragen. Und Leonard hat Richard entlassen. Was für ein Tag.« Virginia stöhnte, als wäre ihr gerade großes Unrecht widerfahren.

Angelica erinnerte sich an den Jungen im Verlag, der von Leonard ausgeschimpft worden war.

»Jetzt haben wir fast kein Personal mehr«, jammerte Virginia. »Fürchterlich.«

»Hättest sie eben nicht fortschicken sollen.«

Virginia starrte Angelica an. »Ich kann nun einmal kein Personal ertragen, über das ich mich ärgere. Und Leonard auch nicht.«

»Wo ist sie hin? Sie wohnt doch bei euch im Haus und …«

»Hör auf! Es macht mir großen Kummer, verstehst du das nicht?«

Angelica schwieg und schaute aus dem Fenster.

»Fahren Sie bitte etwas schneller«, hatte Virginia zu dem Taxifahrer gesagt, und zu Angelica: »Vita kann unausstehlich werden, wenn ich sie zu lange warten lasse. Sie beruhigt sich erst, wenn ich sie küsse. Du kannst froh sein, dass Nigel die Geduld seines Vaters geerbt hat.«

Angelicas letzter Besuch in *Sissinghurst* lag einen Monat zurück. Nigel ging nach Eton und kam nicht jedes Wochenende nach Hause. Aber heute war er da, wie Virginia erfahren hatte. Ben studierte Kunstgeschichte in Oxford. Er würde heute nicht da sein. Angelica fand diesen Gedanken schön. Sie hatte sich mit dem schweigsamen Ben nicht ganz wohlgefühlt, der beim Teetrinken kaum von seinem Buch aufgeblickt hatte.

Als sie nach ihrem ersten Besuch dort wieder nach *Charleston* zurückgekehrt war, hatten sich Vanessa und Duncan neben sie aufs Sofa im Atelier gesetzt.

»Und wie war der Nachmittag?«, hatte Vanessa gefragt. »Wie war Vita?«

»Ist Nigel so hübsch, wie Virginia behauptet?«, hatte Duncan wissen wollen.

Angelica war mit feuerrotem Kopf in ihr Zimmer gerannt. Das war ja noch schlimmer als die Bemerkungen über ihre Brüste gewesen.

Später, nachdem sie mir gegenüber zugegeben hatte, dass sie übertrieben reagiert hatte, hatte sie Vanessa und Duncan ein wenig, aber nicht alles, von Nigel erzählt.

»Scheint ein netter Junge zu sein«, hatte Duncan gesagt und damit war das Thema für die Erwachsenen in *Charleston* erst einmal erledigt gewesen.

An der Stelle, an der Virginia das Taxi anhalten ließ, stand Nigel und wartete. Ein Hund lag neben ihm auf dem Rasen und leckte sich die Pfoten.

»Ah, da seid ihr ja schon«, sagte er. »Ich mache gerade einen Spaziergang mit Sally.«

»Ach, und ich habe gedacht, du hast auf uns gewartet.« Virginia grinste. Angelica war froh, dass ihre Tante wieder gute Laune hatte.

Nigel fühlte sich ertappt. »Meine Mutter ist in der Bibliothek«, brummte er. »Und mein Vater arbeitet im Garten.«

Virginia ging. Angelica blieb bei Nigel.

»Schön, dass du wieder mitgekommen bist.«

»Ja«, sagte Angelica.

»Ich habe oft an dich gedacht. Gehen wir spazieren?«

Sie gingen zu dem Weg, der an der Schafsweide entlangführte. Angelica konnte keine Lämmer mehr entdecken. Sally trottete hinter ihnen her.

»Weißt du, außer mit Ben habe ich noch nie so über meine Mutter reden können wie mit dir. Das hat mir gefallen.«

»Ja …«

Die Bäume waren grün, der Garten ein farbenfrohes Schachbrett. Die Sittiche zwitscherten in ihrem Käfig. Ein Huhn rannte über den Rasen und verschwand in einem Gebüsch.

»Kennst du viele Jungen?«, fragte Nigel.

»Nur dich. Und Quentin natürlich. Mein anderer Bruder ist tot.«

»Ich weiß«, sagte Nigel. »Ist Quentins Buch schon erschienen? Ich würde es gerne lesen.«

»Es liegt beim Drucker. Quentin ist ein Nervenbündel. Virginia sagt, das ist völlig überflüssig, weil das Buch gut ist.«

»Vielleicht klingt das jetzt komisch, aber ich glaube, Julian und ich hätten Freunde sein können. Er war wie ich. Wenn es Krieg gibt, werde ich Soldat.«

Angelica erschrak. »Aber warum denn?«

»Ich will nicht tatenlos zusehen, wenn die Deutschen kommen. Mir geht es nicht ums Kämpfen oder Töten, das finde ich entsetzlich, aber ich will nicht einfach zusehen. Ich weiß, dass bei euch zu Hause anders darüber gedacht wird, aber …«

»Vielleicht kommen die Deutschen gar nicht.«

»Ja, vielleicht.«

»Was sagen deine Eltern dazu?«

»Mein Vater meint, ich soll es tun. Mit meiner Mutter habe ich noch nicht darüber gesprochen. Es fällt mir schwer, mit ihr zu reden.«

Angelica wusste genau, was er damit meinte und sagte, sie habe dasselbe Problem mit Vanessa.

»Mütter!«, sagte Nigel.

Sie waren bis ans Ende des Gartens gelaufen und standen an einem Teich mit Seerosen, weißen Enten und Teichhühnern.

Nigel fragte: »Bist du manchmal unglücklich?«

»Ja, sehr oft sogar.« Es war ihr herausgerutscht, bevor ihr bewusst wurde, was sie da gesagt hatte.

Nigel nickte heftig. »Ich auch, sehr oft.«

Angelica taten ihre Worte sofort furchtbar leid. »Denk jetzt bitte nicht, dass ich meine Mutter verabscheue«, sagte sie schnell.

Nigel ergriff ihren Arm. »Natürlich nicht. Sei nicht albern. Ich verabscheue Vita auch nicht. Nur ...«

»Meine Mutter ist, wie sie ist«, sagte Angelica, »nur hätte ich gerne normale Eltern gehabt.«

»Ich auch.« Angelica dachte kurz nach. »Wie sind normale Eltern?«

»Keine Ahnung. Das ist es ja gerade.«

»Normale Eltern spielen mit ihren Kindern, wenn sie klein sind.«

»Normale Eltern verbieten einem alles Mögliche«, sagte Nigel.

»Sie sind neugierig auf alles, was du so anstellst.«

»Sie schlafen in einem Bett oder zumindest im selben Zimmer.«

»Virginia meint, nur arme Leute schlafen in einem Bett«, sagte Angelica.

»Meint sie das? Vielleicht hat sie recht. Meine Eltern begrüßen sich morgens mit ›Hallo, Nachbar‹ und ›Hallo, Nachbarin‹. Ihre Zimmer liegen nebeneinander.«

Angelica lachte. »Das ist lustig.«

»Ja, das ist eigentlich lustig. Mein Vater steht mehr auf Männer.«

»Ist das wahr? Mein Vater auch.«

»Und meine Mutter liebt Frauen.«

»Mein Vater ist einmal betrunken nach Hause gekommen, obwohl er mir versprochen hatte, mich nach London mitzunehmen.«

»Als wir klein waren, hat meine Mutter darauf bestanden, dass Ben und ich uns ein Zimmer teilen. Wenn einer von uns dann ein paar Tage mit meinem Vater unterwegs war, war der andere noch da und unser Zimmer stand nicht leer. Das war ihr wichtig.«

»Warum?«

»Sie hatte immer Angst, dass irgendwer zu Besuch kommen könnte, aber ohne ein leer stehendes Zimmer war das unmöglich. Sie hasst es, wenn Besucher über Nacht bleiben.«

»Und heute?«

»Wir schlafen immer noch im selben Zimmer.«

Angelica dachte nach und zögerte kurz. »Meine Mutter lobt mich nie, wenn mir irgendetwas gut gelungen ist.«

»Meine Mutter liebt ihre Arbeit mehr als Ben und mich.«

»Meine Mutter liebt Quentin und Julian mehr als mich.«

»Also, meine Mutter …«

Sie sprachen immer schneller und konnten es kaum erwarten, dass der andere seinen Satz beendet hatte, um selbst wieder zu Wort zu kommen.

»Ich glaube, meine Mutter hat nie Kinder haben wollen«, sagte Nigel.

»Meine Mutter nimmt mich nie in den Arm«, sagte Angelica.

»Meine Mutter auch nicht!«

»Meine Mutter tut manchmal so, als wäre Virginia ihr lästig, dabei ist Virginia großartig. Ich wünschte, sie wäre meine Mutter und nicht Vanessa!«

Sie schrien ihre Gefühle heraus. Die Enten flogen quakend auf und suchten sich einen anderen, ruhigeren Ort. Die Teichhühner fanden ihren Schlupfwinkel im Schilf.

»Als ich ins Internat gekommen bin, hat mir meine Mutter nur kurze Hosen mitgegeben«, sagte Nigel. »Ich war der Einzige in kurzen Hosen. Ich habe mich zu Tode geschämt.«

»Ich durfte nie zum Frisör. Alle haben mich wegen meiner blöden Frisur ausgelacht.«

»Du hast schönes Haar.«

»Ja, jetzt. Aber damit hat meine Mutter nichts zu tun.«

»Mein Vater schlägt nie mit der Hand auf den Tisch, wenn Vita ihm wieder einmal zu verstehen gibt, dass ihr hier alles gehört.«

Angelica blickte ihn an. »Sollte er denn?«

»Was?«

»Mit der Hand auf den Tisch schlagen?«

»Äh … nein, eigentlich nicht«, gab Nigel zu. Er keuchte.

Angelica schwieg. Auch sie war vom Schreien außer Atem. »Wir sind gemein«, sagte sie. »Wir sagen gemeine Sachen.«

»Stimmt. Wir sind gemein, aber das macht Spaß.«

Angelica lachte verlegen. »Stimmt.«

Nigel seufzte. »Warum reden wir eigentlich die ganze Zeit über unsere Eltern?«

Angelica hob einen Stein auf und warf ihn in den Teich.

Das lockte die Teichhühner an. Sie wurden enttäuscht, weil der Stein kein Brotstück war. »Kennst du viele Mädchen?«

»Dutzende«, sagte Nigel.

»Du lügst!«

Nigel zwinkerte ihr zu. »Natürlich lüge ich. Als Ben und ich klein waren, kamen hier nie Kinder zum Spielen vorbei. Wir waren immer zusammen. Und in Eton sehe ich Mädchen nur, wenn ich mich abends heimlich davonschleiche.«

Angelica traute sich nicht zu fragen, ob sich Nigel abends oft davonschlich.

»Ich will auf die Schauspielschule. Ich möchte Schauspielerin werden.« Sie erzählte ihm von dem Gespräch mit Michel Saint-Denis.

»So geht das immer«, sagte Nigel. »Entweder finden sie uns unglaublich interessant, weil unsere Mütter berühmt sind, oder sie sagen, wir sollen uns nichts darauf einbilden, aus einer berühmten Familie zu kommen. Mann, jetzt rede ich schon wieder über unsere Mütter.«

»Und wenn mich die Schauspielschule ablehnt, werde ich Köchin. Dann vergleicht mich niemand mehr mit Vanessa.«

»Grandios! Köchin!« Er stellte sich neben Angelica, nahm ebenfalls einen Stein auf und warf ihn in den Teich. Genauso begeistert wie zuvor schossen die Teichhühner darauf zu und zogen, erneut betrogen, wieder ab.

Nigel drehte sich zu Angelica hin. »Ich mag dich.«

»Ja …«, sagte Angelica. »Ich meine … ich mag dich auch.«

Sie standen sich am Ufer des Teichs gegenüber. Ihre Arme hingen schlaff herunter. Angelica wusste, dass sie jetzt etwas tun musste, etwas tun wollte, ihn umarmen oder küssen, oder vielleicht etwas sagen. Aber wie fing man so etwas an? Sie sah Panik in Nigels Augen. Er betrachtete ihre Brüste. Aber er sagte nichts, tat nichts.

Dann war der Moment vorbei.

»Komm«, sagte Nigel, »wir suchen meinen Vater. Er möchte mit uns Tee trinken. Er will dich kennenlernen.«

Angelica war erleichtert.

~

Der Krieg begann. Hitlers Wehrmacht marschierte in Polen ein und aufgrund von Chamberlains Beistandspakt mit Polen befand sich England nun offiziell im Krieg mit Deutschland. Italien verbündete sich mit Deutschland und besetzte Albanien.

In England merkte man nicht viel davon. Sich im Krieg befinden und einen Krieg führen waren zwei verschiedene Dinge. Aber die Bedrohung war spürbar, auf den Straßen und am Tisch, sogar in *Charleston* und *Monk's House*.

Leonard machte sich große Sorgen über das Schicksal der deutschen Juden. Die Nazis hatten ihre Radioapparate beschlagnahmt und es war ihnen nun verboten, nach

Sonnenuntergang das Haus zu verlassen. Leonard, selbst Jude, wollte nach Deutschland, um zu sehen, was dort los war. Clive gelang es, ihm das ausreden. Vorläufig.

Ein paar Tage, bevor mein Buch über Julian erschien, kam die Nachricht, dass General Franco den Spanischen Bürgerkrieg gewonnen hatte. Nachdem Franco Barcelona und Madrid erobert hatte, hatten seine Gegner, Julians Genossen, kapituliert. Immer mehr Teile Europas waren nun in den Händen der Faschisten.

Ich wurde davon ziemlich trübsinnig, aber Clive sagte: »Ein Grund mehr, auf dein Buch stolz zu sein. Es ist ein Denkmal für Julian.«

Leonard lud Freunde aus London und Sussex zur Buchvorstellung in den Verlag ein. Die Nacht davor schlief ich bei Leonard und Virginia, damit ich mich in Ruhe und ohne dass sich meine Familie andauernd einmischte, auf meine Rede und das Fest vorbereiten konnte. Virginia mischte sich ein, aber darum hatte ich sie gebeten.

Angelica, Vanessa und Duncan wollten mit dem Zug nach London fahren. Duncan hatte vorgeschlagen, ein Taxi zu nehmen, aber Vanessa bestand auf Bus und Zug. »So ist Julian auch immer nach London gefahren.«

Sie machten sich schick. Duncan band sich die Krawatte dieses eine Mal nicht um seine Hose, sondern um den Hals. Angelica putzte sich so heraus wie an dem Abend, an dem Duncan sie hatte ausführen wollen.

Duncan betrachtete sie und erkannte das Kleid wieder. »Erinnerst du dich noch? Ja, natürlich erinnerst du dich.

Wie dumm von mir, betrunken hierherzukommen. Ich habe dich enttäuscht.«

Nie zuvor hatte er über diesen Abend gesprochen.

»Es ist egal«, sagte Angelica.

»Es ist nicht egal«, sagte Duncan.

Angelica tat es gut, dass er das sagte.

Duncan streichelte ihre Wange. »Es fällt mir nun einmal schwer, Vater zu sein. Ich tue wirklich mein Bestes, aber ich bin einfach nicht gut darin.«

Angelica gab ihm einen Kuss.

»Können wir jetzt gehen?«, fragte Vanessa, die im Mantel an der Tür stand.

Sie brachen auf.

An der Bushaltestelle nahm Vanessa Angelica beim Arm. »Heute Nachmittag kommen eine Menge Leute, aber ich bin mir sicher, dass niemand so hübsch aussieht wie du.«

Angelica war überrascht von diesem unerwarteten Kompliment. »Das sagst du nur so.«

Vanessa seufzte. »Ich sage nie etwas nur so. Du siehst aus wie ich, als ich jung war.«

Angelica gab auch ihr einen Kuss. Vanessa lächelte.

An der Victoria Station schlug Duncan erneut vor, ein Taxi zu nehmen. Dieses Mal hatte Vanessa keine Einwände.

Es regnete. Menschen liefen, verborgen unter schwarzen Regenschirmen, dicht an den Hauswänden entlang. Erleuchtete Schaufenster zogen Passanten an, aus einem Pub drang Musik, eine Schulklasse ging ins British

Museum. Nirgendwo bekam man den Eindruck, dass England sich im Krieg befand.

»Würdest du jemals wieder in der Stadt leben wollen?«, fragte Duncan.

»Ich will niemals wieder aus *Charleston* fort«, antwortete Vanessa.

Im Verlag war eine Menge los. Tom Eliot war da und auch Vita, Harold und Nigel. Ben nicht, er war in Oxford. David war mit seiner Frau gekommen und natürlich war Emma da. Auch Grace und Walter standen unter den Gästen. Walter, der seinen Sonntagsanzug trug, unterhielt sich mit Vita. Er machte eine Geste, als würde er gerade die Erde umgraben. Vita nickte und setzte zu einem langen Monolog an.

Ma Cartwright brachte den Gästen Häppchen. Nellie, von Virginia wieder in Gnaden aufgenommen, trug ein Tablett mit Getränken. Die Gläser klirrten. Davids Frau nahm ihr das Tablett aus den Händen. »Komm, ich helfe dir.«

Angelica sah mir an, wie nervös ich war. Ich saß auf einem Stuhl an der Wand, unterhielt mich mit niemandem und zog, wie sie meinte, an meiner Pfeife, als käme da Sauerstoff raus. Ich war furchtbar unsicher. Emma brachte mir ein Glas Wein und gab mir einen Kuss auf die Stirn. Aber ich wollte nichts trinken, ich wollte es hinter mich bringen.

Auf dem Tisch lag ein Bücherstapel unter einem roten Tuch. Angelica versuchte, unter das Tuch zu spähen, aber Leonard jagte sie davon. »Gleich. Sei nicht so neugierig.

Keine Angst, du bekommst dieses Mal ein Exemplar umsonst.«

Immer mehr Leute strömten herein. Angelica betrachtete sich im Spiegel und berührte ihre Ohren. Ihre Ohrringe reflektierten das Licht der Kerzen, die auf dem Kamin standen. Ihre Ohrläppchen glühten, die Clips drückten. Sie sah im Spiegel, dass David auf sie zukam und drehte sich um, um ihn zu begrüßen.

»Angelica! Bist du das wirklich? Ich kann meinen Augen nicht trauen.«

»Machst du Witze? Natürlich bin ich es.«

»Ich mache keine Witze. Ich bin einfach überrumpelt. Erinnerst du dich noch daran, was ich zu dir gesagt habe, als ich dich zum ersten Mal gesehen habe?«

Angelica schüttelte den Kopf.

»Du warst drei oder vier und ich sagte: ›Was für ein hübsches Mädchen. Darf ich dich heiraten?‹ Natürlich nur im Scherz, aber jetzt … Wie lange haben wir uns nicht gesehen? Ein Jahr? Nicht viel länger jedenfalls. Wie du dich verändert hast! Du bist kein Mädchen mehr, du bist eine bildhübsche Frau. Ich glaube, ich sollte dich wirklich heiraten.«

»Hör auf, mich zu ärgern«, sagte Angelica.

»Ich ärgere dich bestimmt nicht.« Dann ging David hinüber zu Duncan, der in einer Ecke stand und ihn beobachtete.

»Wer ist der Mann?«, fragte Nigel.

Angelica erklärte es ihm.

»Er hat recht«, sagte Nigel. »Du bist eine hübsche Frau.«

»Ich bin fünfzehn. Und er hat von bildhübsch gesprochen.«

»Haha! Also gut, bildhübsch. Aber dieser David ist viel zu alt für dich.«

Harold gesellte sich zu ihnen. »Hallo, Mädchen«, sagte er herzlich. »Schön, dich wiederzusehen.«

Angelica freute sich auch, Nigels Vater wiederzusehen. An dem Nachmittag in *Sissinghurst* hatte sie beim Tee beschlossen, dass sie ihn mochte. Er war ein kleiner, fülliger Mann mit lachenden Augen und einem Schnurrbart, an dem er immer zupfte, wenn er über etwas nachdachte. Er hatte Angelica Fragen gestellt, nicht über ihre Familie, sondern über sie. Er hatte sich dafür interessiert, was sie den ganzen Tag über tat, was sie sich erträumte und gemeint, dass die Chancen gut standen, dass sie eines Tages an der Schauspielschule angenommen würde.

»Michel Saint-Denis ist halb so schlimm. Du musst nur über seine hochmütige Haltung hinwegsehen. Er ist einer von diesen Schauspielern, die nie aufhören können zu spielen. Aber er ist ein hervorragender Direktor und sieht sofort, ob jemand Talent hat oder nicht. Und Clive hat mir gesagt, du hättest Talent.«

Harold hatte über seine Arbeit im Unterhaus erzählt und Nigel hatte ihn gebeten, Angelica den Raum zu zeigen, der eigens für den Fall gebaut worden war, dass die Deutschen in England vorrücken würden. Ein Raum, der die Bewohner von *Sissinghurst* gegen einen Gasangriff schützen sollte.

»Nicht, dass ich je so einen Raum hätte haben wollen«, hatte Harold gesagt. »Ich wäre lieber genauso verwundbar wie jeder andere Bürger auch, aber ich hatte keine Wahl. Wenn die Deutschen kommen, müssen die Politiker am Leben bleiben, sonst ist unser Land nicht regierungsfähig. Hat Nigel dir erzählt, dass er Soldat werden will?«

Angelica hatte genickt.

»Wir müssen alle unseren Beitrag leisten«, hatte Harold weitergeredet. Dies hätte eine kritische Bemerkung über die pazifistische Haltung der Männer von *Charleston* sein können, doch Angelica hatte Harolds Augen angesehen, dass er es so nicht gemeint hatte.

»Dein Vater scheint mir ein lieber Mann zu sein«, hatte sie zu Nigel gesagt, der sie etwas später zum Taxi gebracht hatte.

»Ich kenne niemanden, der so sanftmütig ist wie er. Ben und ich sind von ihm nur ein einziges Mal in unserem Leben bestraft worden, und das völlig zu Recht. Wir hatten die Tochter des Gärtners geärgert. Sie war zurückgeblieben. Fünfzehn Jahre alt, aber den Verstand eines vierjährigen Kindes. Wir hatten sie gezwungen, sich auszuziehen und durch den Garten zu rennen. Wir verfolgten sie johlend. Wir fanden das großartig, denn wir hatten noch nie ein nacktes Mädchen gesehen. Plötzlich kam mein Vater aus dem Haus. Er war wütend und brüllte, dass das arme Kind mehr Verstand hätte, als Ben und ich zusammen. Wir haben niemals wieder irgendwen geärgert. Mein Vater verabscheut Grausamkeiten.«

»Ich auch«, hatte Angelica gesagt.

»Nun schäme ich mich noch einmal.«

»Gut.«

Leonard schlug mit einem Brieföffner gegen sein Glas. Es war Zeit für die Buchvorstellung. Ich wischte meine feuchten Hände an der Hose ab.

Virginia kletterte auf einen Stuhl. Erwartungsvoll versammelten sich die Gäste um sie. Clive schubste mich nach vorne.

»Liebe Freunde!«, sagte Virginia. »Herzlich willkommen!« Sie klang wie Lady Ottoline. Alle Anwesenden blickten sie an und lauschten gespannt.

»Freunde, ich bin stolz. Stolz auf Julian und darauf, was er getan hat, stolz auf Quentin und das, was er geschrieben hat, stolz auf Vanessa und Leonard, weil sie ein so prachtvolles Buch daraus gemacht haben. Stolz auf mich, weil ich meinem talentierten Neffen bei seinem Vorhaben habe helfen können.«

Bei den letzten Worten versuchte sie, bescheiden zu lächeln, aber das gelang ihr nicht.

»Ich freue mich für Quentin«, flüsterte Grace Angelica zu. »Ich freue mich so für euch alle.«

»Ich auch«, sagte Angelica. Sie konnte nichts dagegen tun, aber sie dachte plötzlich: Wird Virginia eines Tages auch so stolz auf mich sein? Oder Mama? Und sie sah sich selbst auf einer Bühne im West End, nachdem sie in *Romeo und Julia* geglänzt hatte. Jauchzend sprang Vanessa von ihrem Stuhl in der ersten Reihe auf …

Ich stellte mich neben Virginia. Leonard nahm das rote Tuch vom Tisch und überreichte mir ein Exemplar meines allerersten Buchs. Ergriffen nahm ich es entgegen. Ich betrachtete es, als sähe ich es nun zum ersten Mal. Das hatten wir so vereinbart. Aber das war nicht schwer. Ich war aufrichtig aufs Neue ergriffen.

Die Menge applaudierte. Man prostete mir zu, es wurde Hurra gerufen. Dann stürmten die Leute den Büchertisch und ich wurde umarmt, man gratulierte mir. Verlegen und unbeholfen ließ ich alles über mich ergehen

»Eine Rede!«, rief jemand. »Eine Rede!«

Virginia machte Platz und ich stieg auf den Stuhl. Ich blickte mich um, sah in die erwartungsvollen Gesichter der Menschen, die meinen Bruder gekannt hatten, die ihn geliebt hatten, ihn vom ersten Tag seines Lebens an begleitet hatten. Erwartungsvoll blickten sie zu mir hoch. Von der vorbereiteten und bei Virginia eifrig einstudierten Rede wusste ich kein Wort mehr.

»Ich möchte nur eines sagen. Ich wünschte, ich hätte dieses Buch niemals schreiben müssen.« Ich war wütend auf mich selbst. Meine vorbereitete Rede war brillant und was ich hier stotterte, klang lächerlich.

Es war still im Raum, sehr still.

»Wie schön«, sagte jemand.

»Wir werden Julian niemals vergessen«, sagte ein anderer.

»Niemals.«

Wieder wurde applaudiert.

Vanessa war in Tränen ausgebrochen, Clive ebenso und plötzlich waren wir alle in Tränen. Emma zwinkerte mir zu und fing an zu weinen. Ma Cartwright heulte am lautesten, obwohl sie Julian nicht einmal gekannt hatte. Davids Frau bot wieder Getränke an. Nellie hatte sich hingesetzt und aß Kuchen. Zögerlich kamen die Gespräche wieder in Gang. Emma trocknete sich die Wangen mit einem Taschentuch. »Du bist großartig«, sagte sie.

»Ich war schlecht«, sagte ich.

Nigel ergriff Angelicas Arm. »Wollen wir nach draußen gehen?«

»Ja, gerne.« Angelica kam zu mir und umarmte mich. »Wir sind gleich wieder da.«

Sie schlüpften aus dem Zimmer und verließen das Haus. In dem kleinen Park auf dem Platz setzten sie sich auf eine Bank. Nigel hielt galant einen riesigen Regenschirm. Eine alte gebeugte Frau fütterte Spatzen mit Brotkrümeln. Der Rasen musste sich noch von den Bauarbeiten erholen: Unter dem Park war ein Luftschutzkeller gebaut worden, falls Bomben auf London fallen würden. Virginia und Leonard waren sich sofort einig gewesen, dort niemals Zuflucht zu suchen. »Wir lassen uns von den Faschisten nicht kleinkriegen, wir sterben lieber in unseren Betten.«

»Bist du schon einmal hier gewesen?«, fragte Angelica.

Nigel schüttelte den Kopf. »Wenn meine Mutter ihre Arbeit mit Leonard bespricht, möchte sie niemanden dabeihaben.«

»Genau wie Virginia. Wenn sie an einem Buch arbeitet, erzählt sie manchmal davon. Aber ist es einmal fertig, zählt nur noch Leonards Meinung.«

»Hast du schon einmal eins von Virginias Büchern gelesen?«, fragte Nigel.

»Ich habe es versucht, aber sie sind ziemlich schwierig. Die Bücher, die Leonard herausgibt, sind nie leicht.«

»Außer vielleicht Quentins Buch. Ich habe gerade reingelesen. Man spürt sofort, dass er Julian geliebt hat.«

»Ja …«

»Als ich ungefähr elf war, wollte mir meine Mutter ein Gedicht widmen. Ich rief: ›Mama, tu das nicht. Du weißt doch, dass ich deine Gedichte nicht begreife.‹ Sie nickte und ging ohne ein Wort in ihr Turmzimmer. Später bemerkte ich, dass sie geweint hatte. Ich habe mich noch nie so miserabel gefühlt wie damals.«

»Virginia meint, man muss nicht immer alles verstehen«, sagte Angelica. Sie erzählte von Tom Eliots Gedicht, *Das wüste Land*.

»Ich glaube, dass sie recht hat«, sagte Nigel.

»Sie meint auch, dass es nicht schlimm ist, dass ich meine Mutter nicht verstehe.«

»Ich muss dir etwas erzählen«, sagte Nigel. »Wir werden uns wahrscheinlich eine Weile nicht mehr sehen.«

Angelica sah ihn überrascht an. »Warum nicht?«

»Die Infanterie hat mich angenommen. Ich gehe zum Militär. Ich werde drei Monate in Wales ausgebildet, damit ich weiß, was zu tun ist, wenn die Deutschen kommen.«

Angelicas Bauch krampfte sich zusammen. »Wann gehst du fort?«

»Bald. Ich kann jeden Moment einberufen werden.«

»Oh. Du willst es wirklich, oder?«

»Ja. Zuerst dachte ich, ich tue es, weil ich es für meine Pflicht halte, aber jetzt glaube ich, dass ich es wirklich will.

Harold und ich haben nächtelang darüber gesprochen. Ich habe es auch meiner Mutter gesagt.«

»Wie hat sie reagiert?«

»Sie war nicht im Geringsten überrascht und sie hat gesagt, dass sie hinter mir steht.«

»Du wirst mir fehlen, hörst du?« Die Bauchschmerzen wurden schlimmer.

Nigel nahm ihre Hand in seine. »Ich komme so bald wie möglich wieder.«

»Versprichst du mir das?«

»Natürlich. Was denkst du denn?«

Schweigend starrten sie vor sich hin. Die alte Frau mit dem krummen Rücken war jetzt klatschnass, aber immer noch umringt von hungrigen Spatzen. Der Vorrat an Brotkrümeln in ihrer Tasche war unerschöpflich.

»Komm, wir gehen wieder rein«, sagte Nigel.

»Ja.«

Doch eigentlich wollte Angelica am liebsten sofort nach Hause, in ihr Zimmer, zu ihrem Hund.

Kapitel Sechzehn

Es war der 24. Dezember 1939. Wir hatten beschlossen, tagelang zu feiern. Angefangen am Weihnachtsabend und wenn es nach uns ging, den ganzen restlichen Dezember über, bis zur letzten Minute. Und es ging nach uns … noch. Aber uns war allen klar, dass es in naher Zukunft wahrscheinlich keinen Grund zum Feiern mehr geben würde. Hitlers Kriegsrhetorik wurde immer schärfer, die Bedrohung der Bombardierung Englands immer größer.

»Und deshalb lasst uns Spaß haben. Solange es noch geht«, sagte Clive. Und damit waren wir alle aus tiefstem Herzen einverstanden.

Die Gäste kamen. Tom Eliot traf als Letzter ein. Während er seinen Koffer ins Haus trug, bemerkte Angelica, dass er seltsam lächelte. So, als versuche er vergeblich, ernst zu bleiben.

Virginia und Leonard waren mit dem Auto gekommen. Sie hatten Cäsar und Nellie mitgebracht, die Grace beim Abendessen helfen sollte. Außerdem hatten sie einen Karton voller in braunes Papier eingewickelter Weihnachtsgeschenke dabei. Angelica wusste bereits, was sie kriegen würde. Obwohl sie sich selbst für zu alt hielt, auf ihre Weihnachtsgeschenke hinzufiebern, war es ihr dennoch gelungen, Virginia aus der Nase zu ziehen, was sie ihr gekauft hatte.

Clive und Leonard rauchten in Clives Arbeitszimmer. Weil mein Vater in diesen unsicheren Zeiten bei seiner Familie sein wollte, war er schon im Herbst bei uns eingezogen. Er hatte auch gerade keine Freundin in London.

Emma war in Schottland, Vita verbrachte die Feiertage mit Harold und Ben in *Sissinghurst.* Nigel war in Wales. Zeit, um sich von Angelica zu verabschieden, hatte er nicht gehabt. Die Armeeführung wartete nicht gerne.

»Wir schicken ihm eine Weihnachtskarte mit deinem Porträt. Dann weiß er, dass du an ihn denkst«, hatte Duncan gesagt.

»Das weiß er auch so«, hatte Angelica geantwortet. Aber sie hatte geduldig Modell gesessen und Harold angerufen, um Nigels Adresse herauszubekommen, in der leisen Hoffnung, er habe sich doch im letzten Moment umentschieden.

Angelica lief unruhig von Zimmer zu Zimmer. Sie wollte heute Abend mit ihrem Auftritt glänzen; jeder wollte glänzen, Tom mit seinen Gedichten, die anderen mit ihren Geschichten und Reden.

Sie schaute bei mir herein, in meinem neuen Atelier. Nach der Buchvorstellung hatte ich mich gefragt, was ich jetzt tun wollte. Ich wollte weiterschreiben, das war klar, aber ich wollte auch mit den Händen arbeiten, nicht nur mit dem Kopf. Von Clive ermutigt, hatte ich mir in Davids altem Laden eine Töpferwerkstatt eingerichtet.

Die Arbeit gefiel mir. Wenn ich töpferte, konnte ich darüber nachdenken, über was ich schreiben wollte. Das war besser, als grübelnd am Schreibtisch zu sitzen.

Wochenlang hatte ich hart gearbeitet. Die Krüge und Schalen hatten andere Formen als jene, die hier noch im Laden herumstanden. Ich hatte sie mit Mosaiken aus bunten Glasstücken verziert. Normale Töpferwaren sagten mir nichts. Meinen sollte man das Vergnügen ansehen, mit dem ich sie gemacht hatte, und meiner Ansicht nach taten sie das auch. Ich hatte alles auf langen Tischen und Wandbrettern ausgestellt.

»Wie findest du sie?«

»Großartig«, sagte Angelica.

»Sie sind für Grace«, sagte ich. Unsere Haushälterin war verrücktere Dinge gewöhnt als diese schiefen Schalen. Also nahm ich an, dass sie sich über dieses Weihnachtsgeschenk nicht weiter wundern würde.

Grace läutete die Glocke zum Tee.

Angelica und ich gingen ins Esszimmer. Tom war schon da. Er beugte sich gerade über den Tisch und fühlte sich von uns ertappt.

»Was machst du da?«, fragte ich.

»Äh, nichts. Wieso?« Rasch ging Tom zum Fenster und studierte eingehend den Garten. Es gab nur wenig zu sehen, denn alles war kahl und grau. Angelica kniff die Augen zusammen und sah Tom an. Er war irgendwie komisch. Warum nur?

In einer Zimmerecke stand der Weihnachtsbaum. Er war noch nicht geschmückt.

»Tom, da bist du ja!« Vanessa und Virginia stürmten ins Zimmer und begrüßten den Dichter.

Clive warf Holz auf das Kaminfeuer, Leonard kam herein und nahm am Tisch Platz. Er stellte sich einen Bücherkarton auf den Schoß. Cäsar kletterte ihm auf den Kopf und blickte sich missmutig um.

Grace und Nellie brachten Scones und Kuchen. Nellie schimpfte. »Andere Dienstmädchen bekommen an solchen Feiertagen frei.«

»Andere Dienstmädchen beschweren sich auch nicht ständig«, sagte Virginia.

Murrend verließ Nellie das Zimmer.

Vanessa schenkte Tee ein.

»Will jemand Zucker?«, fragte Tom. Er deutete auf die Zuckerwürfel. Niemand reagierte auf seine Frage.

Leonard teilte die Geschenke aus.

»Ist es dafür nicht noch ein bisschen früh?«, fragte Clive.

»Dies ist schließlich kein normales Weihnachtsfest«, sagte Leonard.

Clive nickte. Angelica nickte auch. Sie riss ihr Geschenk auf. Die gesammelten Theaterstücke von Shakespeare, eine schöne alte Ausgabe mit Ledereinband.

»Jede englische Schauspielerin sollte die Stücke von Shakespeare auswendig können«, hatte Virginia gesagt.

»Aber was, wenn sie mich an der Schauspielschule ablehnen?«

»Unsinn. Hexen wie wir werden nie abgelehnt.«

Angelica schlug das Buch auf. ›Für Pixerina von Witcherina‹, stand auf der ersten Seite.

»Ich liebe richtig süßen Tee«, sagte Tom. »Ihr auch?« Er nahm die Zuckerdose und blickte einladend um sich.

Cäsar grapschte sich ein Stück Würfelzucker und versteckte sich unter dem Tisch.

Clive bekam ein Buch mit Abbildungen von Holzschnitten, Duncan ein neues Skizzenbuch, das Leonard selbst gebunden hatte. Ich bekam ein Notizbuch mit marmoriertem Schutzumschlag.

»Dann weißt du ja, was zu tun ist«, sagte Virginia.

Das Weihnachtsgeschenk für Virginia und Leonard wurde aus dem Atelier geholt: ein Porträt von Virginia, die rauchend in einem Sessel auf dem Dachboden von *Charleston* saß. Vanessa hatte es gemalt.

»Dann nehme ich mir mal eben Zucker«, sagte Tom.

»Was faselst du denn die ganze Zeit von Zucker?«, fragte Vanessa.

Tom bediente sich und rührte den Tee um. Wir sahen ihm dabei zu. Er blickte in seine Tasse und rollte mit den Augen. »Was ist denn das?«, rief er. »Fische! Da treiben Fische in meinem Tee!«

Er ging um den Tisch herum und zeigte sie uns. »Wie kann das sein?«

Wir grinsten ihn mitleidig an. Angelica kannte den Jux schon. Wir alle kannten den Jux. Im Scherzartikelladen verkauften sie Würfelzucker, aus denen kleine schwarze Fische herausschwammen, wenn sich der Zucker in einem Getränk auflöste. Betreten betrachtete Tom unsere spöttischen Gesichter.

Clive stand auf und legte ihm tröstend eine Hand auf die Schulter. »Fröhliche Weihnachten, mein Freund. Willkommen in *Charleston*!«

Angelica amüsierte der nach hinten losgegangene Scherz trotzdem. »Ich muss doch immer wieder darüber lachen, Tom.«

»Da bist du aber die Einzige«, sagte er kleinlaut.

Nach dem Tee gingen wir ins Gartenzimmer hinüber, das für diesen Abend zu einem Theater umgebaut worden war. Angelica und Virginia hatten ein, natürlich von meiner Tante geschriebenes, Theaterstück einstudiert. Sie selbst mimte eine unbarmherzige Verlegerin, Angelica eine nervöse Schriftstellerin, die ihr ihr Manuskript anbieten wollte. Sie brauchte nicht vorzugeben, dass sie nervös war, sie musste nur ihre Mutter ansehen, um sofort unsicher zu werden.

Duncan saß in der ersten Reihe, die anderen hinter ihm. Duncan saß immer vorne, wenn Angelica auftrat.

»Der Nächste, bitte!«, rief Virginia. Sie saß an einem imaginären Schreibtisch und hatte sich eine Lesebrille auf die Nase gesetzt.

Angelica betrat das Büro mit zitternden Händen, in denen sie einen Stapel eng beschriebener Papierbögen voller Flecken und Streichungen hielt.

Die Verlegerin warf einen missbilligenden Blick darauf. »Was für eine Schmiererei.«

»Ich habe mich wirklich bemüht, Madam«, sagte die Schriftstellerin und setzte sich.

Die Verlegerin blickte sie über den Brillenrand hinweg an. »Habe ich Ihnen gestattet, sich zu setzen?«

Hastig erhob sich die Schriftstellerin wieder.

»So. Und worum geht es in diesem Meisterwerk?«

»Um ein Mädchen, das gerne berühmt werden will. Sie ist ein Waisenkind und …«

»Du meine Güte! Es handelt doch nicht von Ihnen selbst, darf ich hoffen?«

»Nein, ich habe mir das alles ausgedacht.«

»Aha. Und wer sind die Vorbilder? Der sentimentale Charles Dickens? Die große Virginia Woolf? Wer? Sagen Sie jetzt nicht, die fürchterliche Vita Sackville-West.« Die Verlegerin blickte verschmitzt ins Publikum.

Die Schriftstellerin wurde immer kleiner. »Mein Vorbild ist Beatrix Potter. Das Waisenmädchen ist nämlich ein armes Hündchen und …«

»Nein!«, rief die Verlegerin aus. »Nicht schon wieder so eine lachhafte Kindergeschichte!«

Die Schriftstellerin fing wieder an zu zittern und wischte sich Schweißtropfen von der Stirn. »Aber Madam, ich habe gedacht … gehofft … ich … Ach, Madam!«

Ich genoss das Schauspiel und war mehr als stolz auf meine Tante und meine Schwester. Sie waren wirklich ein tolles Duo.

Das Stück endete damit, dass Cäsar ins Büro der Verlegerin eindrang, Angelica das Manuskript aus den Händen riss, damit wegrannte und es hinter den Kulissen unter einem Stuhl zerrupfte. (Virginia hatte zerquetschte Trauben zwischen den Seiten versteckt.) Das Publikum würde nie erfahren, ob die unbarmherzige Verlegerin das Buch nicht doch herausgegeben hätte. Ein offenes Ende. Gebeugten Hauptes verließ die nervöse Schriftstellerin das Büro. Die

Verlegerin pustete seufzend eine Rauchwolke in die Luft und rief gelangweilt: »Der Nächste, bitte!« Danach schaute sie mit selbstgefälligem Blick in den Raum und nickte.

Wir klatschten und riefen »Bravo!« Erschrocken kletterte Cäsar auf Leonards Schoß.

Angelica nahm den Applaus mit einer Verbeugung entgegen, Virginia lächelte huldvoll. »Wie war ich?«, fragte Virginia, als wir zurück ins Esszimmer gingen.

»Noch strenger als Onkel Leonard«, sagte ich.

»Ein Verleger muss unbarmherzig sein«, sagte Leonard. »Wenn ihr wüsstet, was für einen Unsinn ich jede Woche zugeschickt bekomme. Jeder denkt, er könne einfach so Schriftsteller werden.«

»Schriftsteller wird man nicht, Schriftsteller ist man«, sagte Virginia. »Seht euch Quentin an. Er hat schon geschrieben, bevor er lesen konnte. Und seht mich an.«

Angelica trommelte mit den Fingern auf den Tisch. Sie wartete auf ein paar Komplimente für ihren Auftritt.

»Gab es je eine Zeit, in der du nicht Schriftstellerin werden wolltest und ich nicht Malerin?«, fragte Vanessa.

»Nicht, dass ich mich erinnern könnte«, sagte Virginia.

»Warum kann nicht alles so bleiben, wie es ist?« Vanessa war mit einem Mal bedrückt.

»Wie meinst du das?«, fragte Clive.

»Wir sind so normal geworden«, sagte Vanessa.

Ich lachte sie aus. »Was für ein Quatsch. Zum Normalsein habt ihr doch gar kein Talent.«

»Ja, das stimmt. Und doch … Niemand sieht uns mehr entrüstet hinterher. Wir schockieren nicht mehr.«

»Das denkst du«, sagte Clive.

»Heutzutage will jeder meine Gemälde kaufen.« Vanessa klang, als wäre das eine Niederlage.

»Und meine Bücher«, sagte Virginia zufrieden, »selbst mit deinen Umschlägen, Vanessa. Wir haben ziemlich viel erreicht.«

»Genau das meine ich. Früher haben sich nur wahre Liebhaber für unsere Werke interessiert, Menschen, die das, was wir gemacht haben, bewunderten. Wir haben alle ausgelacht, die unsere Arbeiten nicht verstanden haben. Nun ist es Mode, ein Gemälde von mir oder Duncan an die Wand zu hängen. Ich sehne mich danach zurück, wie es früher gewesen ist.«

»Mach dir nichts daraus«, sagte Clive. »Irgendwann wird euch die Gunst wieder entzogen werden.« Er grinste.

Duncan grinste auch. »Sie hasst es noch immer, wenn Menschen hierherkommen, weil sie neugierig auf die berühmte Vanessa Bell sind.«

»Oder auf Duncan Grant, der jedem Unbekannten die Tür öffnet«, sagte Virginia.

»Vor allem, wenn es sich bei dem Besucher um einen hübschen jungen Mann handelt«, sagte ich.

Duncan wurde rot. »Was ist denn an Gastfreundschaft verkehrt?«

»Ich will nun einmal meine Ruhe haben«, sagte Vanessa. »Ist das so schlimm?«

»Und Angelica und ich werden auch nie normal werden. Aber dagegen können wir nichts tun, das liegt an eurer Erziehung.«

»So ist es«, sagte Clive. »Ihr könnt uns wirklich dankbar sein. Die Welt wartet nämlich nicht gerade auf graue Mäuse.«

Mit Angelicas Geduld war es vorbei. »War ich etwa eine graue Maus?«

»Wann?«

Angelica schnaubte. »Eben auf der Bühne!«

»Eine graue Maus? Wie kommst du denn darauf? Du warst großartig!«, sagte Clive.

»Die beste nervöse Schriftstellerin, die ich je gesehen habe!«, sagte Leonard. Besonders von dieser letzten Bemerkung war Angelica angetan. Leonard machte nicht ohne Weiteres Komplimente. Cäsar saß inzwischen auf seiner Schulter.

Angelica sah ihre Mutter an.

»Du hast eine gute Stimme, um Gedichte vorzutragen«, sagte Tom.

»Die Theater im West End werden sich um dich reißen«, sagte Duncan.

»Ja, so ist es«, sagte Vanessa. »Und jetzt ist es Zeit für das Abendessen. Grace, du kannst auftragen!«, rief sie in Richtung Küche.

Angelica war enttäuscht. Vanessa sah sie an. »Da ist Post für dich gekommen.«

»Post?«

Vanessa gab ihr einen Brief. Auf der Rückseite stand die Adresse der Schauspielschule in London. Von der Schauspielschule? Aufgeregt riss Angelica den Umschlag auf.

Der Brief bestand nur aus einer Zeile.

Angelica, ich hoffe, rasch von dir zu hören.
Michel Saint-Denis

Angelica las den Satz noch einmal und noch einmal. Dann las sie ihn uns vor.

»Er hat mich nicht vergessen«, sagte sie.

»Warum sollte er dich vergessen?«, fragte Vanessa. »Er ist eingebildet, aber nicht dumm.«

»Er hat mich nicht vergessen! Und er möchte, dass ich zu seiner Schule komme!«

Der unerwartete Brief überraschte mich und ich hatte den Verdacht, dass sich die Erwachsenen eingemischt hatten, nur wer? Meine Mutter? Mein Vater? Virginia? Harold? Ich hielt den Mund. Vielleicht täuschte ich mich ja. Michel Saint-Denis kam mir nicht vor wie eine zweite Curty.

Grace und Nellie kamen mit vollen Schüsseln herein.

»Nellie, bring doch auch gleich den Wein mit herein«, sagte Virginia.

»Muss ich immer alles gleichzeitig tun?«, fragte Nellie wütend.

»Beruhige dich.« Clive stand auf und holte eine Flasche Bordeaux aus der Küche.

Leonard tranchierte die Gans, Clive schenkte Wein ein. Angelica hatte den Brief vor sich auf den Tisch gelegt, auf die Shakespeare-Stücke. Sie aß gierig ihren Teller leer. Eine Nachricht von der Schauspielschule! Sie sollte vorbeikommen! Einen schöneren Weihnachtsabend konnte sie sich nicht vorstellen.

Nach dem Abendessen setzten wir uns an den Kamin. Wir fertigten Scherenschnitte aus Zeitungspapier an und hängten sie an den Tannenbaum. Vanessa machte einen Scherenschnitt von Julian.

»Ich denke noch jeden Tag an ihn.« Sie hängte ihn an den Baum.

»Ich vermisse David«, sagte Duncan. Er band eine Schnur um Davids Hals und hängte ihn an einen der unteren Zweige.

Angelica knüllte ihren Schnitt zusammen und begann aufs Neue. Es sollte die Silhouette von Cäsar werden, aber das war schwerer, als sie gedacht hatte. Außerdem konnte sie es nicht lassen, immerzu nach dem Brief zu schauen.

Clive blätterte eine alte *Times* durch. »Ich habe in der Zeitung eine Besprechung deines neuen Buchs gelesen, Virginia. Da stand, dass es ein typisches Virginia-Woolf-Buch ist.«

Virginia lachte verächtlich. »Ich bezweifle, dass das ein Kompliment ist.«

Nellie kam herein. Seufzend und stöhnend stapelte sie Teller übereinander und brachte sie in die Küche. Ihre Schritte klangen, als hätte sie Holzschuhe an.

»Und ich habe in der Zeitung von einem Dienstmädchen gelesen, das frech zu ihrer Arbeitgeberin ist«, rief Virginia laut. Sie wusste, dass Nellie sie hören konnte. »Es ist nicht gut mit ihr ausgegangen.«

Aus der Küche drang Lachen. »Fröhliche Weihnachten, Mrs Woolf!«, rief Nellie.

»Fröhliche Weihnachten, Nellie!«.

Angelica schüttelte den Kopf. »Ihr seid alle beide verrückt.«

Virginia lehnte sich zu ihr herüber und flüsterte: »Was meinst du? Ist Nellie vielleicht auch eine Hexe? Eine verrückte Hexe?« Sie kicherte.

Angelica sah an ihren Augen, dass sie zu viel getrunken hatte.

»Das Theaterstück war überragend«, sagte Virginia. »Das haben wir beide gut hingekriegt.« Sie rückte noch ein Stückchen näher. »Wir waren grandios, Pixerina.«

»Du bist ein bisschen betrunken«, sagte Angelica.

»Ja, ein ganz kleines bisschen.«

»Ich habe in der Zeitung von einem Haus in Südfrankreich gelesen, das zu vermieten ist«, sagte Vanessa, während sie Lady Ottoline ausschnitt. »Wollen wir im Juni mal wieder nach Frankreich fahren und dort den ganzen Sommer über malen?«

»Das wäre wunderbar«, sagte Duncan.

»Vielleicht herrscht im Juni schon Krieg in Frankreich«, sagte Clive.

»Wir können doch Pläne schmieden«, sagte Vanessa. »Vorfreude ist schon das halbe Vergnügen.«

Sie klebte Lady Ottoline auf eine aus Zeitungspapier geformte Spitze und steckte sie oben auf den Weihnachtsbaum. »Was würden wir nur ohne Zeitungen anfangen.« Zufrieden betrachtete sie das Ergebnis. Lady Ottolines spitzes Kinn zeigte in meine Richtung.

»Ja, was würden wir nur ohne Zeitungen anfangen?«, sagte auch Leonard. Seine Stimme klang nachdenklich.

Wir sahen ihn an. »Ich habe in der Zeitung das Foto eines Berliner Juden gesehen. Er lag auf der Straße. Er ist von einer Gruppe Menschen aus einem Geschäft geworfen worden. Sie hatten ihm die Hose heruntergezogen, um zu sehen, ob er beschnitten war. Also ein Jude. Der Unglaube und die Angst in seinen Augen, die Abscheu der Leute um ihn herum … Ich werde dieses Foto niemals vergessen. Wenn Hitler in England einmarschiert und die Nazis hier an die Macht kommen, wird das auch hier passieren. Hitler hasst Juden. Er hasst Künstler. Er hasst Menschen wie uns. Hitler ist das Ende der Kultiviertheit.«

Im Zimmer wurde es still. Niemand sagte mehr einen Ton. Der Krieg war mit einem Mal beängstigend nahe.

Kapitel Siebzehn

»Quentin, meinst du, Virginia könnte in London sein?«, fragte Angelica. »Sie hat doch selbst gesagt, dass London eine Stadt ist, in der man leicht verschwinden kann. Und gerade jetzt, wo so viel von den Deutschen zerstört wurde.«

Es war ein schöner kühler Frühlingstag. Wir hatten die Jacken übergezogen und waren draußen im Garten. Ich saß mit meinem Notizbuch an einem Tisch, Angelica mir gegenüber mit Bert auf dem Schoß. Walter säte Bohnen. Die Narzissen blühten, der Blauregen nahm allmählich Farbe an, der Teich roch nach vermodertem Laub. Und wir widmeten uns wieder unserer Geschichte. Wir waren im Katastrophenjahr 1940 angekommen. Ob meine Mutter auch noch schrieb, wussten wir nicht. Darüber sprach sie mit uns noch immer nicht.

Unsere Geschichte war natürlich viel zu lang, um sie im *Memoir Club* vorlesen zu können, sie war fast so umfangreich wie mein Buch über Julian, aber wir wollten und konnten nicht einfach aufhören. Ich schrieb schon lange nicht mehr, um herauszubekommen, was genau mit Virginia nicht stimmte oder weil ich annahm, sie bald oder jemals wiederzusehen – dafür gaben meine Erinnerungen und das, was Angelica mir erzählte, nicht genug Anhaltspunkte oder Hoffnung. Ich schrieb, weil ich Angelicas Geschichte zu Ende hören und festhalten wollte. Und Angelica erzählte so ausführlich, vielleicht sogar ausführlicher, als sie selbst vorgehabt hatte, weil sie zum ersten Mal alles, was sie auf dem Herzen hatte, loswerden konnte. Ihre plötzliche Frage über Virginia überraschte mich daher ein wenig.

»Warum sollte sie in London sein?«

Angelica sah mich traurig an. »Weil ich nicht denken will, dass sie nirgends mehr ist.«

Ich legte den Stift zur Seite und massierte meine kalten Finger. Meine Handschrift drohte sonst unleserlich zu werden.

»Wenn sie in London wäre, hätte sie sich gemeldet.«

»Nicht, wenn sie denkt, bei Mama nicht willkommen zu sein …«

»Angelica!«

»Ich werde dir vom letzten Jahr erzählen«, sagte sie. »Wenn du weißt, was da Schreckliches passiert ist, wirst du endlich alles begreifen. Dann weißt du auch, weshalb Virginia meiner Meinung nach nicht mehr wiederkommen wird.«

»Ich weiß, was passiert ist. Ich war dabei.«

»Nein, Quentin«, sagte Angelica, »nicht die ganze Zeit über.«

Kapitel Achtzehn

1940 war das Jahr, in dem der Krieg nach einer langen Zeit des Bangens England tatsächlich erreichte. Im Frühjahr besetzte Hitler die Niederlande, Belgien und noch weitere Länder. Und Italien mischte sich unter Mussolini nun verstärkt in den Kampf ein. Paris wurde von den Nazis besetzt und im Sommer begann der Bombenkrieg auf London.

Fast täglich sahen wir von unserem Haus aus deutsche Kampfflugzeuge, die auf dem Weg zu unserer Hauptstadt waren. In der Zeitung lasen wir von den zerstörten Gebäuden und beschädigten Straßen, von Toten und Verletzten.

Es war unmöglich geworden, mit dem Zug nach London zu fahren. Die Gleise waren kaputt. Mit dem Auto ging es eigentlich auch nicht mehr, denn es durfte kein Benzin für Fahrten verschwendet werden, die nicht absolut notwendig waren. Leonard fuhr nur noch nach London, wenn es seine Arbeit unbedingt erforderte. Wir verließen *Charleston* kaum noch. Angelica hatte sich die Schauspielschule erst einmal aus dem Kopf geschlagen. Der Brief von Michel Saint-Denis lag in einer Schublade ihres Nachtschranks.

Manchmal fielen die Bomben sehr nah bei uns in der Gegend. Dann heulte der Luftalarm. Wir sahen Heuhaufen brennen und tiefe Krater in den Feldern. Einmal wurde ein Haus in Rodmell getroffen. Es brannte bis auf die Grundmauern ab. Die Bewohner, der Postbote und seine Familie, wurden von unseren Nachbarn aufgenommen.

Immer mehr Männer, junge und ältere, wurden aufgefordert, sich zum Kriegsdienst zu melden. Wir nicht. Weil ich als Kind an Tuberkulose gelitten hatte, ordneten die Behörden an, dass ich bei Bauern auf dem Land arbeiten und so meinen Beitrag leisten sollte.

Nigels Truppeneinheit war an die Ostküste abkommandiert worden, um sich den Deutschen entgegenzustellen, falls diese von dort aus in unser Land einfallen würden. Er hatte Angelica einen Brief geschrieben, in dem stand, dass er noch lebte und sie sich nicht sorgen solle. »Es passiert hier noch weniger als in *Sissinghurst*. Schreibe mir, ich langweile mich. Du fehlst mir.«

Angelica legte Nigels Brief zu dem von Michel Saint-Denis.

Der Transport auf Straßen und Schienen wurde immer unsicherer und dadurch schwieriger. Viele Produkte waren knapp: Lebensmittel, Rohstoffe. Für die meisten Menschen wurde der Alltag zu einer Frage des Überlebens.

Die Briten suchten Trost in Büchern. Leonard verkaufte mehr Bücher denn je, aber wirklich froh machte ihn das nicht. »Sie verkaufen sich nur so gut, weil es Bücher sind, und nicht, weil sie so gut sind«, sagte er.

Ich fand, dass es heutzutage wichtigere Dinge gab, über die man sich beschweren könnte, und das sagte ich ihm auch. Er widersprach mir nicht.

Auch Papier war allmählich kaum noch aufzutreiben. Der neue Roman von Virginia erschien in einer viel kleineren Auflage als beabsichtigt. Innerhalb weniger Tage war er ausverkauft und viele Buchhandlungen mussten enttäuscht werden. Virginia reagierte ihre Unzufriedenheit darüber ab, indem sie Nellie entließ, als diese sich wieder einmal geweigert hatte, irgendeinen Befehl auszuführen. Virginia war in Nellies Zimmer gekommen, um ihr die Leviten zu lesen, doch das Dienstmädchen hatte sie weggeschickt. »Das ist *mein* Zimmer, hier dürfen Sie nicht rein.« Die überrumpelte Virginia konnte nur ein Wort herausbringen: »Verschwinde!«

Nellie bemerkte, dass sie dieses Mal zu weit gegangen war, und sagte auf der Stelle, dass es ihr leidtäte. Sie flehte, doch bleiben zu dürfen, aber Virginia ließ sich nicht erweichen. Heulend packte Nellie ihre Sachen und fuhr zu einer Tante nach Dover.

Leonard, kein Wehrdienstverweigerer, sondern schon im Großen Krieg ausgemustert, meldete sich für die Bürgerwehr in Rodmell. Abends lief er durch die Straßen des Dorfs und starrte in den schwarzen Himmel. Vita und Harold hatten in den Zimmern von *Sissinghurst* Strohmatratzen verteilt, um Ausgebombte aufzunehmen. Ihr Auto hatten sie für den Transport von Verwundeten zur Verfügung gestellt. Duncan schloss sich einer internationalen Friedensbewegung von Künstlern an. So drang der Krieg immer tiefer in unsere Leben ein.

Virginia und Vita sahen sich in diesen Tagen nicht mehr so häufig. Alles, was Virginia dazu sagen wollte, war: »Ich bin nicht mehr die Einzige für Vita. Ist nicht schlimm, ich wusste, dass es so kommen würde. Ich liebe sie noch immer.«

Und dann wurde Bloomsbury getroffen.

Leonard, der an diesem Tag im September in *Monk's House* war, erhielt die Nachricht, dass der Platz, an dem sich das Verlagshaus befand, bombardiert worden sei. Ein Blindgänger lag direkt vor der Eingangstür, eine andere Bombe war hinter dem Gebäude explodiert. Wohnhäuser waren eingestürzt, zwei Familien, Eltern, Kinder und Personal, hatten nicht überlebt.

Das Militär hatte den Platz abgeriegelt. Niemand erhielt Zugang, selbst die Anwohner nicht. Zuerst musste die Bombe entschärft werden, aber man konnte noch nicht abschätzen, wann das geschehen würde.

Ich war in *Monk's House*, als die Nachricht eintraf, weil ich ein paar Exemplare meines Buchs abholen wollte, um sie Freunden zu schenken.

»Wir fahren sofort hin«, sagte Leonard.

»Sie werden uns nicht durchlassen«, sagte Virginia.

»Das werden wir ja sehen.«

Virginia zog den Mantel an.

»Ich komme mit«, sagte ich.

»Das ist zu gefährlich«, sagte Leonard.

»Für euch auch«, sagte ich. »Ich komme mit.«

Und so fuhr ich mit.

Der Platz war mit Gittern abgeriegelt. An jedem Gitter stand ein bewaffneter Soldat. In den umliegenden Straßen tummelten sich Menschenmengen, die zuschauten. Auf dem Platz selbst hielt sich niemand auf. Leonard stellte das Auto an einer Ecke ab. Wir stiegen aus und blickten in die Stille um uns herum.

Hinter den Häusern stieg Rauch auf. Ich dachte an die Toten, die vielleicht noch irgendwo dort lagen, und erschauderte. Ein Krankenwagen fuhr vorbei. In einer Seitenstraße stand ein Feuerwehrauto auf dem Bürgersteig. Der Schlauch war nicht ausgerollt. Löschen hatte offenbar keinen Sinn mehr. Ich hörte eine Sirene.

Leonard wollte ein Gitter beiseiteschieben, doch der Soldat hielt ihn auf. »Sie dürfen hier nicht rein. Ihr Auto darf da nicht stehen bleiben.«

»Lassen Sie uns vorbei«, sagte Leonard.

»Es tut mir leid, Mister. Die Bombe ist noch scharf. Gehen Sie.« Der Soldat war jung, jünger als ich.

Die Bombe lag keine zwei Meter von der Eingangstür des Verlags entfernt. Sie hatte den Asphalt aufgerissen.

»Wir wohnen dort«, sagte Virginia. »Wir wollen in unser Haus.«

»Das kann ich nicht erlauben, Madam.«

»Es dauert nicht lange. Wir wollen nur ein paar Sachen in Sicherheit bringen«, sagte Virginia. »Und schon sind wir wieder weg.«

Der Soldat umschloss seine Waffe krampfhaft. »Ich habe meine Befehle, Madam«. Seine Stimme klang routinemäßig.

»Ihr Hund ist noch da drin«, probierte ich es. Virginias Hund war in Rodmell.

»Es ist zu Ihrem Besten«, sagte der Soldat. »Bitte gehen Sie.«

»Ich nehme das Risiko auf mich«, sagte Leonard. »Drücken Sie ein Auge zu. Niemand wird es Ihnen verübeln.«

Auch vor einem anderen Gitter versammelten sich ein paar Leute. Sie wurden weggeschickt und gingen, ohne zu protestieren. Der Soldat, der dort stand, schaute zu uns hinüber.

»Mister, möchten Sie sterben?«, fragte der Soldat Leonard. »Junger Mann ...«, setzte Leonard an. Seine Stimme zitterte vor Wut. Ich hatte Angst, dass das hier schiefgehen könnte.

»Und was ist mit dir?«, fragte ich. »Was passiert mit dir, wenn du hier stehst und die Bombe hochgeht?«

Der junge Soldat, blass, dünn, mit einem völlig anderen Ausdruck in den Augen als Julian, als er nach Spanien ging, sah mich entgeistert an. »Ich mache hier meine Arbeit.«

Leonard knurrte. Er tobte, wie manchmal vor seinem Personal. Er drohte dem jungen Mann, dass er sich bei seinen Vorgesetzten beschweren würde. Er forderte, dass wir durchgelassen würden. Für wen er sich wohl hielt, dass er uns aufhalten könnte. Aber wir kamen keinen Schritt weiter. Die Festung war uneinnehmbar. Der Soldat hatte seine Befehle, eine Diskussion war nicht möglich. Wir konnten nichts anderes tun, als wieder nach Rodmell zu fahren.

Virginia ergriff Leonards Arm. »Komm, wir fahren nach Hause.«

Leonard beruhigte sich. Er zog Virginia an sich. »Gut, wir fahren nach Hause«, sagte er düster.

So intim hatte ich die beiden nur selten gesehen.

Der Soldat hielt mich einen Moment auf. »Und was ist *deine* Arbeit?« Es klang abfällig.

Ich brachte es nicht über mich, ihm zu sagen, dass ich Schriftsteller war. Und Pazifist.

Als wir zum Auto gingen, warfen Leonard und Virginia noch einen Blick auf den Verlag, als müssten sie wirklich ihren Hund dort drinnen zurücklassen. Der Hund war ihr Kind. Der Verlag auch.

Drei Tage später explodierte die Bombe. Leonards Sekretärin, die nicht weit von Bloomsbury wohnte, rief an und sagte weinend, dass sie hingegangen war. Es wäre verheerend.

Die Bombe war nachts losgegangen. Spontan. Vielleicht durch eine Erschütterung oder wegen einer Katze, die darauf gesprungen war. Es gab keine Todesopfer, aber die Verwüstungen waren gewaltig.

Leonard und Virginia wollten sofort nach London aufbrechen, um sich den Schaden anzusehen. Leonard rief mich an. »Kommst du mit?«

Ich fuhr mit. Natürlich.

Leonard stellte das Auto wieder an der Ecke ab. Die Gitter und die Soldaten waren verschwunden.

Ma Cartwright erwartete uns. Sie war von dem, was von dem einstmals imposanten Gebäude übrig geblieben war, völlig aus der Fassung. Mit einem Taschentuch trocknete sie sich die Tränen. Aber wir beachteten sie kaum, wir starrten hinüber zum Haus. Alle Fenster waren gesprungen, die Eingangstür weggepustet.

Dann gingen wir hinein. Die Türen hingen wie betrunkene Männer, die sich am Türrahmen festklammerten, halb aus den Angeln. Die Decken waren eingestürzt. Die Bücher, die Druckerpresse, das Archiv, alles war beschädigt.

Zu schockiert, um etwas zu sagen, gingen wir schweigend durch die Verlagsräume und stolperten dabei über Schutt und Scherben. Virginia hob ein verrußtes Buch auf. Leonard gab zu all dem keinen Kommentar ab, beschloss aber auf der Stelle, dass alles mit nach *Monk's House* musste. »In London haben wir nichts mehr verloren«, sagte er bitter.

Wir riefen in *Charleston* an und begannen, alles, was hoffnungslos beschädigt war, nach draußen zu tragen. Clive, Duncan und Angelica kamen und halfen uns. Clive hatte einen Lastwagen aufgetrieben.

»Wo ist Vanessa?«, fragte Virginia.

»Zu Hause«, sagte Duncan. »Sie traut sich nicht, das Haus alleine zu lassen. Deutsche Kampfflugzeuge waren am Himmel.«

»Die fliegen doch jeden Tag über unsere Häuser«, sagte Virginia. »Sie hätte mitkommen sollen.«

»Wir kriegen das auch ohne sie hin«, sagte ich.

Düster schweigend luden wir alles in den Lastwagen. Der früher so vornehme Verlag war nun ein trostloser Schutthaufen auf einer überdachten Pritsche.

»Mr Woolf, was machen wir jetzt?«, fragte Ma Cartwright. »Was erwartet uns?«

Er sah sie scharf an. »Die kriegen mich nicht klein, Mrs Cartwright. Glauben Sie nur nicht, dass die Nazis mich kleinkriegen. Kommen Sie mit uns nach Rodmell, arbeiten Sie weiterhin für mich. Ich würde es sehr zu schätzen wissen. In unserem Dorf ist es sicherer als hier.«

Aber Ma Cartwright hatte Kinder und Enkelkinder und die lebten in London. Sie konnte es sich nicht vorstellen, sie im Stich zu lassen.

»Sie sind noch so klein und verletzlich«, sagte sie. »Ich bringe es nicht über mein Herz, sie hier ohne ihre Oma zurückzulassen.«

Leonard blieb nichts anderes übrig, er musste ihre Entscheidung akzeptieren. »Aber wir sehen uns wieder. Verlassen Sie sich darauf.«

Nur wann?, dachte ich.

Die Sekretärin umarmte Leonard, der ihr fürsorglich auf den Rücken klopfte. Sie gab uns allen die Hand. Als sie ging, in ihrem Blümchenkleid und der zerschlissenen Regenjacke, musste Angelica daran denken, was Virginia über sie gesagt hatte: »Ein Elefant geht eleganter.«

Virginia hakte sich bei Leonard unter und ging gebückt wie eine alte Frau zum Auto.

Clive und ich stiegen in den Lastwagen und fuhren Leonard und den anderen hinterher. Ich sah durch die Rückscheibe des Autos vor uns, dass Leonard und Virginia auf der Rückbank saßen. Gott, was für ein Mitleid ich mit ihnen hatte. Ich wollte Hitler umbringen.

»Na, siehst du!«, würde Julian jetzt wohl sagen. »Wenn es darauf ankommt, bist du gar kein Pazifist. Ich hab's doch gewusst.«

Ich erzählte meinem Vater, an was ich gerade dachte. Er reagierte nicht. Ich schaute ihn an und bemerkte, dass er gar nicht zugehört hatte. Schweigend fuhren wir weiter.

In dem anderen Auto sagte Virginia: »Leonard, ich habe entsetzliche Kopfschmerzen.«

Angelica erschrak über ihre gequälte Stimme und drehte sich zu ihrer Tante um. Sie war totenbleich, wie damals in *Monk's House*, als Angelica und Nellie sie ins Bett gebracht hatten.

»Ist das ein Wunder?«, fragte Duncan.

»Gib mir ein Aspirin«, sagte Virginia.

Aber Leonard hatte kein Aspirin dabei. »Wir sind gleich zu Hause.«

Wir ließen London hinter uns und fuhren Richtung Süden. Es war eine holprige Fahrt über die von den Luftangriffen ramponierten Straßen, aber es gab keine andere Möglichkeit, nach Hause zu kommen. Virginia legte sich die Hand auf die Stirn.

Duncan sah sie durch den Rückspiegel an. »Ich fahre so vorsichtig wie möglich.«

Leonard massierte Virginia den Nacken. Es half nichts, die Kopfschmerzen wurden schlimmer.

»Warum ist Vanessa nicht mitgekommen?«, fragte Virginia. Sie atmete schnell. Sie schwitzte.

Angelica war wütend auf ihre Mutter, weil sie bestimmt gerade Grace herumkommandierte, als wäre nichts weiter geschehen. Oder sie malte. Verdammt, Virginia brauchte sie!

»Lasst uns kurz anhalten«, sagte Leonard. Duncan öffnete das Fenster und gab Clive und mir ein Zeichen.

Wir hielten am Straßenrand und stiegen aus. Ich betrachtete den Himmel. Keine Flugzeuge weit und breit. Wir gingen querfeldein zu einem Pub, setzten uns auf die Terrasse, aßen Sandwiches und tranken Tee. Der Wirt entschuldigte sich für den armseligen Brotbelag. »Es ist Krieg.«

»Uns genügt, was Sie uns gebracht haben«, sagte Virginia leise. Aber sie aß kaum etwas. Sie sah aus, als wäre sie von der Bombe vor dem Verlag getroffen worden.

An Leonards Arm ließ sie sich zum Auto zurückbringen.

Kapitel Neunzehn

»Virginia ist danach wochenlang krank gewesen«, sagte Angelica. »Sie konnte es einfach nicht verkraften, dass Mama nicht mit nach London gekommen ist.« Sie zitterte. Bert sprang von ihrem Schoß und rannte zu Walter. »Virginia hat sie gebraucht. Mehr denn je. Alles, wofür Leonard und sie all die Jahre so hart gearbeitet hatten, war zerstört. Aber Mama war schön zu Hause geblieben.«

Ich legte den Stift hin.

»Verstehst du nun?«, fragte Angelica. »Verstehst du endlich, was ich dir die ganze Zeit sagen will?«

Sie hatte mich zum Zweifeln gebracht.

Es war ein starkes Stück, was sie da andeutete. Aber so, wie sie es sah, hatte Vanessa viel zu oft nur an sich selbst gedacht und nicht an ihre Freundschaft, ihre Verbundenheit mit Virginia. Wie hätte ich empfunden, wenn sich Julian mir gegenüber so verhalten hätte? Wäre ich weggelaufen? Hätte ich Selbstmord begangen? Nein. Natürlich nicht. Aber ich war auch nicht Virginia. Kannte ich sie wirklich so gut, wie ich immer angenommen hatte?

Warum hatte ich das alles noch nie aus diesem Blickwinkel betrachtet? Hatte ich es vielleicht gar nicht sehen wollen, weil ich sowohl meine Mutter als auch Virginia bedingungslos liebte? Konnte es tatsächlich wahr sein, dass Virginia verschwunden war, weil sie sich immer wieder von Vanessa zurückgewiesen fühlte? Mir schien immer noch, dass Angelica viel zu kritisch war, aber vollkommen sicher war ich mir nicht mehr.

»Glaubst du mir jetzt, Quentin?«

»Ich weiß es nicht. Ich …«

Meine Mutter kam zu uns in den Garten. Ich fühlte mich ertappt, weil wir gerade ziemlich unfreundlich über sie gesprochen hatten. Bert lief schwanzwedelnd auf sie zu, aber sie ignorierte ihn. Walter hob die Hand. »Mrs Bell!« Sie ignorierte auch ihn.

»Kommt ins Haus«, sagte sie. »Ich möchte euch meine Geschichte über Virginia vorlesen. Ihr habt ein Recht zu erfahren, wie alles zusammenhängt.«

Angelica und ich sahen erst sie an, dann uns. Hatte sie etwa gehört, über was wir uns gerade unterhalten hatten? War sie deshalb in den Garten gekommen? Ohne ein Wort zu fragen, folgten wir ihr ins Arbeitszimmer.

Clive und Duncan erwarteten uns schon. Clive stand Pfeife rauchend am Kamin, Duncan am Fenster. Um den viereckigen Tisch, dessen Tischplatte Intarsienarbeiten von Duncan zierten, Porzellankacheln mit Kreisen, Tupfen und Kringeln, standen fünf Stühle. Anscheinend hatten sie diese Zusammenkunft zu dritt vorbereitet. Duncan zog sich die Hose hoch.

»Der *Memoir Club*«, sagte ich zu Angelica.

»Genau«, sagte Clive, »der *Memoir Club.* Aber heute wird nur Vanessa lesen.«

»Warum gerade jetzt?«, fragte ich. »Aus heiterem Himmel?«

»Weil jetzt der richtige Moment ist«, sagte Clive.

»Gibt es Neuigkeiten über Virginia?«, fragte ich.

»Wollen wir nicht warten, bis Leonard da ist?«, fragte Angelica.

»Leonard kommt nicht.«

Duncan zündete sich eine Zigarette an.

»Und was ist mit unserer Geschichte?«, fragte Angelica. »Quentin und ich sind noch nicht ganz fertig.«

»Die hören wir uns ein anderes Mal an.« Vanessa klang nervös.

Wir setzten uns. Auf dem Tisch lag das Buch mit dem marmorierten festen Einband, in das meine Mutter immer ihre Geschichten für den *Memoir Club* schrieb und Notizen und Skizzen für ihre Gemälde machte. Sie zog es zu sich heran und schlug es auf. Ich erkannte ihre anmutige Handschrift sofort, die Handschrift einer Malerin. Kaum ein Wort war durchgestrichen. Ich hatte von Virginia gelernt, dass Streichungen unnötig sind, wenn man nachdenkt, bevor man etwas aufschreibt. Virginias eigene Manuskripte wimmelten von gestrichenen Sätzen. »Weil ich schneller schreibe als ich denke«, hatte sie mir einmal anvertraut. »Das hat man davon, wenn ein Buch seinen eigenen Willen hat. Meine Bücher haben immer ihren eigenen Willen, deshalb gibt es auch so viele verschiedene Versionen, bevor ich zufrieden bin.«

Meine Mutter schrieb, wie sie malte, langsam und besonnen.

Grace brachte Tee und schloss die Tür hinter sich, als sie das Zimmer verließ. Bert legte sich auf den verschlissenen

Teppich am Kamin. Er hob kurz den Kopf, seufzte und schlief ein.

Meine Mutter sah Angelica und mich an. »Wenn Virginia krank war, sagte sie immer, dass ihr nichts fehle. Deshalb haben wir ihr versprechen müssen, euch nicht einzuweihen. Ihr hättet euch nur gesorgt und warum sich Sorgen machen, wenn ihr nichts fehlte? Was aber viel wichtiger ist: Sie wollte euch nicht enttäuschen. Sie wollte die starke, fröhliche Tante sein, auf die ihr bauen und der ihr vertrauen konntet. Und das ist sie auch gewesen: eine großartige Tante. Aber jetzt ist es Zeit, dass ihr die Wahrheit erfahrt.«

Ich zappelte auf meinem Stuhl hin und her, nervös wegen dem, was jetzt kommen würde. Angelica stieß mich an.

»Du sprichst in der Vergangenheit«, sagte ich.

»Ja«, sagte meine Mutter. »Meine Geschichte spielt in der Vergangenheit.« Sie setzte ihre Lesebrille auf.

»Ich kann mich an keinen Tag erinnern, an dem Virginia nicht Schriftstellerin werden wollte und ich nicht Malerin. So haben Virginia und ich immer angefangen, wenn wir von früher sprachen, und deshalb beginne ich diese Geschichte nun auch mit diesen Worten.

Wie es bei uns zu Hause zugegangen ist, brauche ich euch nicht zu erklären. Ihr wisst ja, dass mein Vater von uns und vor allem von mir verlangt hat, dass wir die ›Engel im Haus‹ sein sollten, wie seine Frau und fast alle englischen Frauen in jener Zeit.

Was haben wir uns eingesperrt und unterdrückt gefühlt! Wir waren nur glücklich, wenn wir zusammen waren, Virginia mit ihrem Stift und ich mit meinen Bleistiften.

Wir sehnten uns nach Licht und Luft in einem Haus, in dem die Zeit seit dreißig Jahren stillgestanden hat, während draußen alles einfach weitergegangen war. Es war nicht das Haus eines Vaters, sondern das eines Großvaters. Wir wollten modern sein, modern leben, aber mein Vater gestattete das nicht.«

»Virginia hat mir das oft erzählt«, sagte Angelica. »Sie …«

»Tu das nicht«, sagte Clive. »Unterbrich sie nicht. Warte, bis die Geschichte fertig erzählt ist.«

»Entschuldigung.«

»Macht nichts«, sagte Vanessa und las weiter.

»Als mein Vater gestorben ist, fühlte ich mich wie befreit. Virginia nicht. Sie hat ihn, glaube ich, mehr geliebt als ich. Sie fühlte sich zum zweiten Mal in kurzer Zeit im Stich gelassen. Erst Thoby, dann Vater. ›Nun habe ich nur noch dich‹, hat sie zu mir gesagt. Sie wurde krank, lag wochenlang im Bett, deprimiert und apathisch. Wenn ich an ihrem Bett saß, ihr vorlas oder einfach nur bei ihr war, ergriff sie meine Hand und ich musste ihr versprechen, dass ich sie nicht auch noch verlassen würde.

›Natürlich nicht. Sei nicht so dumm.‹

›Versprich es mir‹, drängte sie. Ich betrachtete sie und bemerkte, wie groß ihre Angst war, so groß, dass es mich beunruhigte. Das waren die ersten Anzeichen. Ich umarmte sie, sie hielt mich fest und ließ mich nie wieder los …

Aber sie erholte sich, wir gingen aus und vergnügten uns. Wir malten und schrieben, wir tanzten und reisten und flirteten mit Männern, die gerne unsere Verlobten sein wollten. Clive hatte mich gebeten, seine Frau zu werden, aber ich habe mich erst kurz vor der Hochzeit getraut, Virginia davon zu erzählen. Sie reagierte so, wie ich es befürchtet hatte, und sagte bitter, dass sie nun selbst mich nicht mehr hätte. Das war selbstverständlich Unsinn, aber es gelang mir nicht, sie davon zu überzeugen, dass sich zwischen uns nicht das Geringste ändern würde.

Clive und ich heirateten, natürlich taten wir das, ich hatte ein Recht auf ein eigenes Leben, aber ich wurde erst glücklich, als Virginia mir erzählte, dass Leonard sie heiraten wollte und sie eingewilligt hatte. Nun war ich nicht mehr die Einzige, auf die sie sich würde stützen können. Wie es dazu gekommen ist, ist eigentlich eine schöne Anekdote. Leonard hatte zu ihr gesagt: ›Ich bin egoistisch, eifersüchtig, grausam, ein Lügner und wahrscheinlich noch Schlimmeres als das. Möchtest du so jemanden zum Mann?‹ Virginia fand das hinreißend. Sie sagte zu mir: ›Ich heirate einen Juden, der keinen Heller besitzt.‹ Sie war so glücklich und ich freute mich für sie.

Virginia und Leonard zogen nach Rodmell, ich blieb in London. Wir sahen uns in jener Zeit nicht mehr so häufig, aber wir schickten uns jeden Tag Briefe, in denen wir schrieben, was wir taten, dachten und fühlten. Für mich waren wir uns damals näher als jemals zuvor.

Clive und ich hatten beschlossen, nicht zusammen zu wohnen. Wir wollten einander Freiheit lassen. Na ja, eigentlich hatte ich das beschlossen, aber Clive willigte ein. Mit Duncan zusammen zu sein, war anders. Er hatte seine

Freunde, seine Abenteuer, sein eigenes Leben. Ich glaube, deshalb bat ich ihn, bei mir einzuziehen. Er würde mich nie ganz für sich beanspruchen. Ich hatte Duncan, Julian, Quentin und meine Arbeit. Ich war zufrieden.

Und dann kamst du, Angelica. Eine Tochter! Was für eine Freude, nach zwei Jungen endlich ein Mädchen. Virginia strahlte vor Freude. Sie war so glücklich, als hätte sie das Kind bekommen, nicht ich. Wochenlang wechselten wir Briefe, in denen wir überlegten, welchen Namen wir, Virginia und ich, dir geben würden. Ich weiß nicht einmal mehr, wer schließlich auf den Namen Angelica gekommen ist.

Doch durch deine Geburt musste ich auch wieder viel an früher denken, an die Zeit, in der Virginia und ich Kinder gewesen waren. Du solltest nicht so aufwachsen wie wir, mit erstickenden Regeln, aus denen du ausbrechen wollen würdest. Ich entschied, dir die Freiheit zu geben, nach der ich mich früher so sehr gesehnt hatte. Wenn du dich später dazu entschließen solltest, ein ›Engel im Haus‹ zu werden, dann nur, weil du es selbst so wolltest und nicht, weil es von dir erwartet wurde.«

Ich warf meiner Schwester einen Blick zu, konnte an ihrem Gesicht aber nicht ablesen, was in ihr vorging. Meine Mutter las weiter.

»Virginia kam, so oft sie konnte, nach London, um Angelica zu herzen, sich in alles einzumischen und so zu tun, als wüsste sie alles über Babys. Sie nahm mich mit in die Nachtklubs, wo wir Foxtrott tanzten und über unsere Bekannten herzogen. Ich malte und Virginia schrieb, und wir wussten, wir wurden immer besser in unserer Arbeit.«

Meine Mutter räusperte sich und blickte von ihrem Buch auf. »Ich brauche etwas zu trinken.«

Ich holte ein Glas Wasser.

»Eines Tages rief Leonard mich an. Virginia lag im Bett, sie wollte, dass ich komme.

›Ich wünschte, ich würde nicht diese Stimmen hören‹, sagte sie zu mir.

›Welche Stimmen?‹

›Die Stimmen, die dafür sorgen, dass ich mich so erbärmlich fühle.‹

›Da sind keine Stimmen‹, sagte ich.

›Doch, sie sind da. Leonard behauptet, dass er sie nicht hört, aber sie sind da. Sie sagen, dass ihr von mir genug habt.‹

Da erkannte ich, dass Virginia krank war, ernsthaft krank. Wieder musste ich ihr versprechen, dass ich sie niemals verlassen würde. Und wieder erholte sie sich nach ein paar Tagen. Sie war ausgelassen und energiegeladen und voller Pläne für den Verlag, den Leonard und sie gegründet hatten.

Duncan und ich hatten von London die Nase voll, wo es immer hektischer, chaotischer und lauter zuging. Wir sehnten uns nach Ruhe und Stille und einem Atelier, dessen Tür zum Garten wir öffnen konnten, damit Licht, Luft und die Farben eines Gartens voller Blumen hineinströmen konnten. Wir suchten einen Ort, wo ihr barfuß durchs Gras rennen konntet, ein Haus, das groß genug wäre, um Freunde zu empfangen, mit Gästezimmern und einem riesigen Esstisch.

Virginia ermunterte uns, nach Sussex zu ziehen, weil sie es selbst so herrlich hier fand. Sie machte sich auf die Suche nach einem Haus in ihrer Nähe. So landeten wir in *Charleston*.

›Wie schön, dass du jetzt nicht mehr so weit weg wohnst‹, sagte sie zu mir.

Wenn Virginia zu uns kam, seid ihr um sie herumgetanzt, weil sie so eine fantastische Tante war, eine Hexe, eine Lehrmeisterin, eine geistreiche Schauspielerin. Manchmal, wenn ich mit ihr reden wollte, sagte sie zu mir: ›Jetzt nicht, Vanessa. Du siehst doch, dass ich mich gerade mit den Kindern unterhalte.‹ Das war die Tante, die Virginia für euch sein wollte.

Und dann, plötzlich, war sie wieder still und trübsinnig und ich musste wieder hinüber zu *Monk's House*, um nach ihr zu sehen. Wenn ich dann bei ihr saß, tat sie immer öfter so, als fehle ihr gar nichts. ›Du machst dir umsonst Sorgen‹, sagte sie dann. ›Ich habe mich nur ein wenig angestellt. Ich mag es, wenn du bei mir bist.‹ Ich wusste, sie log, denn sie war blass und fürchtete sich vor irgendetwas. Das konnte ich ihren Augen ansehen. Sie kroch zu mir wie ein Haustier, das gestreichelt werden möchte. Aber ich beließ es dabei.«

Sie trank einen Schluck Wasser. Niemand sagte ein Wort. Duncan steckte sich eine Zigarette an. Bert knurrte im Schlaf. Eine Vorderpfote zuckte. Er träumte.

»In dieser Zeit fing ich an, mich manchmal nach Tagen ohne Virginia zu sehnen. Clive kam immer nur nach *Charleston*, wenn ich es gestattete. Duncan hatte seine

Freunde. Die Jungs fanden es nur lästig, wenn ich mich zu viel um sie kümmerte. Angelica hatte ihren Garten und ihre Fantasiefreunde. Nur Virginia wollte *immerzu* etwas von mir. Wenn es ein Fest gab, gingen wir gemeinsam hin, spielten wir Theater, dachte sie sich die Rollen aus und ich musste die Kostüme entwerfen. Fühlte sie sich nicht wohl, musste ich an ihrem Bett sitzen, auch wenn ihr angeblich nichts fehlte. Nur ich allein durfte die Einbände für ihre Romane gestalten, als könnten selbst ihre Bücher nicht ohne mich auskommen. Und wenn sie nicht in meiner Nähe war, war sie trotzdem bei mir, weil ich mich die ganze Zeit, jeden Tag aufs Neue fragte, wie es ihr wohl ging. Vielleicht hätte ich mich darüber freuen sollen, als Vita auftauchte. Aber das gelang mir nicht, nicht wirklich. Ich befürchtete nur, dass Virginia verletzt werden könnte. Vita ist anders als ich.

Ich liebe meine Schwester mehr als irgendjemand sonst, aber manchmal brauchte ich Luft. Dann fühlte sich das alles so an, als müsste ich einen Sack Äpfel von London nach Lewes schleppen. Mit jedem Schritt schien die Last schwerer zu werden. Manchmal muss man den Sack kurz abstellen, um zu verschnaufen, sonst hält man nicht durch.

Seid nicht böse, dass ich euch davon nicht schon viel früher erzählt habe.

Ich erinnere mich noch gut an das eine Mal, als Leonard und ich Virginia ins Bett gebracht hatten, weil sie nicht mehr auf den Beinen stehen konnte, so schlapp war sie. Sie sagte: ›Wenn ich euch nicht hätte, würden die Stimmen in meinem Kopf vielleicht noch die Oberhand gewinnen.‹

›Was sind das nur für Stimmen?‹, fragte ich.

›Ich glaube, ich werde langsam wahnsinnig‹, sagte sie. ›Lasst mich bitte mit diesen Stimmen nicht alleine.‹

›Nein, natürlich nicht‹, sagte Leonard.

Plötzlich richtete sie sich auf. ›Sagt nichts zu den Kindern.‹ Sie bat uns, nein, sie forderte von uns, dass wir euch erzählen sollten, sie hätte Grippe oder Kopfschmerzen, weil sie gerade ein Buch vollendet hatte. Sie war Witcherina, die Oberhexe, und Oberhexen dürften nicht schwach und verletzlich sein. Sie war die große Virginia Woolf, die den jungen, unsicheren Schriftsteller Quentin in ihre Obhut genommen hatte. Sie hatte Angst, euch zu enttäuschen.

Leonard brachte sie zu einem Arzt nach Brighton, der sie ins Krankenhaus einwies, um sie zu untersuchen. Euch sagten wir, wie verabredet, dass sie eine böse Grippe hätte.

Virginia war krank, meine Lieblinge, krank im Kopf. Ich hatte keine drei Kinder, ich hatte vier. Und es gab Momente, in denen ich alle Kinder loswerden wollte.

Ich fand es herrlich, ab und zu ein paar Tage ungestört in meinem Atelier zu sein oder durch Compton Wood spazieren zu gehen, oder noch besser, mich ein paar Wochen im Ausland aufzuhalten, ohne Virginia, ohne euch. Sie fehlte mir, wenn ich fort war, natürlich fehlte sie mir, und ich sehnte mich nach euch, aber es war trotzdem wunderbar, einmal nicht die ältere Schwester zu sein, oder Vater und Mutter gleichzeitig. Ich konnte einfach mal nur an mich selbst denken und an meine Arbeit.«

Vanessa blickte auf und schob das Buch von sich. »Mehr habe ich nicht. Die Geschichte ist noch nicht fertig, aber weiter bin ich nicht gekommen.« Sie legte die Brille auf den Tisch.

Angelica und ich blinzelten, als hätten wir mit einer kleinen Leselampe im Dunkel gesessen und jemand hätte plötzlich grelles Licht angemacht. Wir waren still, versuchten zu begreifen, was meine Mutter gerade vorgelesen hatte. Es war viel …

»Wie ging es weiter?«, fragte ich.

»Virginia hatte in den letzten Jahren immer häufiger Kopfschmerzen oder Grippe«, sagte Angelica. »Ich habe sie auch einmal ins Bett gebracht.«

»Sie hörte immer öfter Stimmen im Kopf«, sagte Vanessa. »Stimmen, die ihr einflüsterten, dass alle sie verlassen würden, dass sich die Leser von ihr abwenden würden und dass sie einsam und verrückt werden würde, verrückt vor Einsamkeit. Was wir auch versuchten, wir konnten ihr nicht helfen. Leonard nicht, ich nicht, die Ärzte nicht. Sie wollte auf uns hören, ich glaube, sie tat wirklich ihr Bestes, aber es gelang ihr nicht. Die Stimmen ließen es nicht zu. Und je schlechter es um sie stand, desto hartnäckiger probierte sie uns weiszumachen, dass ihr nichts fehlte, als würden die Stimmen vielleicht von selbst verschwinden. Sie drohte, dass sie uns nie wiedersehen wolle, wenn wir euch einweihen würden.«

Duncan stellte sich hinter meine Mutter und legte ihr die Hände auf die Schultern. Sie drückte den Kopf an seine Brust.

»Stimmen im Kopf«, sagte ich. »Ich kann mir nicht vorstellen, wie das sein muss.«

»Niemand kann sich das vorstellen«, sagte Vanessa. »Ich auch nicht. Ich konnte nur versuchen, für sie da zu sein, wenn sie mich brauchte.«

Bert war aufgewacht und setzte sich winselnd zu Angelica. Er wollte nach draußen.

»Vielleicht war es falsch, ab und zu eine Pause von ihr zu wollen«, sagte Vanessa.

»Es war nicht falsch«, sagte Clive. »Es war der einzige Weg.«

»Ja, jedenfalls für mich. Ich konnte nicht anders.«

Ich betrachtete meine Mutter. Wie zerbrechlich sie aussah. Ich hatte sie nur ein einziges Mal so erlebt: als Julian gestorben war. Mir wurde bewusst, wie schwer es ihr gefallen sein musste, diese Geschichte aufzuschreiben, so ehrlich, so ungewohnt offen.

»Versteht ihr jetzt, weshalb wir nie etwas gesagt haben?«, fragte sie. »Es hätte meiner kleinen Schwester so viel Kummer bereitet.«

»Und wieso hast du dein Versprechen jetzt gebrochen?«, fragte Angelica. Sie streichelte Bert grob und nervös.

Meine Mutter antwortete nicht.

»Wir wissen, wo Virginia ist«, sagte Duncan.

Ich sprang auf. »Was?« Einen kurzen Moment dachte ich … Nein. Wie dumm von mir. Ich setzte mich wieder.

»Ich meine …«, stotterte Duncan. Er rang nach Worten.

»Spielende Kinder haben ihren Leichnam gefunden«, sagte meine Mutter. »Sie hat im Fluss getrieben, ganz in der Nähe, wo ihr Spazierstock gefunden wurde. Virginia ist tot. Sie hat sich ertränkt.« Sie atmete tief ein, als würde sie unter Atemnot leiden, und ergriff Duncans Hände.

»Aber wir haben doch den ganzen Fluss abgesucht!«, sagte ich. »Leonard hat sich dort fast jeden Tag umgeschaut.«

»Sie hat sich die Manteltaschen mit Steinen vollgestopft«, sagte Duncan. »Deshalb hat es so lange gedauert, bis sie ... na ja, bis ihre Leiche wieder nach oben getrieben ist.«

»Wo ist sie jetzt?«, fragte ich und kam mir sofort lächerlich vor. Das war doch egal. Sie war tot.

»Die Polizei hat sie ins Krankenhaus nach Brighton gebracht«, sagte Clive. »Leonard ist hingefahren, um sie zu identifizieren. Er hat mich gerade angerufen. Virginia ist die Tote.«

»›Die Stimmen haben gewonnen‹«, sagte meine Mutter. »Das steht in ihrem Abschiedsbrief.«

Virginia. Tante Virginia ...

»Dürfen wir sie sehen?«, fragte Angelica.

»Sie hat drei Wochen im Wasser gelegen«, sagte Vanessa. »Keiner von uns darf zu ihr. Selbst ich nicht. Leonard möchte nicht, dass wir sie so sehen.«

Bert winselte wieder. Er stieß seinen Kopf gegen Angelicas Bein.

»Lass ihn kurz in den Garten«, sagte meine Mutter.

Angelica stand auf. Ich begleitete sie.

Durch das Fenster beobachteten wir meine Eltern und Duncan. Sie saßen am Tisch und starrten vor sich hin.

Ich hatte es geahnt. Schon als meine Mutter begonnen hatte, in der Vergangenheit zu sprechen, hatte ich es geahnt. Nein, ich hatte es schon viel früher gewusst.

Warum starben die Menschen, die ich liebte?

~

Virginia wurde in Brighton eingeäschert. Nur Leonard war dabei anwesend. Erst als er wieder in *Monk's House* angekommen war, mit ihrer Asche in einer grauen Urne, durften wir vorbeikommen.

Mir fiel auf, wie dünn Leonard geworden war. Ohne Jacke saß er auf einem Schemel im Haus. Die Urne stand neben ihm auf einem Beistelltisch. Ich hatte noch nie eine graue Urne gesehen. Ich hatte überhaupt noch nie eine Urne gesehen.

Cäsar saß auf Leonards Schulter.

Vita war ebenfalls gekommen. Sie war in Virginias Zimmer und kam nach draußen, als sie uns hörte. Sie streckte die Hand aus. Meine Mutter umschloss sie mit beiden Händen. Ich fand das eine warmherzige Geste.

»Schön, dass du da bist. Neben der Familie bist du diejenige, die sie am meisten geliebt hat«, sagte Vanessa.

Vita betrachtete die Urne. »Vielen Dank für deine lieben Worte.«

»Es ist die Wahrheit.«

»Ich liebe sie auch«, sagte Vita. »Mehr als sich irgendjemand vorstellen kann.«

»Das weiß ich«, sagte meine Mutter.

Leonard stand auf und hob die Urne hoch. »Lasst uns gehen.« Cäsar klammerte sich an seinen Arm wie eine Klette an eine Wolljacke.

Ich glaube, dass dies der Trauerzug war, den Virginia sich gewünscht hätte: Leonard und Vita, meine Eltern, Duncan, Angelica und ich. Sonst niemand.

Plötzlich fragte Angelica: »Weiß Nellie Bescheid?«

»Nellie?« Leonard schaute sie an, als hätte er den Namen noch nie gehört.

»Nellie, euer altes Dienstmädchen«, sagte Angelica.

»Es hat in allen Zeitungen gestanden«, sagte Leonard.

Ich konnte mir nicht vorstellen, dass Nellie Zeitung las.

Wir gingen in den kühlen Aprilgarten, an den Rosen vorbei, den blühenden Narzissen, den Apfelbäumen, dem Schreibhaus, hinüber zum Teich mit den beiden Ulmen.

Die Urne wurde zwischen den Wurzeln von ›Virginia‹ bestattet. Cäsar kletterte auf den Baum und beobachtete uns neugierig.

Drei Flugzeuge flogen vorüber. Ich blickte in den Himmel. Es waren patrouillierende Briten. Wir warteten, bis sie weg waren. Wir schauten auf die Urne im Loch. Bis auf die singende Amsel im Flieder beim Schreibhaus war kein einziges Geräusch zu hören.

»Sie hat sich so sehr nach Stille in ihrem Kopf gesehnt«, sagte Leonard. »Ein stillerer Ort als dieser ist mir nicht eingefallen.«

»Er ist vollkommen«, sagte meine Mutter.

»Später möchte ich neben ihr liegen. Vergesst das nicht. Ich will neben ihr liegen.«

Angelica schluchzte. Ich auch. Meine Tante Virginia …

Wir verließen das Grab und gingen zurück. Leonard sagte, er wäre nun lieber alleine.

Wir verabschiedeten uns. Vita bat ihn, noch einen Moment bleiben zu dürfen. Leonard nickte.

»Komm heute Abend zu uns«, sagte Vanessa zu ihm, bevor wir ins Auto stiegen. »Ich glaube, du hast seit Wochen nichts Anständiges mehr gegessen.«

»In ein paar Tagen vielleicht«, sagte Leonard. Er hatte Cäsar im Arm. »Heute noch nicht.«

»Aber Leonard, ich … in Ordnung … du weißt, wir sind für dich da.«

Ich bemerkte, dass sie Vita kurz ansah. Sie hatte wieder den Blick in ihren Augen, den ich so gut von ihr kannte, wenn es um Vita ging. Dann brachen wir auf.

Zu Hause brannte im Esszimmer das Kaminfeuer. Wir setzten uns und blieben beisammen. Clive schenkte Wein ein. Alle außer Angelica fingen vor lauter Nervosität zu rauchen an. Grace war nach Hause gegangen. Meine Mutter hatte ihr gesagt, sie bräuchte erst morgen wiederzukommen.

»Ich bin so froh, dass ich euch meine Geschichte vorgelesen habe, bevor … vor heute. Ich hätte es nicht ertragen, noch länger zu schweigen.«

»Mama«, sagte Angelica, »ich habe über deine Geschichte nachgedacht. Sie handelt von dir und Virginia, aber auch von mir. Darf ich etwas dazu sagen?«

»Natürlich darfst du das.«

»Ich …« Angelica schwieg nachdenklich, als wollte sie erst die richtigen Worte finden. »Weißt du, dass ich früher manchmal gedacht habe, dass ich dir völlig egal bin?«

Vanessa runzelte die Stirn. »Wie kommst du denn darauf? Weil ich dir immer deine Freiheit gelassen habe?« Sie klang, als wäre dies ein völlig neuer Gedanke für sie.

»Du hast viel mehr als mir meine Freiheit gelassen. Manchmal hast du mich wochenlang nicht angesehen.«

Meine Mutter sah nachdenklich aus. »Ist das so?«

»Na und ob«, sagte Duncan. »Und wenn ich dann zu dir gesagt habe: ›Vergiss nicht, dass du auch noch eine Tochter hast‹, bist du mürrisch geworden und hast gesagt: ›Lass das arme Kind doch in Ruhe. Sie tut, was sie will.‹«

»Wieso hast du mir das früher nie gesagt?«

Angelica zögerte. »Ich weiß es nicht. Du bist niemand, mit dem man so spricht.«

»Wirklich? Die Jungs haben sich mit mir nie schwergetan. Die haben mir immer direkt ins Gesicht gesagt, was sie von mir hielten.«

»Aber ich bin nicht Quentin oder Julian. Ich bin ein Mädchen, aber nicht das Mädchen, das du einmal gewesen bist.«

Vanessa drehte sich eine Zigarette. Tabakkrümel fielen zu Boden. »Bin ich eine schlechte Mutter?«

»Nein«, sagte Angelica, »aber eine recht komplizierte.«

»Ja, das finde ich auch«, sagte ich, in der Hoffnung, einen lockeren Scherz zu machen.

»Aber verstehst du es denn jetzt?«, fragte Vanessa. »Ich habe immer nur gewollt, dass du glücklich bist und dass du selbst entscheiden kannst, ob du nun Malerin oder Schauspielerin oder Musikerin werden möchtest.«

»Es gibt noch andere Berufe«, sagte Angelica. »Vielleicht möchte ich ja Köchin oder Haushälterin werden, wie Grace, in einem großen Haus mit netten Menschen und vielen Kindern.«

»Köchin?« Vanessa verschluckte sich am Zigarettenrauch. »Wieso solltest du in Himmelsnamen Köchin werden wollen?«

»Vielleicht macht es mich glücklich.«

»Wie kann man glücklich sein, wenn man im Dienst eines anderen arbeitet? Köchin!«

Ich musste unwillkürlich lachen. Ja, so kannte ich meine Mutter. Angelicas Freiheit hatte natürlich ihre Grenzen.

»Mama!«, sagte ich strafend.

»Köchin!«, sagte meine Mutter noch einmal. Da gab es keine Zugeständnisse. »Du wirst keine Köchin, verstanden? Ich verbiete es dir. Du wirst Schauspielerin. Darauf habe ich mich schon seit Jahren gefreut. Du wirst Schauspielerin.«

»Mama!«, rief Angelica aus. »Na endlich!«

Überrascht blickte Vanessa sie an. »Was, na endlich?«

»Ich werde keine Köchin, Mama, versprochen. Ja, das verspreche ich dir. Wenn du das nicht willst, lasse ich es bleiben.« Angelica strahlte, als hätte sie gerade ein Geschenk bekommen. »Hast du dich wirklich darauf gefreut?«

»Worauf?«, fragte Vanessa.

»Dass ich Schauspielerin werde?«

»Natürlich. Das weißt du doch? Du weißt, wie sehr ich es genieße, dir beim Theaterspiel zuzusehen?«

Angelica stöhnte auf. »Nein, Mama, das weiß ich nicht.«

Meine Mutter machte große Augen. »Wirklich nicht?«

»Nein.«

Angelica lief zu ihr. Vanessa stand auf. Sie standen sich gegenüber, so wie Nigel und Angelica sich einmal unbeholfen gegenübergestanden hatten, nicht wissend, was zu tun war, weil sie es nie von ihren Eltern gelernt hatten.

Ich sah Angelica die Sehnsucht an. Ihre Hände, die Arme, der ganze Körper schrie: Nimm mich in den Arm, Mama.

»Mama …«, sagte sie.

Vanessa rührte sich nicht. Wir starrten sie alle an. Ich sah die Unruhe in ihren Augen.

Tu es!, dachte ich. Nimm sie in die Arme!

Sie tat es nicht.

»Mama … «, sagte Angelica, »Mama, es ist so schrecklich, dass Virginia tot ist.«

»Ich weiß, Liebes. Ich weiß. Es ist für uns alle schrecklich.«

Zärtlich strich sie über Angelicas Arm.

Aber sie umarmte sie nicht. Sie tat es nicht. Sie konnte es nicht.

NACHWORT

Im Frühjahr 2010 erschien in den Niederlanden *Brüder für immer* (auf Deutsch 2016), ein Roman, in dem der junge Schriftsteller Quentin Bell über die schillernde Welt erzählt, in der er aufgewachsen ist. Eine Gemeinschaft aus Schriftstellern, Malern und Kunstliebhabern, Menschen, die ihren völlig eigenen Weg gegangen sind und sich nicht dafür interessierten, was die Leute von ihnen dachten oder wollten.

Die Protagonisten in *Brüder für immer* haben wirklich existiert und sind als Bloomsbury Group in die Geschichte eingegangen, ein bunter Haufen von Künstlern im England des frühen 20. Jahrhunderts. Ihren Namen liehen sie sich vom Londoner Stadtteil Bloomsbury, in dem viele dieser Künstler gelebt und gearbeitet haben.

Das Buch fand zu meiner großen Freude seinen Weg zu zahlreichen Lesern. Ich hielt Vorträge, wurde interviewt und gab Lesungen. Und je öfter ich über den Roman redete, umso klarer wurde mir, dass ich mit diesen Menschen noch nicht fertig war. Es gab noch das eine oder andere zu erzählen.

Der echte Quentin Bell empfand das Umfeld, in dem er aufwuchs, als Paradies auf Erden und das sollte ein Leben lang so bleiben. Er wurde Schriftsteller und bildender Künstler. Außerdem hat er eine liebevolle Biografie über Virginia Woolf verfasst sowie einige Bücher über *Charleston*, das inspirierende Haus, in dem er gewohnt hat. *Brüder für immer* konnte also nur ein Buch werden, das den Leser dazu bringt, davon zu träumen, selbst Teil dieser wunderbaren Welt der Bloomsbury Group zu sein.

Aber das ist nur die eine Seite der Geschichte. Quentins Seite.

Seine jüngere Schwester Angelica hatte eine ganz andere Sichtweise auf die Welt ihrer Jugend. Für sie war es lange nicht so einfach, ihren eigenen Weg zu finden, inmitten all dieser kreativen, erfolgreichen Erwachsenen. Sie empfand ihr Umfeld oftmals als einengend und sie fürchtete ständig, dass sie dem, was von ihr erwartet wurde, nicht gerecht werden würde. Sie hatte ein schwieriges Verhältnis zu ihrer Mutter und hat ein ziemlich bitteres Buch über ihre Jugend geschrieben: *Freundliche Täuschungen*.

Um ein Beispiel zu geben: Die echte Angelica ist unter anderem Schauspielerin und Malerin geworden. Sie reiste viel und konnte überall, wo sie sich aufhielt, malen. Überall, nur in *Charleston* nicht. Denn dort hatte sie, wenn sie malte, immer das lähmende Gefühl, dass ihre Mutter ihr kritisch und missbilligend über die Schulter blickte, selbst als Vanessa schon lange nicht mehr lebte.

In *Brüder für immer* spielt die Figur Angelica nur eine Nebenrolle. Aber damit gab sie sich nicht zufrieden, zumindest nicht in meinem Kopf. Auch sie, so stellte ich mir vor, wollte ihre Sicht auf ihre Kindheit erzählen, und ich fand, sie hatte ein Recht dazu. Und so entstand die Idee zu dem Buch, das du nun in den Händen hältst.

Wie schon bei *Brüder für immer* habe ich auch in diesem Roman einige weniger wichtige Fakten ausgeschmückt, um, wie ich meine, das große Ganze besser ins rechte Licht zu rücken. Der wahren Geschichte ist dadurch, meiner Meinung nach, keine Gewalt angetan worden, sie hat sich in meine Erzählung eingefügt. Denn ich habe keine Biografie geschrieben, sondern einen Roman.

Charleston, *Monk's House* und *Sissinghurst Castle* sind regelmäßig für Besucher geöffnet. Und ein Besuch eines dieser Häuser (oder besser: aller dieser Häuser) lohnt sich!

www.charleston.org.uk
www.nationaltrust.org.uk/monks-house
www.nationaltrust.org.uk/sissinghurst-castle

Übrigens:
Sogar nach zwei Büchern verstehe ich die Welt der Bloomsbury Group noch lange nicht. Es waren schillernde, aber auch recht komplizierte und dadurch nicht greifbare Menschen. Aber wie ich Virginia in den Mund gelegt habe: »Wir müssen nicht immer alles verstehen. Manchmal genügt es, wenn uns etwas verzaubert oder fasziniert oder notfalls auch irritiert, ohne dass wir genau wissen, warum.«

Mehr von Rindert Kromhout:

Brüder für immer
ISBN: 978-3-95854-128-3
9,90 € (Taschenbuch)
Auch als E-Book erhältlich

Julian Bell meldet sich im Jahr 1937 als Kämpfer für den Spanischen Bürgerkrieg. Sein Bruder Quentin hält nichts von seinen Plänen, doch er muss ihn ziehen lassen. In *Brüder für immer* erzählt Quentin von der unbeschwerten Kindheit mit seinem großen Bruder, den Plänen, die sie zusammen schmiedeten und dem Verlust, mit dem er zu kämpfen hatte.

»… eine großartige Leseerfahrung, ein toller Lesesog.«
Dr. Stephanie Jentgens, Deutschlandfunk: Die Besten 7